KB099038

무현금의 노래

무현금의 노래

1판 1쇄 발행 | 2019년 2월 8일

지은이 | 박계용
발행인 | 이선우
펴낸곳 | 도서출판 선우미디어
등록 | 1997. 8. 7 제305-2014-000020
02643 서울시 동대문구 장한로12길 40, 101동 203호
☎ 2272-3351, 3352 팩스: 2272-5540
sunwoome@hanmail.net

값 13,000원

※ 이 도서의 국립중앙도서관 출판예정도서목록(CIP)은 서지정보유통지원시스템 홈페이지(http://seoji.nl.go.kr)와 국가자료공동목록시스템(http://www.nl.go.kr/kolisnet)에서 이용하실 수 있습니다.(CIP제어번호: CIP2019002325)

ISBN 89-5658-600-7 03810

무현금의 노래

박계용 에세이

선우미디어
sunwoomedia

축하의 글

강물 같은 수필

김영중 수필가

박계용 선생이 수필을 쓰기를 시작한 후, 오랜 세월 가꾼 영혼의 곡식들을 독자와 함께 나누는 처녀수필집, 출간을 축하하며 작가의 노고에 경의를 표한다.

선생의 수필은 스스로 깊어지며 맑아지는 강물과 같은 수필이다. 그녀의 수필은 성찰과 사유를 통해 마음속의 고통을 치유하며 유유한 강물이 되어 스스로 깊어진다. 일찍이 플라톤은 자기 체험에 바탕을 둔 글쓰기를 영혼을 돌보는 기술로 설명한바 있다. 삶에 체험에 대한 영적 깨달음을 작품으로 쓰는 수필가는 지상에서 가장 행복한 존재라고 할 수 있으며 자신의 영혼을 돌보는 최선의 방법이 될 것이다.

인간은 글을 쓸 때 가장 인상적인 체험을 불러내어 성찰하는 존재이다. 이 작가 역시 영혼 속에 각인된 희로애락들을 신성한 에너지로 정화시켜주며 가슴 속에 묻어두지 않고 수필이란 고백을 통해 꽃으로 피워내며 감동과 광채를 낸다. 박 선생의 글은 직선이 아니라 곡선을 지향한다. 서사 성 보다는 서정성이 강한 작가이다. 그녀의 작품 중, 어느 대목에서건 그리 쉽게 눈을 떼지 못하는 매력이 있고 섬세한 문장 속에 주제나 의미가 숨겨져 있다. 평범한 일상에서의 공감과 감동, 문예화에의 형상화 작업이다. 박계용 수필가는 수필쓰기와 종교적 수행을 동일한 목표로 지향한다. 삶이 고통스러울 때 그녀는 기도하거나 수필을 쓴다. 이런 점에서 수필가 박 계용은 선택받은 사람이다. 그녀의 수필에는 세상을 보는 따뜻한 마음과 꽃에 대한 사랑이 놀랍기만 하다. 타고난 온유한 성정과 종교적 수행이 낳은 결과 일 것이다.

문학의길, 신앙의 길, 두 길 위에서 겸허하게 걸으며 날로 성장하는 건강하고 격조 높은 수필가가 되기를 기원하며 이 작가의 문운을 사랑과 믿음으로 오래 지켜보고 싶다.

내놓는 수필집에 수록된 알곡들을 하나씩 음미하면서 독자들 가슴에서 가슴으로 전하는 따스한 등불이 되었으면 좋겠다. 거듭 첫 수필집 출간을 축하한다.

작가의 말

님에게 맡겨 드리는 무현금의 노래

동이 트는 이른 새벽이나 해 질 무렵이면 아기 새는 노래를 합니다. 아빠 새를 따라 날마다 연습을 하는 아기 새의 울음은 노래가 됩니다. 아름다운 자연의 노래와 모국어로 만나는 좋은 글은 스승과 벗이 되어 저를 살게 하는 참으로 복된 선물입니다. 무한한 우주의 섭리 안에 작은 점의 어설픈 글짓기는 님에게 띄우는 친전이요 노래입니다. 이슬 내리는 어둔 밤에 낮은음으로 준비하는 기다림의 시간입니다.

아직 옹알이에 지나지 않지만, 서투른 나의 노래가 스스로에게는 영혼을 조찰케 하는 행복을 하늘과 곡조가 머무는 마음마다 기쁨이 되었으면 좋겠습니다. 깊고 맑은 가락이 제 영혼의 현을 울리는 고요한 밤도 있으리라는 바람으로 줄 없는 거문고를 맡겨 드립니다.

문학의 숲으로 이끌어 주시고 가르침 주신 김영중 스승님께 깊은 절로 감사의 인사를 드립니다. 모든 글에 아낌없는 관심과 성심으로 과분한 서평을 주신 장경렬 교수님께 무한 감사드립니다. 정성으로 책을 엮어주신 선우미디어 이선우 대표님께 진정어린 감사를 드립니다.

한밤에 깨어, 은인들의 변함없는 기도와 자애를 기억하며 감사의 마음을 올립니다. 따스한 정을 베풀어 주신 문단의 선생님들, 친지와 벗, 천상과 지상의 가족에게 고마운 마음을 드립니다.

2019년 새해 아침

사인당에서

박계용

차례

봄

여름

가을

겨울

그리고

봄 春

작은 것들

잠에서 깨어나면 창밖의 초록 잎사귀가 저절로 눈에 뜨인다. 그리피스팍의 산자락이 또렷하고 선명하게 가까워지기도, 때로는 운무에 휩싸여 아득하게 먼 산이 되기도 한다. 이따금 하늘 저편으로 자유롭게 비상하는 새들의 지저귀는 소리에 귀를 기울이며 자리에 누워 게으름을 피운다. 정말 어쩌다 빗소리라도 들리는 날이면 이층 계단을 구르듯이 내려와 마당으로 달려 나간다. 톡! 톡! 떨어지는 빗방울에 손바닥을 내밀어 본다. 듣는 이 없어도 "비가 와요!" 혼잣말을 하곤 한다. 조금은 싸늘한 거실 창가에 앉아 나직이 흐르는 백학을 들으며 유리다관에 촛불을 켠다. 황금빛 꽃으로 피어나는 따끈한 국화차의 향기를 천천히 마시며 습기 어린 유리창을 아예 열어젖힌다. 꽃잎에 나뭇잎에 비가 내리고 지붕 위 물받이에서도 동그란 물방울이 만났다 헤어졌다 미끄럼을 타며 놀고 있다.

아주 작은 우리 집 뜰은 울타리 옆 좁은 공간을 제외하곤 단단한 벽돌이 깔려 있었다. 마치 나 자신이 물 한 모금 마시지 못하고 숨도 쉬지 못해 꼭 죽을 것같이 답답했다. 꽃을 심으면 벌레가 생긴다는 반대를 무릅쓰고 벽돌을 들어냈다. 딱딱하게 굳은 땅을 부수고 거름을 섞은 새 흙으로 마당을 북돋고 꽃밭을 만들었다. 독한 두엄 냄새가 한동안 진동을 하고 옮겨 심은 꽃들은 시들어 갔다. 생각처럼 예쁜 모양새도 아니었다. 그래도 날마다 설레는 마음으로 꽃씨를 뿌리고 작은 꽃들을 사다 심었다. 봉숭아, 채송화, 도라지, 제비꽃, 옥잠화 등등 보고 싶은 꽃들을 어렵사리 구했다. 하얀 차돌을 깔아 작은 길을 내었다. 조심하지 않으면 산딸기나무 가시가 잡아당겨 한 발로 걸어 다녀야 하는 오솔길이다.

처음 꽃밭을 일구어 놓고 파릇한 싹이 보이기만 해도 반갑다. 그것이 비록 잡초일지라도 메마른 땅에 생명이 태어난다는 것은 참으로 신기하다. 풀도 꽃도 함께 자라라고 그냥 내버려 둔다. 꽃씨를 심어 놓고 기다리는 마음, 흙을 머리에 이고 새싹이 얼굴을 배시시 내밀면 콩닥콩닥 가슴부터 뛴다. 자꾸만 바라보는 눈길에 자라지 못할까 봐 슬며시 자리를 뜨기도 할 만큼 기쁨의 원천이다. 꽃은 만개했을 때보다 봉긋이 몽우리가 벙글 때가 가장 예쁜 것 같다. 함초롬히 이슬을 머금은 꽃잎의 청초한 모습은 무어라 형언할 수 없는 아름다움이다. 가만히 들여다보면 어느 꽃들은 꽃 밑에 작은 눈물이 달려 있다. 바람결에 스치듯 다가오는 향을 가슴으로 맡는 난이 그중 하나이다. 보일 듯 말듯 숨어 핀 작은 꽃들과 무향에 가까운 은방울꽃의 향기, 풀들이 맺고 있는 점같이 작은 한 송이 꽃에도 우주의 신비가 가득 들어 있다. 이 고운 빛은 어디에서 왔을까? 주어진 자리에서 있는 모습 그대로 꽃들은 말없이 사시사철 피고 진다. 꽃밭에 쪼그리고 앉아 살며시 불어오는 미풍 속에 몸을 맡긴다. 담장 너머 단풍잎이 아기 손바닥처럼 사르르 작은 몸짓을 한다. 시름은 간데없이 나비 등에 업혀 온 듯 내 마음에도 평화가 찰랑이며 춤을 춘다.

긴 여행을 마치고 집에 돌아왔다. 대문을 들어서니 뜰에는 분홍 낮달맞이와 나팔꽃 비슷한 이름 모를 보라 꽃이 넘치게 피어 있다. 땅으로 늘어진 포도넝쿨 사이로 빨갛게 딸기가 익어 있다. 노란 씀바귀 꽃이 내 키보다 더 자라고 "엄마, 뒷마당은 Forest(숲)야!" 놀리며 웃어대던 아이의 말대로 사방으로 뻗은 능소화와 채소들이 숲을 이루고 있다. 누렇게 말라 죽어버린 꽃들도 많지만 죽었으리라 여겼던 소엽의 풍란이 살아주어 큰 기쁨이다. 오랜만에 돌아오니 모든 것이 낯설다. 특히 이상하게 느껴지는 부엌 창가에 서성이다 쌀을 씻는다. 발돋움으로도 닿지 않는 선반 위에 물건을 얼른 집어주던, 엊그제 마켓에서 만난 초면부지의 웃음 띤 얼굴을 떠올리며 낯섦에서 돌아온다. 옆집 석류꽃이 환한 꽃등불 같다. 때때로 지치고 힘든 시간에 나는 이웃의 소박한 미소에서 간간이 들리는 아이들 웃음소리와 문 여닫는 기척에 생기를 얻는다. 제멋대로 자라나 반겨주던 꽃무리처럼 아이들이 먼지투성이의 집에 잘 살아주어 고맙고도 감사한 마음으로 저녁밥을 짓는다.

지금은 엉망이 되어버린 마당이 길조차 보이지 않는 작은 정원이지만, 다시 땅을 고르고 가지를 쳐서 고향에서 가져온 꽃씨를 심어야겠다. 때맞춰 비도 오고 싹이 돋으면 머지않아 꽃을 피우리라. 아기자기 모여 사는 작은 꽃들을 바라보며 그 속에 담겨 있는 내가 사랑받고 사랑하던 그리운 이들과의 이야기를 회상할 것이다. 늘 그래왔듯이 작은 것들은 오롯한 정을 담아 살아가는 힘과 살맛나는 기쁨을 얻는 너무나 소중한 보물이다.

오늘도 나를 비춰 주는 햇살과 바람 청명한 하늘 아래 꽃들과 더불어 자연의 지혜와 겸손을 배우며, 일상의 작은 것들 안에서 향기롭고도 빛나는 행복을 만나련다. 처마 끝에 달린 풍경 소리처럼 잔잔하고도 맑은.

나비야 청산 가자

새벽부터 떠들썩한 인부들의 낯선 소리에 잠을 깼습니다. 역한 아스팔트 냄새를 풍기며 우리 집 지붕을 넘나들던 옆집 보수공사가 끝났는지 사방이 까만 먼지투성이였습니다. 깜장 가루가 닥지닥지 내려앉은 꽃망울을 씻어주고 돌아서는 발길에 하마터면 나비를 밟을 뻔했답니다. 시멘트 바닥에 죽은 듯이 앉아 있는 회색빛 작은 나비, 살짝 건드려보니 미세한 움직임이 감지되었습니다. 손가락을 타고 오르는 나비를 프리지아 꽃잎에 앉혀 놓았는데 눈 깜짝할 사이 보이지 않았습니다. 주위를 잠시 둘러보다 밀린 집안일을 하느라 곧 잊어버렸습니다. 몸에 붙어 따라 왔는지 부엌 커튼에 나비가 달려 있었습니다. 다시 손가락에 앉혀 꽃잎에 대어주니 자꾸만 손등을 타고 오르는 나비, 캐시미어 스웨터가 따스한지 아예 팔 한가운데 누워버렸습니다. 무게조차 느낄 수 없는 주홍 무늬가 선명한 부전나비 한 마리 찾아 든 것입니다.

바람이 무섭게 불어대는 초저녁, 잎사귀 밑에 매달린 나비도 마구 흔들렸습니다. 거실 탁자에 놓인 화병으로 나비를 옮겨 놓았습니다. 밖에 있으면 추워 죽을까 봐 마음 쓰이고 집안에 들이면 자연을 거슬러 죽는 것은 아닐까 이래저래 걱정이었습니다. 식구마다 검색에 들어갔습니다. '나비는 무얼 먹고 사나?' 꽃의 꿀이나 이슬을 먹고 살겠지 막연했던 생각에 수박이나 바나나의 과일즙을 먹는다는 정보를 얻었습니다. 이름을 지어 주자는 아이들이 저마다 다양한 언어의 나비 이름을 불러보다 그냥 나비라 부르기로 했습니다. 가마 타고 시집가는 새색시처럼 풀잎 하나 따서 낮이면 꽃밭으로 밤이면 집안으로 옮겨 다녔습니다. 볕 바른 마당 한가운데 화사한 군자란 꽃방석에 앉혀 놓으면 날개를 활짝 펴서 맴을 돌곤 했습니다. 나비는 절로 날아다니는 줄 알았는데 우리 집 나비는 아직 날지 못하고 살살 기어 다니다 툭 떨어져 버렸습니다. 아픈 나비 한 마리, 빨리 나아서 청산 가자고 창가를 읊어주었답니다.

> 나비야 청산 가자 범나비 너도 가자
> 가다가 저물거든 꽃에 들어 자고 가자
> 꽃에서 푸대접하거든 잎에서나 자고 가자
> –조선 시대 무명씨

바나나를 사 들고 부지런히 집에 와보니 나비는 멀리 가지 못하고 딸기 잎에 앉아있었습니다. 꽃 수술에 앉혀 놓고 잠시 꽃밭에 물을 주는 사이 흔적도 없이 사라졌습니다. 조심한다 했지만, 물줄기에 쓸려 없어졌는지 꼭 내 탓만 같아 예상치 못한 아픔이 가슴을 훑어 내렸습니다. 아직 날은 춥고 어둠은 내리는데 날지도 못하는 나비는 어디로 갔을까? 혹여 네가 구박했냐고 꽃에게 물어봐도 시침 뚝 떼고 향기만 가득 노란 바나나 한 덩이 덩그러니 앉아 있었지요. 자꾸만 나비야, 날아보라고 우리 청산 가자 했더니 혼자서 갔나 봅니다. 날 밝기를 기다려 꽃밭을 샅샅이 찾아보았습니다. 눈부신 햇살 아래 이따금 새들이 날아다닐 뿐 담장 너머 그 어디에도 나비는 그림자도 보이지 않았습니다. 사람이든 곤충이든 갑작스러운 이별은 이렇게 아픈 것일까 새삼 놀라는 정을 달래보려 시 한 수 프린트하였습니다.

바람 잔잔한 한낮, 뜰에 앉아 바라보는 '종이학'*에는 조용하고 깊은 하얀 눈이 내렸습니다. 마음눈이 내리니 모든 것이 고요했습니다. 그때 꽃밭 턱을 넘어 나비가 나를 향해 아장아장 걸어오고 있었습니다. 순간 갇혀있던 천 마리 학이 일제히 날아오르는 환상에 빠졌습니다. 빛나는 기쁨을 나비 등에 업고 온 것입니다. 사흘 동안 어디에 숨어있었을까? 내가 알지 못하는 생명의 신비 속에 그렇게 첫 이레가 지났습니다. 때때로 치맛자락에 붙어 술래잡기하던 나비는 곧잘 풀섶에 숨어있다 돌 틈바구니에 쓰러져 있기도 했습니다. 가만히 살펴보니 오른쪽 앞날개 비늘에 분가루가 매끄럽지 않은 상처가 있었습니다. 낮은 자리가 제자리라고 작은 꽃에 앉아있길 즐겨하던 나비는 두 이레 지난 어느 날 큰아이의 배웅을 받으며 팔랑 날아갔답니다. 이젠 나도 아프지 않습니다. 걱정하지도 않습니다.

청산은 어디에 있을까요? 다다르기엔 힘들고 고단한 먼 길이기에 꽃잎에서 풀잎에서 쉬었다 가자 합니다. 고치라는 고독의 성에 들어앉아 허물을 벗어내어 몇 겹이고 완전한 변모의 시간이 지나야 나비의 날개가 돋아나는 것이라고 알려줍니다. 상처난 날개로는 날 수 없으니 기다리는 법을 배우라 합니다. 게으른 나태에서 벗어나 이탈의 날개를 활짝 펴서 청산으로 날아오라고 홀연히 먼저 떠나버린 나비입니다. 청산은 다다를 수 없는 피안의 세계가 아니라 바로 오늘 하루를 잘 살아 내어 조금씩 다가가는 것이라고 일깨워줍니다. 나의 사소한 언행이 생각지도 못한 커다란 결과를 낸다는 나비 효과(butterfly effect), 브라질에 있는 나비의 날갯짓이 미국 텍사스에 토네이도를 발생시킬 수도 있다는 자연의 신비, 인간의 지혜와 과학으로는 예측할 수 없는 창조의 신비를 어렴풋이 깨닫습니다. 신의 영역인 하늘의 섭리를 거스르지 않고 순응하며 살아가는 나비의 지혜를 배우는 사순의 날에 꿈을 꾸어 봅니다. 빛살 고운 부활의 아침이 밝아오면 하얀 나비 한 마리 청산 가는 길 날아오르라고요.

* 강우식, 〈종이학〉.

그대 오신다기에

하루 종일 기다렸습니다.

오신다는 소식에 아침부터 이제나저제나 마음은 동구 밖을 서성입니다. 흐릿한 하늘이 저물어 벌써 깜깜해졌습니다. 바람은 건듯 여린 가지를 휘돌아 님 오시는 기별을 알리는데 어이 이리 기척이 없으신지요. 그대를 기다리며 동짓날부터 그려 넣던 소한도(消寒圖), 그리다 만 설중매의 꽃잎이 호르르 날아 가벼운 종이등만 바람에 흔들립니다. 석 달 열흘 기다려도 아니 오시니 삼백예순다섯 날을 기다리는 미리내 강가의 직녀가 되고자 합니다. 그것은 칠석 그 밤이 오면 반짝이는 은하수 강을 헤치고 오작교 다리를 건너 꼭 오실 것을 알기 때문입니다. 초저녁엔 만남의 기쁨이 이슬되어 안개처럼 내리고 새벽녘 이별의 슬픔이 옷깃을 적시겠지만 정녕 오시리라는 약속을 믿기 때문입니다.

그대는 하늘로 오르는 눈물이었습니다.

어느 날 슬쩍 다녀가신 일이 있지요. 밀어두었던 편지를 부치러 우체국 가는 도중 그대를 만났습니다. 눈물은 아니 물줄기는 아래로 아래로만 흐르는 줄 알았는데 무슨 연유로 거슬러 오르는지요? 차창을 타고 오르는 눈물은 참아왔던 설움을 줄줄 눈두덩이 붓도록 대신 울어 주는 소리 없는 통곡이었습니다. 아롱아롱 눈물은 자꾸만 방울져 오르고 아련한 연분홍 벚꽃이 줄지어 하늘거렸습니다. 그제야 거꾸로 흐르는 눈물은 아픔을 승천케 하는 꽃길임을 알았습니다. 슬픔을 환희로 바꿈질하여 발걸음도 사뿐 그대와 온종일 함께 다녔습니다. 언제 오신다는 기약도 없이 훌쩍 떠나신 빈 하늘엔 곱고도 고운 저녁노을이 배웅하고 있었습니다.

그대는 흰옷 차림으로 오십니다.

혹여 흙탕물에 더럽혀지실까 하얀 자갈을 고르게 깔았습니다. 그대 오신다기에 친정에 맡겨 두었던 청매도 데려왔습니다. 잿빛 구름이 빠르게 흘러가고 뚝 떨어진 꽃잎을 주워 대문간 돌확에 반가움을 띄웠습니다. 빈 백자 사발 하나 정갈하게 닦아 장독 위에 놓았습니다. 차고 넘치는 정화수로 마음 모아 합장하고 순연한 맹물로 먹을 갈아 부치지 못한 연서를 더불어 쓰고 싶습니다. 시린 손을 비비며 외등 밝혀 어서 오시라 처마 밑에 서 있습니다. 차가운 입맞춤으로 뺨을 적시며 진정 사랑하는 님이 오셨습니다. 세상사 모든 것을 잊고 몇 날 며칠이고 두문불출하렵니다.

님의 노래는 밤이 새도록 그치지 아니합니다.

귓가를 맴도는 그대의 노래는 가슴에 떨어지는 하나의 음, 홀로 깨어 듣는 야상곡입니다. 톡 톡 하나의 박자로 고요한 밤의 순간들이 단 하나의 음으로도 이토록 감미로울 수 있음은 패르트*가 일찍이 깨달은 아름다운 연주를 듣습니다. 눈을 감고 그대의 맑은 가락에 취해 나도 몰래 잠이 들어요. 행여 가셨을까 선잠을 자다 깨어 귀에 익은 님의 노래에 절로 웃음 지으며 다시 잠속으로 빠져듭니다. 그대의 절대 음에 반향(反響)하는 산천의 오케스트라, 바람의 명 지휘에 우르릉 천둥 울고 허공을 가르는 번개의 춤사위는 나의 눈을 멀게 합니다. 꿈결 같은 하루 이틀 내리 사흘 밤낮을 부르던 님의 노래는 끝이 나고 웅장한 교향악도 멈췄습니다. 다시 오마! 비밀한 언약의 무지개를 아무도 보이지 않는 창공에 걸어놓고, 님은 총총 가시었습니다. 언제 또 오시려는지요? 가신 듯 다시 오시면 맨발로 맞으렵니다.

그대는 영혼을 씻어주는 맑음입니다.

사방에서 수런거리며 물 먹는 소리가 들리시는지요? 아낌없는 님의 사랑에 삼라만상이 깊이 젖어 듭니다. 그대는 만물을 생기 돋게 하는 생명수, 맑은 샘물을 끌어 올리는 마중물입니다. 이제는 굳은 땅에 도랑을 내고 옥수를 길어 사랑이 여울져 흐르게 할 것입니다. 겨우내 입었던 버석거리는 마른 옷은 벗어 놓고 풀빛 옷으로 갈아입습니다. 맑은 물에 소세(梳洗)한 영혼도 따라와 단장을 합니다. 씨앗은 움트고 곡식은 자라 낟알이 영글어가는 타작마당에 흥겨운 잔치를 준비할 것입니다. 연둣빛 잎사귀에 달아 두고 가신 그대의 흔적, 투명한 동심 안에는 고운 꽃이 잉태되었습니다. 밤새 다산의 축복을 남겨주고 가신 그대 이름은 자우(慈雨)** 봄비입니다.

* 아르보 패르트(Arvo Pärt, 1935년 9월 11일~): 에스토니아의 작곡가.

** 자우(滋雨 · 慈雨): ① 생물이 자라는 데에 알맞게 오는 비. 택우(澤雨).
② 오래도록 가물다가 오는 비. 단비.

할미꽃 우리 엄마

엄마!

초저녁부터 계속 울어대던 귀뚜라미 소리도 간간이 들리던 새소리도 뚝 끊어진 지금은 자정이 훨씬 지난 깊은 밤입니다. 둥글게 달무리 진 보름달 처음엔 보이지 않던 별들이 여기저기 반짝임은 물기 어린 눈물 때문인가요? 참으로 오랜만에 쳐다보는 밤하늘입니다.

엄마!

오늘은 저 잔잔한 달빛 타고 마지막 인사 받으러 오셨나요? 부엌 가까운 방에 궤연을 모셔놓고 손수 아침저녁 상식을 올리시겠다던 아버지. 식구들의 의견에 따라 마지못해 엄마를 오빠 집으로 떠나보내고 그토록 애통해하더니, 며느리 힘들까 봐 백일 탈상으로 끝내라 하셨다니, 정말 엄마가 돌아가셨을까, 마치 꿈속의 일만 같은데 이제 백일이 다 되어 간다는군요.

한밤중에 울려대는 전화벨 소리! 평소에 염려했던 대로 엄마가 안 좋으시다는 언니의 떨리는 목소리. 어찌할 수 없는 막막함, 어서 가야 할 텐데… 지금 미국 몇 시나 됐느냐고 애타하셨다던 아버지의 심정도 몰랐습니다. 여권 만들랴 이것저것 정리에 하루를 지체하고 고향 집에 도착했을 땐 엄마는 아기같이 작은 얼굴로 병풍 뒤에 누워 계셨지요.

엄마!

팔십팔 년 긴 세월 기다리셨는데 하루만 더 기다리시지, 재너머 시집간 막내딸 기다리다 고개가 옆으로 돌아갔다던 할미꽃의 전설처럼 눈을 못 감으셨다던 엄마. 할아버지 무덤가에 피어 있었던 새끼손톱만한 할미꽃 한 송이. 그렇게도 곱고 보드라운 은빛 솜털 안쪽에, 새색시 곤지처럼 어쩌면 그리도 고운 빛을 간직하고 있을까. 마치도 은발의 엄마 가슴속에 숨어있던 사랑이 할미꽃처럼 연지 빛 고운 모습일 것이라는 걸 그때서야 깨달았습니다.

엄마!

십여 년이 훨씬 넘는 세월 동안 치매로 하나하나 잊혀가던 기억 속에 늘 "언제 올래?" 울먹이시느라 전화도 못 받으셨지요. 곧 간다는 거짓말만 여러 해, 정작 찾아뵈었을 땐 방안 가득 장

난감과 인형 속에서 어린아이가 되어버린 낯선 할머니의 모습이었죠. 방에 들어왔으니 모자를 벗어야 한다며 인형의 리본을 풀어 귀밑머리를 꼭꼭 땋기도 하셨습니다. "성한 아이도 키우기 힘든데, 얘는 어디가 아픈가? 온종일 잠만 자니 어쩌냐"고 걱정을 하시던 엄마. "응애 응애" 울다 우유병을 물려주면 까르르 웃으며 "엄마, 사랑해요!" 재롱떠는 인형의 얼굴에 이마를 비비시며 "까꿍 까꿍" 어르시더니, 이제는 엄마 잃은 아기 인형도 방 한구석에 슬프게 앉아 있었죠.

아버지의 말씀대로 열여덟에 시집와 칠십 년을 함께 살다 먼저 가신 우리 엄마. 그 긴 세월에 겪으셨던 엄마의 이야기를 다 알지 못해도, 지금의 제 나이 무렵에 낳으셨던 막내딸까지 외아들과 딸 일곱을 키우기에 얼마나 힘드셨을까? 언니들 말대로 늦둥이라 약해서인지 아파 죽을 것만 같다고, 고집만 세어서 무던히도 엄마 아버지 속을 태워 드리는 데 큰 몫을 했건만, 엄마 가시는 길에 인사 한마디 편히 가시라는 눈짓 한 번 못 했음을. 그저 루르드의 샘물로 닦아 드리고, 영원한 안식을 주시라 제대 초에 불 밝혀 성수를 뿌려 드린 것 그뿐이었지요. 아무것도 필요 없었던 엄마에게 마지막 선물인 하얀 잠옷 입혀 드리지도 못하고 영정 앞에 놓았다가 삼우제 날 태워 드렸습니다. 높게 날기 위해선 가벼운 깃털마저도 떨쳐내는 새처럼, 이 세상의 온갖 수

고와 근심 걱정 하나하나 떨쳐 버리시고, 흰 자락 펄럭이며 높이 높이 오르시라고요.

엄마!

때론 밥 먹는 것도 잊으셨는지 입을 벌리지 않아 억지로 넣어 드리면 입에 물고 계실 정도로 의식이 없으셨지요. 그런 엄마가 꼭 일 년 전 큰언니가 떠났을 때 방문을 향하여 손짓하며, "야~ 야" 부르시더니 "너무 일찍 죽어 불쌍해서 어쩌냐, 나도 곧 따라 간다 나도 죽어." 아주 또렷한 소리로 이틀을 되뇌시던 엄마. 무의식도 죽음도 뛰어넘는 엄마의 사랑이 유난히 애틋했던 큰딸의 참척을 당하신 굴건제복의 아버지 모습이 우리 모두의 마음을 무너지게 하더니, 엄마 가시는 길에 큰언니가 멀리 마중 나왔겠지요?

엄마!

이제는 잃어버렸던 기억도 되찾으셨는지요? 사랑받던 어릴 적 기억만 남아 집에 간다고 나서시더니, 그렇게도 그리던 할머니도 만나셨겠지요. 아직도 엄마와 헤어질 준비가 안 되었는데, 성인이 셋이 난다는 삼성산 산마루 할머니 옆에 엄마를 모셔 놓고, 호곡 속에 절을 올리며 눈물을 주르르 흘리시던 자그마하신 아버지 생각에 오늘도 많이 울었지요. 아버지 계신데 울면 못 쓴다고 걱정하는 어른들도 아니 계시니. 엄마! 이제는 슬픈 기억과 작별을 하려고 해요. 엄마도 하늘나라에서 백일 맞은 아기처럼 마냥 행복하세요. 푸르른 천상 하늘가에 할머니랑 큰언니랑 소풍도 가시고, 언제나처럼 늘 지켜봐 주세요. 특히 우환에 시달리는 언니들을.

엄마가 마지막 찾아오신 보름 삭망 이 밤에, 싸한 밤바람 속에 하염없이 보랏빛 도라지꽃을 바라보고 있습니다. 제 어릴 적 도라지꽃을 가득 심어 놓고 흐뭇해하시던 엄마가 지금도 계실 것만 같은데. 이렇듯 멀리서 엄마의 무덤에 꽃 한 송이 못 꽂아 드리지만, 이다음 언젠가 "엄마! 나왔어!" 엄마랑 큰언니 찾아가는 그 날까지. 밤마다 작은 유리 바구니에 촛불 하나, 꽃 한 송이 동동 띄워 기도 속에 마음의 강을 흘러갑니다. 금강을 지나 백마강 가는 도중 삼성산 기슭을 돌아 엄마 계신 그곳으로.

사막

바람이 분다. 아직 가시지 않은 몸살기에 몸은 붕붕 떠다닌다. 먼 산엔 잔설이 하얀데 온도계는 화씨 96도를 가리킨다. 색색의 돌들이 초가지붕을 맞대고 정답게 모여 있는 형상의 아티스츠 패리트(Artist's Palette)를 지나 협곡의 그늘에 잠시 쉬어간다. 숙소에 도착하여 무심코 한 발을 내딛는 순간, 탁! 시멘트 바닥에 산산조각이 난 유리 파편이 흩어진다. 빈 가방을 어깨에 메고 정작 무릎에 놓여있던 카메라는 까맣게 잊어버렸다. 죽음의 계곡 첫 관문에서 보안 렌즈는 사망을 하고 여행의 설렘은 싸늘하게 식어버렸다. 부주의한 나를 탓하며 유리 조각을 주워 담는다. 다행히 금이 가 벌어진 렌즈의 몸통은 어설프게 제자리를 찾았다.

빛내림이 한창인 적막한 사막의 이른 아침, 모래언덕을 오르는 발길은 이리 비틀 저리 비틀 몸을 가누기 힘들다. 겉옷을 허리에 두르고 신발을 벗는다. 겹겹이 껴입은 세월을 하나씩 벗어 던지듯 양말마저 벗어버리고 아예 맨발이 된다. 인절미 콩고물 같이 부드러운 감촉, 나도 모르게 "누드가 제격이야!" 탄성이 터져 나오는 자유로움이 일렁인다. 갑자기 맞은편 언덕에 신기루처럼 웨딩드레스를 입은 신부가 나타났다. 거대한 화면이 펼쳐지듯 신선한 충격이었다. 하얀 드레스 자락이 날리는 언덕을 향해 푹푹 빠지는 발과는 달리 마음은 상기되어 날아간다. 가느다란 파충류의 흔적, 선명하게 찍힌 새 발자국, 수많은 발자국이 어지럽게 이어진다. 모래 발자국 안에 노란 꽃잎이 담겨 있었다. 수명이 일만 천칠백 살이나 된다는 사막의 꽃, 지구를 창조한 신이 가슴에서 흙을 꺼내 뿌리자 제일 먼저 자라기 시작했다는 파파오 인디언의 신화 속에 나오는 크레오소트 꽃이다.

사금파리가 보석처럼 햇살에 반짝이듯 그것은 환상이었다. 신부의 드레스는 먼지투성이였고 군화 차림의 그녀는 담배 연기를 풀풀 날리고 있었다. 거침없이 담배꽁초를 군화로 비벼버린다. 화보 촬영을 나온 가짜 신부였다. 왠지 모를 슬픔이 차오른다, 모래 위에 글을 쓴다. 바람이 불면 지워져 버리는 글자들이 가슴에 생채기를 내고 눈 또한 흐릿하니 쓰리다. 누가 묻지도 않는데 모래바람 때문이라고 핑계를 댄다. 물이 흐른 웅덩이의 움푹 파인 흔적은 딱딱한 화석같이 넘어진 엉덩이를 아프게 했다. 작은 모래 알갱이가 손 사이로 스르르 빠져나간다. 앞서간 일행의 뒤를 묵묵히 따른다. 구릉에 올라 가만가만 걸어가는 내 모습이 언덕 아래로 긴 그림자를 드리운다.

사막의 가장 뜨겁고 가장 낮은 자리에 은빛 샘물(Badwater Basin)이 흐른다. 서리가 내린 듯 얼음 바다가 장관을 이루는 소금 평야이다. 발가락 사이사이 끼어있는 황금빛 죽음의 냄새를 소금밭에 얼얼하게 절여야 산다고 절대자는 침묵으로 명하신다. 초봄에 만난 사막의 열기는 무모한 탐욕은 한여름의 죽음과도 같다고 경종을 울린다. 전갈과 뱀, 독충이 함께 공존하는 사막의 자연은 소리 없이 생멸의 법칙을 따른다. 사막에도 보이지 않는 물이 흐르고 달맞이꽃이 피어난다. 이슬 한 방울에 빈들의 꽃들은 낮은 자태로 꽃망울을 연다. 이름 그대로 죽음의 계곡이었던 사막에도 봄이 오면, 미루나무의 연둣빛 여린 잎이 팔랑거리고 야생화가 무리 지어 향연을 준비한다.

별이 보고 싶으면 사막에 간다. 달빛도 숨어버린 그믐날이 더 좋다. 어둠이 짙어지면 하늘의 별들은 더욱 빛을 발하고 붓다께서 최고의 깨달음에 도달한 밤의 마지막 시간을 만난다. 밤에서 아침으로 넘어가는 새벽, 산스크리트어로 '아루나'라고 불리는 샛별이 돋는 그 시간을 사막에서 만난다. 칠흑의 어둔 밤이 물러가고 청옥의 하늘빛이 서서히 퍼져 오르는 찰나, 새벽이 오는 소리다. 모든 만물이 숨죽이고 하루를 마중하는 시간이다. 깨진 카메라의 렌즈로는 담아낼 수 없는 새벽빛을 또렷이 담아두고 싶다. 그 순간만큼은 세상사 모든 것을 잊어버린다.

죽음의 계곡, 나는 무엇을 보러 광야에 가는가? 있는 그대로 아름다움이었던 본디의 모습이 부끄럽지 않았던 아담과 이브를 만나러 간다. 아름다움으로 나를 다시 태어나게 하는 아루나를 만나 오욕의 철갑을 벗으러 사막에 간다. 나 스스로 벗지 못하는 칠죄종*에 찌든 옷을 벗으러 사막에 간다. 고요하고 경건하게 알몸으로 새날의 빛살에 잠기려 사막에 간다. 원죄보다 더 많은 죄가 쌓인 나는 너무도 부끄러워 커다란 잎사귀를 따서 몸을 가려야겠다. 숨어있는 나를 부르시는 바람소리가 사막 한가운데를 관통한다.

"너 어디 있느냐?"

*칠죄종: 본죄의 일곱 가지 근원. 교만, 질투, 인색, 분노, 탐욕, 음욕, 나태.

천년의 바람

춘삼월에 가을바람이 분다. 우수수 나뭇가지를 흔들고 지나는 바람소리는 분명 가을바람이다. 보이지 않는 바람은 연분홍 꽃이 막 피어난 모과나무 사이를 요란하게 지나간다. 때 아닌 갈바람소리에 스산한 기운이 휘도니 소름이 돋는다. 언덕마다 유채꽃이 노랗게 꽃길을 만들고 가만한 바람에 연록의 풀잎이 살랑이던 봄날이 아니었던가? 소리 없이 온몸을 스치고 울타리를 넘어 천지를 감돌던 여린 바람은 생명이요 평화로움이었다. 바람은 어디에서 불어와 어디로 가는 것일까? 바람의 근원은 하나일 것이다. 태초부터 생명을 어루만지며 부드럽게 불어왔을 맑은 바람은 순풍이요 모든 것을 휩쓸고 지나가는 무서운 광풍도 애초엔 청풍이었을 게다. 시방 나는 느닷없이 먼 바다에서 불어오는 바람소리에 꼼짝없이 갇혀버렸다.

음영이 짙은 산등성이와 엉성한 나뭇가지들이 바람에 흔들리는 쓸쓸한 가을이다. 멀리 대나무에 둘러싸인 초가집 위로 보름달이 떠 있다. 초옥의 둥근 창으로 서안을 마주하고 밖을 내다보는 선비의 모습이 보인다. 낙엽이 뒹구는 마당에는 손을 들어 숲을 가리키는 동자와 학 두 마리가 서성이고 있다. "이것이 무슨 소리냐? 네가 나가 살펴보아라." 글을 읽던 노옹이 어디선가 들려오는 이상한 소리에 동자에게 이르니 "달과 별이 환히 빛나고 은하수는 하늘에 걸렸습니다. 사방에 사람 소리도 없고 소리는 나무 사이에서 납니다."하고 아뢴다.

눈앞에 펼쳐있는 수묵담채, 도록에 담겨있는 김홍도의 추성부도*이다. 이 작품은 중국 송대의 문필가인 구양수가 지은 추성부(秋聖賦)를 단원이 그림으로 그려 낸 시의도(詩意圖)이다. 추성부는 가을밤에 글을 읽던 구양수가 서남쪽에서 들려오는 이상한 소리를 듣고 일어나는 감흥을 노래한 것이다. 마음이 한가로울 때 보리라고 아껴두었던 소책자를 여러 해가 지나서야 겉장을 넘겨보고 있다. 무에 그리 바쁘다고 쫓기듯이 살아온, 참으로 한심한 나를 돌아보니 갈바람 한가운데 몇 날을 멈춰 서있다. 신기하게도 오랫동안 잠을 자던 그림 속의 이야기가 두런두런 기지개를 켜니 꽃향기 그윽한 봄날에 가을바람이 인다.

홀연히 찾아온 바람소리에 까마득히 잊고 있었던 어린 날이

꿈길을 가듯 열린다. 아버지 서재인 사랑방에는 커다란 병풍이 있었다. 앞면에는 그림이, 뒷면에는 글씨가 쓰여진 병풍 속의 그림은 혼자 놀던 유년의 놀이터였다. 구름 사이 우뚝 솟은 산봉우리며 아득한 벼랑, 외길을 홀로 걸어가는 사람이 있는가 하면 고매(古梅)의 꽃그늘 아래 선비들이 모여 시회를 여는 그림도 있었다. 폭포가 쏟아지는 아찔한 구름다리를 건너가면 어떤 세상이 기다릴까? 무섬증에 온몸이 후들거려도 가보고 싶은 미지의 신비로운 그림나라, 아버지 두루마기 자락을 붙들고 한 폭 한 폭 옮겨 다니며 상상의 나래는 끝없이 펼쳐지곤 했다. 어쩌면 그 나라는 내 마음 깊은 곳에 숨겨있는 피안의 세계인지 모른다.

단원 김홍도는 1745년(영조 21)에 태어나 안산에서 살아온 것으로 추정되나, 세상을 뜨기 일 년 전에 그린 마지막 작품이 추성부도라는 설만 내려올 뿐 그의 생애는 물음표로 남겨졌다. 가신님은 옛 사람이어 만날 길 없지만, 작품 속에 담겨 있는 이야기는 불멸의 혼이 되어 북송에서 불던 천년의 바람을 데려 왔다. 단원을 기리기 위해 이름 지어진 마을에서 자란 아이들과 동주(同舟)한 영혼들은 어디에 있는가? 그들 또한 이승에 마침표를 찍지 않고 소멸되지 않는 하늘의 바람이 되었다. 자식을 잃고 위로마저 마다하는 라헬처럼 비통에 잠겨있는 사랑하는 이들에게 태고청풍이 되어 말한다. '넓은 하늘 위를 자유롭게 날고 있는 바람이 되었어요.' 이제는 그 무엇에도 걸리지 않는 하늘바람(天風)이 되어 수수만년 영원히 사랑한다고 속삭일 것이다. 천년의 바람이 부는 날에 아무것도 할 수 없는 나, 다만 자비를 청하는 염원을 담아 흰 종이 등을 높다랗게 내건다.

춘삼월에 가을바람이 분다. 바람이 마구 부는 날이면 마음 가장자리에 가시 하나씩 잉태하는지 모른다. 무수히 돋아난 가시로 창살을 만들고 울타리를 엮어 놓으면 바람이 들어오지 못할까 봐 가시나무를 자라게 한다. 시원으로부터 불어온 가을 소리가 두려워하지 말라고 토닥인다. 가시는 상처만 낼 뿐이니 아무리 모진 바람이 불어도 다시는 가시를 만들지 말라고 타이른다. 모든 것은 다 지나가는 바람 같은 것, 구름이 흘러가듯 견딜 수 없는 아픔과 고통도 세월의 바람이 데려가 줄 것이다. 온갖 바람이 불어도 인생의 산모롱이를 겸손되이 가만 사뿐 걸어갈 일이라고 병풍 앞에 어린 내가 알려준다.

* 추성부도: 김홍도(1745~?)가 1805년 종이에 그린 수묵담채. 보물1393호. 삼성리움미술관 소장

내 마음의 시내

냇물이 얕게 흐르는 시내가 있다. 집에 가려면 개울을 건너야 한다. 미루나무가 줄지어 선 냇둑 너머 들판엔 봄이 오면 아지랑이 사이로 연분홍 자운영 꽃이 끝 간 데 없이 펼쳐져 있다. 소꼴을 베던 머슴애들은 버들피리 부느라 치던 소를 놓치기도 한다. 여자아이들의 나물바구니 속엔 꽃다지 몇 송이도 들어있다. 클로버 하얀 꽃을 따서 꽃반지도 만들고 시계도 만든다. 아카시아 향기가 사라질 무렵이면 갑자기 쏟아진 소낙비로 시냇물이 불어나는 날이 잦다. 장맛비에 황토물이 무섭게 흐르고 온갖 것들이 떠내려 온다. 지붕 위에 박을 얹은 헛간 귀퉁이가 떠내려 오는가 하면 돼지새끼의 까만 몸뚱이와 동그란 수박이 번갈아 물속에 잠겼다 올라왔다 한다. 아이들은 학교를 일찍 파하고 물이 붇기 전에 개울을 건너려고 달려오지만 징검다리의 돌들은 이미 흙탕

물에 파묻혀 버렸다. 동네 청년들은 둑이 무너질까봐 산에서 나무를 베어다 방천을 쌓는다.

바람이 몹시 불어 돌다리를 건너다 휘청 냇물에 빠져 버리는 날도 있지만, 벗겨진 고무신을 첨벙이며 따라잡을 수 있을 만큼 느리게 흐르던 시내였다. 송사리 떼가 오르내리고 붕어의 비늘이 햇빛에 반짝이는 맑고 고요하기만 했던 시냇물은 잡아 삼킬 듯 넘실거리며 흘러온다. 금방이라도 물살에 몸이 휩쓸려 갈 것만 같다. 책가방을 어깨에 메고 개울을 가로질러 건너는 큰 학생들도 있고 장정들이 등에 업어 건너기도 한다. 둑 쌓는 일을 지휘하는 아버지는 건너편에서 기다리고 계신다. 물살이 조금 약해졌는지 언뜻언뜻 보이는 징검다리를 하나 둘 조심조심 뛰어 무사히 건너간다. 아버지는 대견해 하신다.

내 마음에도 시내 하나가 흐른다. 평화롭기만 한 봄날이었다가도 순식간에 천둥번개 치는 날들이 있다. 별의별 것들이 다 떠내려 와 시끄러운 도랑물이 된다. 장마에 홍수가 지기도 한다. 어느 땐 냇물에 빠져 분심거리인 떠내려 오는 쓰레기와 함께 허우적거리기도 한다. 온통 젖은 몸으로 겨우 물에서 나와 냇가에 서서 뚝뚝 물이 흐르는 찢겨진 옷을 말리기도 한다. 오한이 나고 생채기에서 피가 흐르기도 한다. 다시는 그러지 말아야지 다짐을 해도 콸콸 흐르는 흙탕물의 꼬임에 쉽게 빠져든다. 그래서

나는 마음에 속삭인다. 지금은 냇물을 건너려고 빠지지 말자고, 거기 떠내려 오는 것들은 마음대로 떠내려가라고 그냥 이쪽 냇둑에 서 있자고….

냇둑에 서서 기다림을 배운다. '모든 것은 다 지나가는 것'이라고 조급해 하는 마음을 달래본다. 여울져 흐르는 냇물을 바라보며 잠잠해지라고, 기다리다 보면 지루한 장마철이 지나고 맑아진 시내에 낙엽 하나 둥실 떠내려 오는 가을이 온단다. 조금은 쓸쓸하고 싸늘한 바람이 불어도 갈대밭이 우거지고 들국화가 수를 놓는 시냇가를 거니는 날도 있을 거란다. 사뿐히 내려오는 눈송이가 소리도 없이 녹아내리는 우리의 시내는 옥수가 흐를 거야. 굳이 물에 발을 담그지 않아도 기다리다 보면 얼음 위에 쌓인 눈길을 뽀드득 거리며 건너갈 수 있겠지. 두꺼운 얼음 밑에 시내는 겨울잠을 자지 않나 봐, 강태공이 뚫어 놓은 구멍 사이로 김이 모락모락 나잖아. 가만히 귀 기울이면 졸졸 개울물 흐르는 소리도 들린단다. 황새 한 마리도 발 시립다고 한 발로 서서 봄을 기다리나 보다. 그렇게 봄, 여름, 가을, 겨울이 가고 내 마음의 시내도 다시 새봄이 온다.

갯버들이 토실토실 물이 오르고 연둣빛 여린 풀들이 살랑대는 냇가엔 빨랫대야를 이고 오는 아낙들의 발길이 바빠진다. 겨우내 덮었던 이불 홑청을 팡팡 방망이로 두들기고 갓난아기의 똥

기저귀도 팔랑팔랑 흔들며 빨래를 한다. 때꼽재기 구정물과 더러움은 멀리 흘려보내라고 산들바람이 배웅을 한다. 마침내 온누리의 생명체에 넘치는 생수를 나눠주는 시냇물은 맨 처음 본디의 모습인 맑디맑은 벽계수가 될 것이다. 나는 거기서 포근한 봄볕을 등에 쬐며 맑은 시내에 얼굴을 비춰 볼 것이다. 마음도 따라와 제 영혼을 씻을 것이다.

하지만 나는 아직도 기다리는 법을 많이 배우지 못했다. 그래도 여러 차례 장마철이 지나면 언젠가는 고요하고 청정한 내 마음의 시내에 무념무상의 빈 배를 띄우리라. 어디선가 조약돌 하나 첨벙 날아와도 맑은 물은 스스로 파문을 잠재울 것이다. 그날이 오면 맨발로 사뿐히 징검다리 건너 아버지 기다리고 계시는 고향집에 갈 것이다.

나비잠

엘에이 주교좌성당에서 큰아이와 미사 참례를 했습니다. "내년 이맘때가 되면 부인은 한 아들을 안게 될 것이오." 엘리사가 스넴 여인에게 예언한 성경 말씀이 봉독되었습니다. 아이는 그 말씀이 자신에게 전하는 메시지 같았다고 합니다. 매달 첫 금요일은 점심시간을 이용하여 예수성심의 사랑을 기리는 미사를 드린다고 합니다. 어쩌면 신앙이라는 믿음이 없었으면 세상에 존재하지 않았을 큰아이, 생각만으로도 늘 조마조마 물가에 내놓은 아이 같습니다. 결혼식 직후 잠시 휴가를 떠났던 멕시코 휴양지에서 오토바이 브레이크가 고장 난 사고가 생겼습니다. 신혼부부의 생사가 오가던 그때 일을 생각하면 아직도 서늘함이 전신을 감쌉니다. 하늘이 보호하사 다리와 얼굴을 다친 신랑도 말끔히 치유되었고, 휠체어를 타고 돌아온 신부는 흉터가 크게 남았지만 힘든 시간을 잘 견뎌냈습니다.

바다의 별이라는 의미의 지닌 스텔라, 큰딸은 유난히 아기 예수님을 좋아합니다. 그러기에 건강을 회복한 다음 해에 아기를 향한 특별한 지향으로, 파리를 거쳐 체코의 프라하로 미뤄 두었던 신혼여행을 다녀왔습니다. 저도 아기 예수님께 딸아이 가정에 새 생명을 주시라고 날마다 기도를 드렸습니다. 시집 간지 온 삼 년이 넘은 저희 아이에게 좋은 소식 없느냐고 여러분이 궁금해 하십니다. 멀리 또는 가까이 정성으로 기도해 주시는 은인들도 계십니다. 막내딸은 기별도 없는 아기 옷을 수시로 장만하여 예쁜 여자아이 옷이 쌓여갑니다. 전 때때로 앙증맞은 원피스를 빼앗아 친구 손녀에게 선물을 하기도 합니다. 어느 날, 홀연히 새싹이 돋듯 아기 소식이 있을 것 같다는 반가운 소식이 날아왔습니다. 기쁨도 잠시 몸에 이상 징후가 보인다니, 다른 질병은 아닐까 싶어 내색은 하지 않았지만 불안한 날들이 지나갔습니다. 믿겨지지 않은 염려스러운 마음으로 조심에 조심을 더하는 날들이 흘렀습니다.

칠월의 첫 금요일, 큰아이는 작은 장미 화분을 성전에 봉헌드렸답니다. 루카스는 그렇게 빛으로 우리에게 왔습니다. 굿 뉴스가 없냐고 기다리시는 친가에도 기쁜 소식을 전하게 되었습니다. 남들은 늦둥이 볼 나이에 큰딸에게 아기 소식이 있으니, 사십여 년의 세월을 훌쩍 넘어 첫아기가 탄생하는 경사입니다. 우리 집안엔 온통 여자들뿐인데, 도련님 맞을 준비가 낯설기만 합니다. 얼마나 개구쟁이일까 아니면 점잖은 귀염둥이일까 상상이 되지 않는 사내아이랍니다. 막내는 사고뭉치인 저에게 '가지가지, 오이오이'라는 별명(막내딸이 매일 가지가지 사고를 친다는 말에다가 먹는 가지에 상응하는 오이를 덧붙여 부르는 별명)을 붙여 줍니다. 혼자서도 만날 자빠지고 깨뜨리고 못 말리는 엄마가 아기를 떨어뜨리면 큰일이니 못 맡긴다나요. 그러잖아도 아기 보기는 절대 사절이라고 예전에 선언했습니다. 어쩌면 백년손님인 아빠가 아기를 만지지도 못하게 할지 모른다며 식구들은 농담을 합니다.

가을이 한창인 어느 월요일, 아기 보러 가자고 합니다. 루카스와의 첫 만남, 심장의 박동 소리가 힘찹니다. 쉴 새 없이 움직이는 아기, 이는 곧 생명임을 실감합니다. 여기는 머리, 손가락, 친절하게 설명해 주는 젊은 여의사는 아기가 행복하단다고 말합니다. 하루는 아기가 딸꾹질을 한다고 연락이 왔습니다. 뱃속에서 아기가 딸꾹질을 한다니 처음 듣는 소리여서 따뜻한 물을 마셔보라 했지만, 걱정이 되었습니다. 알아보니 종종 있는 일이란다고 뜨거운 물을 마시고 나니 괜찮다고 합니다. 엄마와 아기는 진정 한 몸입니다.

가까운 분들만 모시고 고풍스러운 성 브랜던(St. Brendan) 성당에서 경건하게 올린 혼배미사는 참으로 성스러운 예식이었습니다. 미사가 끝날 무렵 성가대의 아베마리아가 울려 퍼지는 가운데 성모님께 꽃다발을 봉헌하고, 무릎 꿇고 기도드리던 신랑 신부의 모습이 가장 감명 깊었던 순간이었습니다. 그리고 양가 부모님께 감사의 꽃다발로 인사를 올린 정경을 다시 떠올립니다. 시부모님께 가장 큰 선물인 아기, 이제 머지않아 루카스가 태어나면 주님 전에 봉헌되겠지요. 이름 그대로 주위를 따스하고 환하게 빛을 줄 수 있는 귀한 아기로 자라기를 오늘도 기도합니다.

봄볕 따스한 삼월이 오면 반가운 아기 손님이 온답니다. 절대 사절이라던 그 말에 책임져야 할 일이 생겼나 봅니다. 스페인 성지순례 시기와 비슷하게 맞물릴 출산예정일, 나이 들면 힘드니까 걱정하지 말고 다녀오라는 아이의 말에 친정엄마의 본분을 깨닫습니다. 언젠가는 가보리라는 희망의 마음만 먼저 보내고, 봄 손님을 마중하렵니다. 튼튼하게 자라 우렁찬 울음을 터트리며 세상에 태어날 루카스를 기다립니다. 배냇저고리 입은 두 팔을 올리고 새근새근 나비잠을 잘 사랑스러운 아기를.

야영화夜影花

이른 아침마다 반가운 손님이 찾아온다. 언뜻 보이는 연록의 깃털을 지닌 단골손님의 이름이 무척 궁금하다. 동박새와 비슷하지만 눈빛이 더 순한 아기 새에게 '연두'라는 별명을 붙여준다. 포롱포롱 나무 사이를 날아다니는 작은 새를 찾아 숨바꼭질을 한다. 여린 잎사귀의 가벼운 흔들림이 술래에게 큰 기쁨을 선사한다. 초록 열매가 달린 야영화 가지에 앉아있던 연두가 마당의 잔디에 사뿐 내려앉는다. "퐁당!" 워러코인이 자라는 돌 수반에 연두가 빠졌다. 거실 창가에 서있던 나는 순식간에 일어난 일을 숨죽이고 바라본다. 목이 마른가 싶었는데, 유리창을 사이에 두고 재롱이라도 떨 듯 포드득 포드득 코앞에서 목욕을 한다. 자꾸만 물방울을 튀기며 봄바람이 분다고 목욕재계 한다.

연두는 혼란스런 겨울잠을 자고 있던 나에게 그만 일어나라고 재촉한다. 담벼락에 붙은 노란 햇볕도 어서 나와 보라고 손짓한다. 어느 사이 토분에 심어진 야영화가 낙엽 진 가지에 새잎을 파랗게 달고 있다. 앞마당에 제법 자란 한 그루가 있는데도 꽃시장에서 만난 우아한 자태가 어찌나 근사한지 망설임 없이 우리 식구가 되었다. 봄철 내내 기쁨을 주었던 꽃이 무슨 연유인지 작년엔 꽃을 몇 송이 피우지 못했다. 오히려 잎이 다 지고 부지깽이 같던 나무는 봄부터 가을까지 연달아 꽃을 피웠다. 유심히 두 나무를 관찰하다 보니 묵은 잎이 자리를 내어주지 않아 새잎이 돋지 못한 까닭이라는 걸 깨달았다. 나는 지금 절로 떨어지는 묵은 잎이 무섭고 두려워 앓고 있는 중이다. 늘 오가던 길이 낯선 길이 되고, 왜 길을 나섰는지 방향을 잃고 헤매는 일이 자주 일어났다. 기억을 관장하는 뇌 부위에 이상이 있다는 담당의사의 진단은 끝 간 데 없는 허무의 나락이요 허탈한 웃음이 자꾸 나왔다. 한없이 쓸쓸해지는 느낌은 그렁그렁 시야를 흐리게 했다. 잠자던 내면 아이가 말한다. 너도 묵은 잎이 떨어져야 새 잎이 돋지, 그래야 꽃을 피울 수 있단다.

헌팅턴 라이브러리 정원에서 첫 상봉의 순간은 환희였다. 울타리 한 면을 차지한 꽃무리도 장관이었지만 한 나무에 세 가지 빛깔의 꽃잎이 공존하다니, 그 신비로움에 첫 눈에 반해버렸다. 만개한 꽃멀미에 상사병이 도졌다. 황홀했던 꽃그늘을 다시 찾았으나 꽃은 이미 다 지고 돌아서는 마음은 허전하기만 했다. 나비처럼 날아간 이름 모를 꽃을 어디에서 만날 수 있으랴. 오랫동안 찾아 헤매며 가슴앓이를 하던 그 꽃을 뜻밖에도 고국에서 만나는 행운을 얻었다. 새 집을 지은 오빠네 현관 앞, 농협의 꽃 시장에도 시골 장의 한 모퉁이에도 봄날은 야영화 천지였다. 영명으로는 브룬펠지어 자스민, yesterday, today and tomorrow라고 불리는 야영화는 이후 즐겨하는 선물 품목 앞자리를 차지하였다. 어느 봄날, 은인에게 보내드린 야영화가 잘 자라서 꽃이 한창이라는 기별이 왔다. 지기 전에 꼭 보러오라는 당부와 함께 사진을 보내왔다. 작은 나무가 자라 풍성한 꽃을 피워 기쁨을 준다니 "꽃 보러 오세요!"라는 한 마디에 행복도 따라왔다.

어제, 오늘 그리고 내일이라는 각기 다른 시간의 꽃이 핀 야영화 곁에 서면 독일의 시인이자 철학자인 실러(Friedrich von Schiller 1759-1805)가 말한 "미래는 주저하면서 다가오고, 현재는 화살처럼 날아가고, 과거는 영원히 정지되어 있다"는 세 가지 시간의 걸음걸이가 떠오른다. 나는 어떤 걸음을 걷고 있는가? 쏜살과 같이 날아가는 오늘을 붙잡느라 허공을 떠도는지, 망각의 강으로 떠내려가는 과거를 건져 올리려 허우적거리지는 않는지, 아직 오지 않는 미래를 지나친 걱정으로 희망을 갉아먹고 있진 않은지 오래오래 생각에 잠긴다. 야영화의 꽃잎은 흰빛의 화심을 지닌 진보라에서 연보라, 하양으로 꽃잎이 변하기에, 끊임없이 피고 지는 꽃은 한 나무에 삼색의 꽃잎이 아름다운 조화를 이룬다. 신과 인간의 합일을 상징하는 보랏빛은 사랑이라는 의미를 지닌다. 짙은 보랏빛이 점점 하얗게 사위어가는 꽃잎은 완전한 사랑이란 다 내어주는 것이라고 무언의 가르침을 전한다. 어둔 밤이면 더욱 짙은 향기를 발하고 낙화하는 야영화의 흰 꽃잎이 '멸각'이라는 화두를 내게 선물한다.

하루의 분량만큼 꽃피면 그만인 것을 꽃이 진다고 슬퍼할 일도 아니다. 고움으로 향기로 제 몫을 다하여 열매를 맺었으니 참으로 장한 일이 아니냐. 무엇을 두려워하는가? 지난 이야기를 잊음인가, 사고의 능력을 잃음인가, 아니면 나 자신을 잊음인가, 이제는 나를 잊고 하루의 꽃망울을 부지런히 맺고 꽃 피우면 그것으로 족하다고 스스로를 다독인다. 작년에 맺은 열매가 추운 겨울을 견디며 새 꽃이 피기를 기다려 주는 야영화는 실화상봉수이다. 뜰에 나서면 향기로 먼저 말을 거는 우리 집 야영화는 봄이 오면 실화상봉(實花相逢)을 한다. 나도 매일, 매시간, 매순간, 생의 꽃을 온전히 피우고 열매를 맺는 실화상봉의 그날을 꿈꾸어 본다.

하늘 천天

누워서 하늘을 본다. 초승달이 내려다보는 밤하늘엔 엷은 구름이 흐른다. 한 지점에 이르러 스르르 잠겨 드는 하늘 호수, 밤의 정적은 모과나무 가지에 걸린 별처럼 신비롭다. 하나 둘, 별을 세다 꿈을 꾼다. 머리맡에 놓인 금이 간 청자에 양각으로 새겨진 푸른 학이 일제히 날아오른다. 튀튀(tutu)*를 입은 발레리나들이 〈백조의 호수〉 군무를 추듯 스물세 마리의 청학이 푸른 하늘로 비상한다.

아침에 잠 깨어 한껏 게으름을 피우며 창공을 마주한다. 하늘은 맑고 햇살 밝은 오늘은 민들레 씨가 동그랗게 떠다니는 청명(淸明)이다. 비행기가 흰 줄을 그으며 하늘을 가로지르고 서녘 저편에서 새가 날아온다. 기러기 떼처럼 멋진 유형으로 은빛 날개를 반짝이며 다가온다. 빙빙 창천에 원을 그리는 새떼, 사라질세라 맨발로 뛰쳐나가 고개를 한껏 젖혀 하늘을 올려다본다. 검은 점이 언뜻 보이는 하얀 날개를 활짝 벌리고 유유히 하늘을 돌고 도는 새들의 공연은 마치 '세마(Sema)' 춤과도 같다.

페르시아의 신비주의 시인이자 이슬람 법학자인 수피교의 창시자 잘랄루딘 루미**의 사상이 담겨있는 세마는 신과 합일에 이르려는 종교적 의식에 가깝다. 춤을 추는 세마젠들은 묘비를 의미하는 원통형의 높은 모자와 수의를 상징한 흰색의 긴 치마를 입는다. 그 위에 에고(ego)의 죽음을 뜻하는 흰색 저고리를 입고 세속적 갈망인 검은 망토를 입는다. 점점 빨라지는 음악과 춤은 무아지경에 이르러 자신을 비우고 신과 하나 되어 인류와 창조물을 사랑으로 포용한다는 명상 춤이다. 검은 망토를 벗어 던지고 수없이 회전하는 수행의 예식인 세마 춤을 하늘의 새들이 추고 있는 것이다. 팔을 양쪽으로 벌림은 영적 합일을 뜻하며, 오른손은 하늘을 향하여 신의 은총을 받고 왼손은 땅을 향하여 은총을 전해준다는 춤사위를 넋을 잃고 보고 있다.

변화무쌍한 하늘은 한없이 평화롭다가도 먹구름이 가득 밀려온다. 석양이 곱게 물드는가 하면 검붉은 하늘은 세기말의 징조인가 싶어 두렵기도 하다. 곧 눈이 올 것 같은 하늘이어도 이슬비조차 내리지 않는 야속한 날도 있다. 태양과 달과 별, 비와 바람을 거느린 하늘은 온 우주를 품어주는 장막이다. 무한한 사랑에 빠져드는 하늘 천(天) 아래 점같이 작은 존재인 나는 가장 낮은 자세로 하늘 보기를 즐겨한다. 한 점 부끄러움이 없어 하늘을 우러르는 것이 아니요, 부끄러움을 씻기 위해 하늘을 쳐다본다. 숨고 싶은 마음을 풍등에 담아 바람결에 띄운다. 하늘처럼 맑고 넓은 마음을 닮기 위해 옹졸한 마음을 올린다.

어둔 밤이 지나고 새날이 밝으면 하늘과 새들은 때때로 세마춤을 선물한다. 기진했던 몸과 마음을 추스르고 하늘의 뜻을 따라 오늘이라는 손님을 맞는다. "희망은 우리 영혼에 살짝 걸터앉아 있는 한 마리 새와 같다."는 에밀리 디킨슨의 희망의 새가 오늘의 손님이다. 처마 밑엔 꿀벌이 집을 짓고 희망의 꽃망울이 마구 터지는 봄날에 파랑새 한 마리가 가만 날아와 앉는다. 희망으로 꿈의 나래를 펴고 하늘을 나는 한 마리 새가 된다. 빈(空) 하늘을 가슴에 담아 하룻길을 잘 걸어가라고 루미가 토닥인다.

인간이라는 존재는 여인숙과 같다.
매일 아침 새로운 손님이 도착한다.

기쁨, 절망, 슬픔
그리고
약간의 찰나적 깨달음 등이
예기치 않은 방문객처럼 찾아온다.

그 모두를 즐거이 모시라
설령 그들이 슬픔의 군중이어서
그대의 집을 난폭하게 쓸어가 버리고
가구들을 몽땅 내가더라도.

그렇다 해도 각각의 손님을 존중하라.
그들은 어떤 새로운 기쁨을 주기 위해
그대를 청소하는 것인지도 모르니까.

어두운 생각, 부끄러움, 후회
그들을 문에서 웃으며 맞으라.
그리고 그들을 집 안으로 초대하라.
누가 들어오든 감사하게 여기라.

모든 손님은 저 멀리에서 보낸
안내자들이니까.

– 잘랄루딘 루미, 〈여인숙〉

* 튀튀(tutu): 여자 무용수가 입는 짧은 치마. 챙이 넓은 발레 의상.
** 잘랄루딘 루미(Jalaluddin Muhammad Rumi, 1207~1273): 아프가니스탄 발흐 출생. 페르시아 문학의 신비파를 대표한다.

가난한 여인의 노래

함박눈 소리 없이 내리는 날에 꼭 가보고 싶은 곳이 있었다. 언제부터인가 마음 깊이 자리하고 있는 그리운 이를 찾아 길을 나선다. 꽈리 열매가 붉게 익어가는 솔숲 사잇길을 걸으며 솔향에 취한다. 아득한 상엿소리에 끌리어 대문 앞 텅 빈 우물을 들여다본다. 우물물이 마르도록 긴 세월이 흐른 것이리라. 앞마당엔 튼실한 작약이 영근 씨앗을 달고 있다. 담 밑에 무리 지어 피어난 꽃무릇의 빛깔이 선연하다. 뒤란으로 돌아가니 장독대에 엎어 놓은 크고 작은 항아리에 햇살이 반짝인다. 감나무엔 감이 익어가고 수령이 오래된 벚나무엔 푸른 이끼가 융단처럼 세월을 덮고 있다. 이 모든 것에 배어있을 흔적을 찾아본다. 툇마루에 앉아 가을볕을 쬐며 사모하는 이를 기다린다. 얼마나 기다렸을까, 창호문 저편에 감청색 치마 초록 저고리 차림의 그녀가 서책을 펴들고 기척도 없이 앉아있다.

봉숭아 꽃길을 지나 수백 년의 세월이 흘러도 그치지 않는 애끓는 울음소리를 듣는다. 연이어 어린 남매를 여의고 태중의 아이까지 잃었으니 피눈물을 흘리는 어미, 통곡을 삼키며 무덤에 맑은 물을 부어 놓는 곡자(哭子)가 아릿한 통증을 일으킨다. 강릉 땅 초당마을 생가에 당도하면 반겨주시리라 한달음에 달려왔건만 애통함만 가득하다. 그저 곁에 서서 함께 책을 들여다보고 붓을 들어 시를 지었을 그 손을 잡아본다. '하필이면 조선에 여자로 태어나 김성립의 아내가 된 것'을 한탄했던 조선 여인 허난설헌의 세 가지 한의 절정은 광주 초월읍 지월리의 나지막한 언덕에 숨어 있다. 경수산 기슭 안동김씨 묘역엔 서운관정공파 재실 안내문이 마중한다. 팔작지붕으로 단장한 모선재(慕先齋) 사당을 지나 돌계단을 오르니 두 개의 작은 무덤이 보인다. 외삼촌 허봉이 만고의 슬픔을 묘지(墓誌)에 적어 어린 넋을 위로한 희연 남매의 쌍분이다. 그 오른편에 자식을 지켜보듯 홀로 자리한 허난설헌의 묘, 내 나이 이순의 생일에 찾은 유택은 먼 산에 물안개가 자욱한 초겨울 날씨마냥 쓸쓸하고도 먹먹한 아픔이 전신을 휩싸고 돈다.

"임종에 앞서 모든 작품을 태워 버리라 했으나 한 묶음의 글이 친정에 보존되어 오늘에 이르니 스스로 버리려 해도 주옥은 제

빛을 잃지 않아 나라 안팎에 책이 되어 나오고 부인을 추앙하는 이가 날로 더해 가고 있으니 문학사상 부인의 영명은 영겁에 빛나리라."는 이숭녕 박사가 지은 비문이 절절하다. 유택 우편엔 전국시가비 동호회가 세운 시비가 찬바람을 맞고 서 있다. 전면엔 〈아들딸 여의고서〉, 후면엔 〈몽유광상산〉 시가 새겨진 시혼을 헤아려 본다. 스물일곱의 부용이 지던 날 난새는 꿈에 그리던 광상산에 날아들었으리라. 하늘과 땅의 그리움을 이어가듯 긴 층계를 하나씩 다시 오른다. 금방이라도 흘러내릴 것 같은 무덤의 흙에 여린 꽃가지 꽂아 큰절로 하직 인사를 올린다. 마치 어머니 품에 안긴 남매처럼 산철쭉 세 송이가 한 가지에 붙어있다. 두 개의 작은 꽃봉오리와 반개한 한 송이의 겨울꽃은 하늘이 마련해 주신 선물 같아 위로가 되었다.

슬픔과 한을 시로 승화시켜 짧은 삶을 살다간 여인, 모두 태워버리고 재가 되었을지라도 불티 한둘 내 가슴에 날아와 불이 붙는다. 초희 아씨 치맛자락 끌리는 소리 그치고 가만가만 들리는 노랫소리에 귀 기울인다. 사랑하는 임을 만나 연자를 던지고 남이 보았을까 반나절 무안했다는 채련곡은 어서 목란 배를 띄워 연자를 따라고 재촉한다. 밤이 깊도록 열심히 베를 짜 비단을 만들어도, 남의 옷만 지을 뿐 중매쟁이는 알지 못한다는 〈가난한 여인의 노래(貧女吟)〉는 연민의 정으로 빈자의 아픔을 어루만진다.

豈是乏容色 [기시핍용색] 내 얼굴 어디가 모자라는가
工針復工織 [공침부공직] 바느질도 잘하고 베도 잘 짜는데
少小長寒門 [소소장한문] 어려서부터 가난하게 자라서
良媒不相識 [양매불상식] 좋은 중매쟁이가 알지 못하네
夜久織無休 [야구직무휴] 밤이 깊도록 쉬지 않고 베를 짜는데
戞戞鳴寒機 [알알명한기] 달가닥거리는 쓸쓸한 베틀 소리
機中一匹練 [기중일필연] 베틀에서 짜낸 이 한 필의 비단이여
終夜阿誰衣 [종야아수의] 밤을 새우나니 이 누구의 옷인고

-허난설헌, <빈녀음>

가난하고 서러운 여인의 넋이 부르는 노랫소리를 듣는다. 시를 짓는다고 시집살이를 하는 시대도 아니오, 가슴앓이 할 지아비가 있는 것도 아닌데 아직도 겨울잠을 자는 중이냐고, 어디선가 바람이 불어와 영혼의 현을 울린다. "그야말로 저는 아무것도 가진 것 없는 가난한 여인이랍니다. 하지만 훌륭한 중매쟁이는 필요 없습니다." 가난한 여인은 어둔 밤 고독이 부르는 노래를 껴안았기 때문이다. 질곡의 세월을 겪으면서도 자유로운 꿈을 꾸던 난설헌에게 친정이 있다면 나에게는 문학의 생가터인 모지(母誌)가 있음은 크나큰 축복이다. ≪한국수필≫로 등단한 작가가 지녀야 할 긍지를 가지고 내 인생의 의미 있는 순간들을 삶의 찬가로 부르고 싶다. 아직은 옹알이에 지나지 않지만, 이토록 서투른 나의 노래가 스스로에게는 영혼을 맑게 하는 행복을 안겨

주고 독자에게는 품 안의 자식처럼 기쁨과 위안이 되기를 소망한다. 스승과 오라버니 같은 동인의 응원에 기력을 찾은 가난한 여인은 밤새워 베를 짜며 베틀가를 부른다. 사랑하는 임의 옷을 지을까, 해진 내 옷을 지을까? 어느덧 동지섣달은 지나고 구멍 없는 피리(無孔笛) 소리가 청아하게 들리는 봄밤이다.

청노루귀

긴 돌담을 지나 궁 안으로 들어서니 단청을 하지 않은 전각이 소박한 아름다움으로 마중한다. 산과 언덕으로 이어지는 후원은 골짜기마다 아담한 연못과 정자가 자리하고 있다. 고궁을 찾을 때마다 자연과 어우러진 신비스러움의 향기에 절로 몸은 다소곳하니 마음 또한 경건해진다. 백송이 우거진 숲속엔 진달래와 황매가 화사하게 피어 있고 하얀 명자나무 꽃은 차라리 초록빛을 머금고 있다. 수양버드나무가 늘어진 춘당지에는 원앙이 한가롭게 노닐고 개나리가 노랗게 물 위에 그림자를 드리우고 있다. 활짝 핀 앵두꽃에 날아드는 벌들에게 눈길을 주며 별 말 없이 걸어도 정다운 이들과 여유롭게 고궁을 산책하는 시간이야말로 감미로운 행복이다. 고즈넉한 정원의 숲이 깊어 갈수록 온통 연둣빛이다. 꽃잎은 물론 나뭇잎의 연한 고운 빛들은 속세에 물들지 않은 깨끗함이요 맑음이다. 벚나무 사이를 지나 잔디밭에 이르니 까치 한 마리 햇볕 속에 앉아 있다.

갑자기 재잘거리는 한 무리의 유치원생들이 숲 저쪽을 돌아 나온다. 마치 병아리 떼처럼 손에 손을 잡고. 문득 여자 친구가 있다고 자랑하던 조카네 꼬맹이 생각이 났다. 이름이 뭐냐는 질문에 "보물이라 안 가르쳐 줄래요." "비밀이라서?" 무심결에 비밀이라고 단정 지어 들어버린 선입견이 앞선 것이다 "아니라니까요! 보물이라서 안 가르쳐 준다니까요." 아, 비밀이 아니라 보물이라니 그 말이 깊은 우물에 타래박이 풍덩 떨어지듯 내 영혼의 심연 속에 내려앉았다. 이제 겨우 유치원생인 꼬마아이가 보물이라고 이야기하는 의미를 나는 알아들었는가? 스스로 반문한다. 가끔은 진정으로 하는 나의 말이 스쳐 지나갈 때 얼마나 가슴이 쓸쓸하고 공허했던가! 나에게도 온전히 들어줄 수 있는 깨어 있는 귀가 필요하다. 깊이 귀 기울이면 닫혀 있던 비밀의 문도 살며시 열리어(레이첼 나오미 레멘의 〈그대 만난 뒤 삶에 눈떴네〉 중에서) 소중한 보물을 발견할 것이다.

조선 왕조 흥망성쇠의 역사를 묵묵히 귀담아들었던 수령 깊은 나무들이 숲을 이룬 고궁의 한적한 오솔길을 걷는다. 수풀 속 바위틈에 숨어 핀 청노루귀의 조용한 귀 기울임의 침묵을 닮고 싶다. 청보라 꽃봉오리 쫑긋 열어 놓은 청노루귀 두 송이 마음에 담아 궁 밖 돌담길을 천천히 걸어간다.

여름 夏

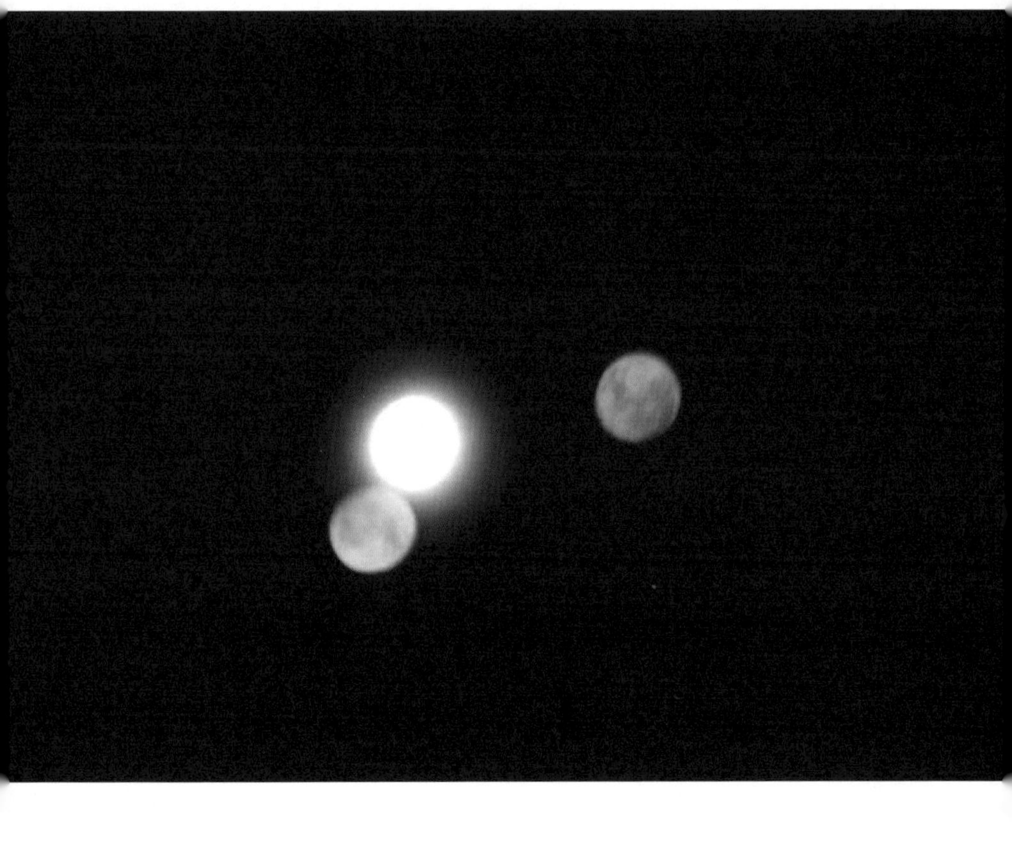

나비의 춤

아침부터 후끈한 열기에 화씨 백도를 웃도는 불볕더위가 계속된다. 가랑잎같이 타버린 화분을 나무 그늘로 옮기느라 무릎을 꿇는다. 단풍나무 아래 작은 연지, 한가롭게 부유하는 부레옥잠과 연잎 사이로 보랏빛 꽃잎이 소리 없이 내린다. 떠다니는 검불을 걷어내고 일어서려는 순간 놀라움에 동작을 멈춘다. 석등 처마 밑에 대롱대롱 달린 녹색의 방, 며칠 찾아 헤매던 애벌레의 은신처였다. 젤리같이 말랑한 담녹색의 주머니에 금줄이 선연하다. 아무도 모르라고 보금자리를 마련한 지혜에 감탄하며 조심스레 물러난다.

꽃모종을 전하러 들렀던 큰아이 집에서 가져온 금관화에 징그러운 애벌레가 네 마리나 따라왔다. 그 애벌레가 자라 호랑나비가 된다며 꽃에는 독성이 있으니 만지지 말라고 당부하는 아이는 시간이 날 때마다 나비 소식을 묻는다. 애벌레들은 꽃을 다 따먹고 잎사귀까지 남김없이 먹어치웠다. 빠른 속도로 성장한 애벌레는 다른 밀크위드(milkweed)*를 찾아 행동 범위가 넓어졌다. 소복이 자란 박주가리 연한 잎을 뜯어먹으며 단풍나무까지 올라간 애벌레는 다음날 작은 주머니를 만들어 거처를 마련했다. 며칠 후 검게 변해버린 나비 방은 빈집이 되어 벌 하나가 차지하고 있었다. 허망한 생각에 세 마리는 어디로 갔을까 사방을 찾아보아도 눈에 띄지 않았다. 우리 눈엔 보이지 않아도 어디선가 집을 짓고 잘 있겠지, 무심을 가장하여도 자꾸 마음이 쓰였다.

하얀 나비가 나풀나풀 놀러 오면 내 영혼에도 실바람이 불었다. 화려한 호랑나비가 보일라치면 "에비, 아이 무서~" 강아지에게 조심하라고 장난을 쳤다. 아는 만큼 보인다고 했던가? 관심을 두고 보니 신비롭기 그지없는 모나크나비(제왕나비, monarch butterfly)가 우리 집 귀빈이 되었다. 캐나다와 알래스카에 살던 모나크나비는 기온이 떨어지는 가을이 되면 캘리포니아 연안이나 멀리 멕시코 중부 미초아칸 주까지 겨울을 나기 위해 수백만 마리가 대이동을 한다. 2,500마일이 넘는 모나크 마리포사스(monarch mariposas)의 장엄한 군무(群舞)가 날개를 접으면 그들의 성소인 보호구역에서 유칼립투스나무나 전나무 가지에 다닥

다닥 붙어 긴 겨울잠을 잔다.

봄이 오면 시에라 산맥을 넘어 북쪽으로의 귀향이 시작된 나비는 안전한 곳을 찾아 독성이 강한 아스클레피아스(금관화)에 알을 낳는다. 독이 있는 밀크위드를 먹으면 다른 생물들은 중독을 일으켜 죽음에 이르지만, 모나크나비의 아기들은 밀크위드의 독에 중독되지 않는다. 오히려 몸에 독성을 지닌 나비는 새나 작은 포유동물인 천적으로부터 자신을 보호한다니 참으로 놀라운 생존의 법칙이다. 이렇게 태어난 1세대는 약 2~6주간을 지낸 후에 알을 낳고 어미의 생은 다하여 나비의 한살이는 다음다음 세대로 이어지며 북으로의 여정이 계속된다. 마운틴 로키 등 북쪽 서식지에 당도하여 가을에 태어난 4세대 나비는 8개월에서 9개월까지 산다. 바로 이 세대가 겨울이 되면 한 번도 가 본 적이 없는 조상이 살던 그 숲 그 나무로 정확히 다시 돌아간다는 불가사의한 자연의 신비가 이루어진다.

주홍빛 날개와 검정의 시맥 가장자리에 2줄의 하얀 점무늬가 화려한 모나크나비는 제초제 사용으로 인한 유액 분비식물의 감소와 불법 벌목, 기후변화 등 인위적인 자연환경 파괴로 개체수가 무려 90%가 감소했다는 보고가 있다. 멸종 위기에 몰린 모나크나비를 보호하기 위해 미국과 캐나다 정부가 500만 달러를 지원하고 있지만 갈수록 생존의 위협을 받고 있다. 공동 연방

프로그램은 물론 미국 국립 야생 동물 연합(National Wildlife Federation)이나 상당수의 비정부 기관과 시민 단체가 모나크나비의 이동에 도움을 주도록 자연을 사랑하는 시민들의 참여를 돕기 위해 다양한 서비스를 제공하고 있다.

이른 아침 꽃밭에 물을 주려니 언뜻 움직임이 감지되었다. 가녀린 풀잎에 호랑나비 한 마리가 힘겹게 앉아있다. 어딘가에 숨어있던 나비가 우화한 것이다. 날아갈세라 얼른 사진을 찍어 기쁜 소식을 알린다. "엄마, 우리 밀크위드 더 사와야 해" 어느 사이 양귀비 잎사귀에 앉아있는 갓 태어난 나비에게 눈길을 주며, 미처 생각지 못했던 어린 나비의 먹이를 구하러 나서는 마음이 초조하다. 소담스럽게 핀 금관화를 사 들고 급히 돌아오니 대문 밖에 앉아있던 나비는 한두 번 날갯짓을 하곤 멀리 날아간다. 숨이 막힐 것 같은 더운 한낮에 먹지도 못하고 가버린 나비가 안쓰럽다. 미안한 마음으로 내일을 위해 석등 곁에 꽃자리를 정한다.

나비는 새벽에 태어나나보다. 날 밝기를 기다려 살펴보니 껍질을 꼬옥 붙들고 기다리고 있는 나비, 나도 마당에 앉아 나비가 날기를 기다린다. 미동도 없이 아침나절 내내 제집을 껴안고 있던 나비는 훌쩍 날아 금관화를 타고 오르다 자갈밭에 떨어진다. 꽃을 먹고 자란 나비의 아름다운 날개로 맴을 돈다. 날개를 폈다 접었다 나는 연습을 하며 젖은 날개를 말린 나비는 살랑살랑 춤을 춘다. 하느님께서 이루신 나비의 춤에 내가 장한 일이나 한 듯 기쁨이 찰랑댄다. 고운 날개를 활짝 펼쳐 머리 위를 두 바퀴 선회하던 나비는 담장 너머 나뭇잎 사이에 앉아 길 떠날 채비를 하나 보다. 하루도 안 되는 짧은 만남, 꽃밭에 드리운 나비의 춤사위가 보이지 않는 창공에 그림자를 그린다. 그 여린 날개로 북녘 먼 길 떠나는 나비와 동행하는지 부드러운 바람이 인다. "나비야, 잘 가~" 어제오늘 연이은 이별에 마음이 싸하다. 어느 날, 나에게도 날개 돋으면 두고 온 고향으로 날아가리라.

*밀크위드(milkweed): 흰 유액을 분비하는 식물의 총칭.

비밀사서함

수많은 서적이 진열되어 있는 대형서점에 들어서면 뿌듯한 충만함이 차오른다. 신간, 베스트셀러가 손짓하는 화려한 응접실을 지나 인적이 뜸한 골방으로 발길을 옮긴다. 책 제목을 하나하나 읽어보며 무슨 사연이 쓰여 있을까? 나름대로 상상하는 시간이 즐겁다. 글쓴이가 누구인지 알지 못해도 한 권의 책을 엮기 위해 얼마나 많은 고뇌와 사유의 밤을 지새웠을지 숙연해진다. 작가의 혼이 담겨있는 한 줄의 글도 허투루 대할 수 없는 것이다. 제목이 마음에 들어 책을 고르는 경우도 있지만, 대개는 내가 좋아하는 작가의 책을 선택하게 된다. 좋아한다는 것은 무엇일까? 그냥 마음이 가는 것, 영혼이 화답하여 기쁘고 행복한 것이라고 나만의 정의를 내린다.

아직도 나는 책에 대한 목마름이 남아있다. 남미에서의 첫 이민 생활은 낯익음에서 단절된 허무와 절망으로 내게 주어진 것은 주체할 수 없는 시간뿐이었다. 의미를 부여할 수 없는 날마다의 시간이 진저리나도록 무료한 시절이었다. 그러기에 어쩌다 사서함으로 배달되는 책은 생명수와 같은 것이었다. 얼마 되지 않은 교민이 이집 저집 책을 돌아가며 보던 시절이었다. 철 지난 구겨진 신문 쪼가리에 적혀있는 기사는 이미 뉴스가 아니었다. 하지만 거기에 내 나라 글이 적혀있기에 찢어진 조각의 사연이 궁금해서 고개가 삐딱해진다. 마치 고개를 돌리면 보일 것처럼 말이다.

헌책방은 웨스턴 길에 있다. 우연히 알게 된 이 책방을 나는 행복우체국이라 부른다. 오늘은 무슨 편지가 기다리고 있을까? 설렘이 앞장선다. 요즘은 어디를 가도 비밀번호를 입력하란다. 기억력이 형편없는 나는 때때로 '오류입니다' 다시 입력하라고 거부를 당한다. 하지만 이 행복우체국의 사서함은 열쇠도 비밀번호도 필요 없다. 아는 사람만 찾아오는 비밀 사서함이다. 긴 세월 수신자를 기다린 그 편지에선 전설의 냄새가 난다. 누렇게 변색된 종이에 적힌 묵은 편지를 열어보는 두근거림은 내게 온 행운이다. '사람은 책을 만들고 책은 사람을 만든다.' 얼마나 가슴 뛰는 말인가! 사람을 만드는 책 집에 오면 참사람이 될 것 같다.

햇살 바른 평상에 앉아 행복우체국에서 막 찾아온 소포를 뜯어본다. 이따금 흔들리는 풍경 소리를 들으며 햇볕과 바람을 쐬라고 책을 널어놓는다. 바라만 보아도 웅숭깊어지는 편지뭉치가 흐뭇하기 그지없다. 어린 벗에게 보낸 피 선생의 편지를 읽고 자란 내 영혼은 포도밭 언덕에서 보낸 헤세의 편지를 읽으며 지혜를 배운다. '그대에게 보내노라'는 나의 이름이 숨어있는 세로글씨 연서를 읽노라면 서늘한 바람이 책장을 넘긴다. 책갈피에 끼어 있는 단풍잎 하나가 소식을 전한다.

언어는 정신의 지문
나의 넋이 찍히는
그 무늬를 어찌
함부로 할 수 있겠는가.
- 최명희

톨스토이의 참회록을 읽고 무릎 꿇어 함부로 대한 참회를 한다. 현자의 그림과 신비로운 예언서를 읽으며 삶의 가르침에 감동하고 세기를 지나 전해진 아루렐리우스의 명상록에 마음 조아린다. 진한 그리움으로 반색하며 맞이하는 사랑, '한 일 년만이라도 더 묵혀서, 더 보고, 더 생각하고 더 고쳐서 발간하지 못하는 것이 한이 되고 양심에 매우 거북하다'시는 춘원 선생의 서문을 공손히 받들어 읽는다. 오늘은 덤으로 얻어 온 책 속에 아이들도 따라 와 동요를 부른다.

동무동무 어깨동무
어데든지 같이 가고
동무동무 어깨동무
언제든지 같이 놀고
동무동무 어깨동무
해도 달도 따라오고
– 한국 전래 동요선

행복우체국 비밀 사서함에는 먼 곳을 돌아온 수신자 없는 오래된 편지가 날마다 기다리고 있다. 오늘은 나도 밤이 깊도록 모국어로 편지를 쓴다. 미지의 수신자에게 보내는 나의 편지도 어느 날 비밀사서함에 당도할 것이다. 그곳에서 누군가를 기다리며 익숙한 냄새에 편안한 잠을 오래오래 잘 것이다.

추억의 정원

마지막 저녁 햇살이 잔디 위로 솟아오르는 물줄기에 무지개를 걸어준다. 마치 공작이 날개를 활짝 펴고 춤을 추는 자태 같다. 이제는 동산을 떠날 채비를 해야 할 시간임을 알려준다.

팔월 보름, 새로운 이민의 삶을 출발하기 위해 미국 땅에 첫발을 디뎠다. LA 공항에서 언니네 집으로 가는 도중 차창 밖으로 보이는 잘 정돈된 초록빛의 공원이 눈에 띄었다. 안쪽으로는 근사한 목조건물에 성조기가 휘날리고 맞은편엔 시원스러운 분수가 아름다웠다. 끝없이 펼쳐진 푸른 잔디와 녹음 짙은 나무들이 평화로워 보이는 공원 입구는 책으로 장식된 고풍스런 철책 정문이 인상적여서 도서관으로 착각을 했다.

사방 어느 곳에서든 쉽게 보이는 언덕 위의 하얀 십자가에 밤이면 불을 환히 밝힌다.

물가에서 놀던 새들의 무리 중 오리 한 쌍이 횡단보도를 뒤뚱이며 외출을 하는 날이면 오가던 모든 차량이 오리의 안전을 위해 멈추어 선다. 오월이면 도로 양쪽으로 늘어선 가로수의 자카란다 보라 꽃들이 아치형을 이루어 마치 꽃구름 속을 지나 천상으로 가는 길처럼 아름다운 공원이다.

무서움에 온몸이 오그라드는 어릴 적 기억 속에 남아있는 고향의 공동묘지와는 분위기가 사뭇 다른 공원묘지였다. 저마다 의미 있는 이름이 붙여진 작은 정원들이 모여 숲을 이룬 공원은 하룻길을 걸어도 모자랄 것같이 넓고 크다. 특별한 이벤트 행사가 매달 열릴 때면 관광객들도 모여든다. 그곳에서 최후의 만찬이 그려진 스테인 글라스(The Last Supper Window)를 감상하기도 하고 우리나라 문화재도 몇 점 전시된 박물관에 신기한 작품들을 발소리 죽이며 관람을 한다. 정원 곳곳에 자리한 동상들 미켈란젤로의 〈다비드상〉과 〈인생은 미스터리〉라는 조각품들도 돌아본다. 누군가 가까운 이가 여기에 묻혀 있어 종종 오는 곳은 아니다. 이곳에 오면 고요한 평화로움으로 심신을 쉴 수 있기에 자주 찾게 되고 나에게 특별한 사람이면 보여주고 싶고 같이 가보고 싶은 곳이기 때문이다.

오래전 어머니가 이 장소를 찾으셨을 때 "천국이 바로 여기"라고 감탄하셨다던 글렌데일 공원묘지다. 푸르름과 고요 속에 가만히 앉아 있기만 해도 세상의 근심걱정이 절로 날아간다. 묘지에는 명절 때는 물론, 평소에도 온갖 장식과 화사한 꽃들이 꽂혀 있다. 잔디 사이를 천천히 걸으며 누워있는 묘비를 읽어본다. 얼마나 살다 갔을까? 유난히 날짜에 눈길이 머문다. 삼 일만에 세상을 떠난 아기의 무덤도 있다. 그 아기의 무덤 앞에선 조금 더 오래 서 있기도 한다. 저마다의 모국어로 이름이 새겨져 있는 비석들, 사랑하는 누구… 망극한 고별이 아니라 늘 곁에 있는 것이라는 이승에서의 작별을 영원으로 이어가고 싶은 가족들의 글이 새겨져 있다. 가만히 살펴보면 죽어서도 사람들은 동족끼리 모여 산다. 가장 번듯하게 잘 꾸며진 무덤은 대부분 중국인의 가족 묘지들인데 부를 상징하는 느낌이다. 꽃다운 나이에 세상을 떠난 친구의 딸, 엔지에게 가는 길엔 낯익은 한글이 자주 눈에 보인다. 떠난 타인의 이름을 읽어보며 추모의 짧은 기도를 드린다. 때로는 하관 중인 장례행렬도 만나고 어느 땐 꽃 이불을 덮고 누워있는 새 무덤도 보인다. 언젠가는 흙을 파 놓은 묏자리가 있어 가까이 다가서 들여다 보니 그 깊이가 아득하여 휘청 현기증이 나기도 했다.

오르막길을 차를 몰고 가다 보면 길을 잃는 날도 있어 돌고 돌아 헤매는 날도 있었다. 처음 운전 연습을 혼자 하던 장소도 꼬불꼬불 내려오는 이 묘지 안의 한적한 길이었다. 마음이 술렁이며 울적할 땐 지체 없이 달려오곤 한다. 어느 해 어버이날엔 이슬비를 맞으며 찾아뵙지도 못하는 죄송스러운 마음을 달래보기도 했고, 부모님 생신날이면 고향 집에 모여 있을 식구들을 그리워도 했었다. 살다가 서럽고 서러운 날엔 해 질 무렵까지 하염없이 앉아있다 돌아오기도 하는 내가 숨어 쉴 수 있는 숲속이다. 또한, 주체할 수 없는 기쁨이 넘치는 날에도 달려오는 곳이다. 뜻밖에도 먼 길 날아온 고향의 야생화 꽃씨가 들어있는 친구의 편지를 설레는 마음으로 뜯어보는 행복도 이곳에서 갖는 기쁨이었다. 이처럼 '추억의 정원'은 내 지친 마음을 재생시켜주는 나만의 비밀장소이다. 그곳에는 아주 오래된 키 큰 소나무들이 있다. 소나무 그늘 아래는 못 자국 선명한 손, 그 상처의 손을 벌려 반기는 그리스도상이 있다. 흰옷 입은 예수님의 맨발 아래로 작은 물줄기가 물소리를 내며 떨어진다. 낙숫물이 모여 생긴 조그만 연못엔 정갈한 수련 몇 송이가 피어 있는 날도 있다. 햇살이 아지랑이 되어 가득한 동산엔 누구의 염원일까? 높다란 바위 끝에 올려진 촛불. 이라크전쟁이 한창일 때는 무사귀환을 바라는 기도문이 향기로운 백합 사이에 꽂혀 있기도 했다. 거기엔 돌로 만든 장궤틀이 놓여있어 신발을 얌전히 벗어 놓고 무릎 꿇어 마음을 모으기도 하고 때로는 등 기대고 살며시 불어오는 바람 속에 앉아 있기도 했다.

서녘 하늘에 구름이 발갛게 물들고 석양이 뉘엿뉘엿 넘어가는 시간, 이따금 포르르 작은 새들이 날아다니고 눈길 마주친 다람쥐가 쪼르르 달음질치며 나무 사이로 숨어들 뿐 모두가 침묵 속에 고요하다. 침묵으로 말을 받아주고 침묵으로 말을 지켜주는 묵언의 편안한 쉼만이 있는 곳이다. 기쁨도 슬픔도 모든 것은 다 한순간 지나가는 것이기에 조금은 세상 것이 멀어져 가는 빈 마음이 된다. 비어 있음이 가득한 것이라는 가르침을 경험하는 자리이다. 따사로이 감싸 안아주는 햇볕 속에 앉아 휴식을 즐기는 이유는 멀리 가기 위해서이다. 인생의 힘든 고갯길에 지친 나그네가 잠시 쉬어갈 수 있는 내 삶의 여백을 남겨놓고 싶어 추억의 정원을 자주 찾곤 한다.

살다간 이와 살고 있는 이 모든 자에게 마음의 평화를 안겨주며 전원의 향기를 느끼게 해 주는 추억의 정원이 내 집 가까이 있음은 참으로 고마운 일이다. 나는 그곳에서 겸손과 감사를 다시 깨우친다.

누군가에게 말없는 쉼표로 한 줄기 물줄기가 되고 싶은 오늘이다. 갈라진 마음밭에 촉촉이 내리는 단비가 되었으면 좋겠다. 그 비 그치면 하늘엔 무지개다리가 걸릴 것 같다는 예감을 안고 귀가하니 우리 집 뜨락엔, 달맞이꽃 한 송이 이슬방울 달고 있어 영롱한 무지개를 담고 있다.

베틀에 앉아

사랑채 대청마루에는 동네 아주머니들이 둘러앉아 모시풀의 껍질을 벗기고 있었다. 한쪽에선 이로 모시를 쪼개고 용철이 할머니처럼 연세 드신 노인들은 한 올씩 무릎에 맞이어 손바닥으로 비벼서 모시를 삼고 있었다. 모싯잎으로 만든 개떡을 먹다가 심심하면 꾸리를 감아 본다고 떼를 쓰기도 하고, 동갑내기 대규가 볼을 꼬집어 울기도 했던 일들이 어렴풋이 생각이 난다. 초저녁이면 어머니랑 함석집으로 마실(밤마을)을 가기도 했는데, 그 집에 순애 언니는 분합문 창호지에 달라붙어 있는 하루살이를 꼭꼭 눌러 죽이며 막내는 불쌍하다고 했다. 어머니는 부채질을 해주시며 "막둥이들은 엄마가 함께 오래 살지 못하니 그 말이 맞다"고 하셨다. 앞날을 알기나 한 듯 얼마 후에 함석집 아주머니는 돌아가셨다. 그 시절엔 안상제들은 장지에 가지 못했는지

머리를 푼 딸들이 상여를 붙들고 서럽게 울고 있었다. 한동안 순애 언니 머리엔 하얀 나비 핀이 꽂혀 있었고 소복단장을 하고 다녔다. 철딱서니 없던 나는 걸을 때마다 나풀거리는 흰 치맛자락이 예뻐 보였고 언제 저 핀을 꽂을 수 있을지 부러워했다.

사랑채 안방에는 베틀이 놓여 있었는데 낮에도 어두운 기억이 난다. 살그머니 들어가 베틀에 서서 발에 맞지도 않은 커다란 고무신 한 짝을 신고 찌그덕 잡아당겨 보기도 하고, 북을 이리저리 넣어보며 혼자서 놀았다. 지금 생각하면 짜던 베를 엉망으로 만들어 놓았을 텐데 야단맞은 기억은 없다. 신기한 일은 실 꾸러미를 헝클어 놓아도 어머니는 용케 풀어서 실꾸리를 예쁘게 감아 놓으셨다. 그때 벌써 눈이 침침하셨을까 어머니는 바느질을 하며 바늘에 실을 꿰어 놓으라고 하시면 나는 곧잘 실을 꿰어 놓곤 했다. 실을 길게 늘여 꿰면 멀리 시집을 가서 살고 실의 길이가 짧으면 가까이 시집을 간다고 했다. 내가 꿴 바늘의 실은 얼마나 길었기에 이렇게 멀리 떠나와 살까? 엊그제 일만 같던 어린 시절이 어딘가에 숨어 있을 것만 같다. 화롯가에 앉아 새로 단 아버지 저고리 동정에 인두질을 해 보겠다고 고집을 부리기도 하고, 등잔불의 심지를 자른다고 머리를 끄슬리기도 했던 그 시절이 생각만 해도 따스하다. 언젠가는 작은 복주머니를 만들어 주셨는데 신이 나서 친구 집으로 달려갔다. 춘홍이 아버지는 노다지가 얼마나 들었냐고 놀리셨다. 꽃 모양을 붙여 구슬을 단 예쁜 주머니였다.

나는 가끔 베틀에 앉아 있는 상상을 한다. 이제는 내 발에 꼭 맞는 베틀신 한 짝도 신을 수 있고 키도 자라 베틀에 앉을 수 있으니 베만 잘 짜면 되는데 나는 베를 어떻게 짜는지 모른다. 모시풀은 뒷산 모퉁이를 돌아 학동 가는 논두렁에 군락을 이루고 있었는데 어쩌면 그곳에 가면 구할 수 있을지 모른다. 해마다 추석이면 햇콩을 넣어 만든 모싯잎 송편을 감춰두고 하나씩 꺼내 주던 할머니도 돌아가셨으니 내 차지가 될지도 모른다. 하지만 모시 새수를 어떻게 맞추는 줄도 모르고 바디에 끼울 줄도 모른다. 할 줄 아는 것 보다 모르는 것이 천지다.

이제 나의 모시풀은 겉껍질이 벗겨지고 속껍질은 햇볕에 말리어 물에 적시기를 여러 번, 무릎에는 피가 맺혀 올올이 곱게 갈라지는 아픔을 거쳤다는 느낌이다. 베를 짤 줄 몰라 엉켜버린 묵은 베는 미련 없이 잘라내고 새로운 날실을 걸고 씨실이 담긴 북을 소중히 안아본다. 두렵고 떨리는 마음으로 오늘이란 날실에 순간의 씨실을 엮어 희로애락 무늬를 놓아 세모시 한 필 짜고 싶다. 정성을 다하여 내게 주신 날수가 다 하는 날에는 곱고 고운 예복을 마련하면 좋겠다. 어린 날에 입고 싶었던 하얀 치마저고리를 한 땀 한 땀씩 바느질을 할 것이다. 머리에 꽃을 나비

핀도 접으며 흐뭇해하리라. 베틀에서 베를 걷어내는 마지막 시간이 오면 비록 엉성한 삼베를 짜더라도 어떠랴. “장하다!”고 안아 주실 분이 기다리고 계실 것이기에 아무 염려할 것 없이 편안하다. 내가 다 못 짜면 손수 마무리도 해 주실 것이다.

다만, 오늘도 베틀에 앉아 내가 해야 할 베 짜는 일에 충실할 뿐이다.

기쁘고 행복하게 달그락거리며.

친정

아침부터 꽃밭을 들락날락 한나절이 지났다. 날이 밝으면 새싹이 돋았을까 날마다 들여다보는 매실나무 한 그루가 좁은 마당 한가운데 서 있다. 정초에 매실 두 그루를 구입하여 한 그루는 수도원에 한 그루는 우리 집 앞마당에 심었다. 마른 가지에 봄바람이 불어오니 수도원 정원의 매실나무는 녹색 빛을 머금고 줄기 아래부터 가지마다 다닥다닥 초록 잎을 달고 있었다. 한 달이 지나고 두 달이 지나도 어찌 된 일인지 우리 집 매실나무는 빈 가지만 달고 있다. 퇴비 대신 탱자나무 어린 묘목을 얻으러 화원에 간 길에 무슨 영문인지 모르겠다고 의아해하니, 물을 자주 줬냐고 묻는다. 물론 열심히 물을 줬다고 했다. 나무를 사 갈 때마다 잎이 날 때까지 물을 주지 말라고 신신당부를 하는데 왜 물을 줬냐고 혼만 났다. 잎이 나기 전에 물을 주면 뿌리가 썩는

단다.

그 당시 모과나무랑 감나무, 대추나무 등 여러 그루를 샀지만 접붙인 자리가 흙에 묻히면 안 된다는 주의사항만 들었다. 나무를 옮겨 심을 때 퇴비를 깔고 구덩이에 물을 충분히 주라는 설명을 들었기에 아침마다 물을 주었으니 어쩌면 좋을까! 무지한 내 탓으로 나무들이 다 죽게 생겼으니 정말 큰일이었다. 당혹스러워하는 내게 아주머니는 나뭇가지를 꺾어보면 살았는지 죽었는지 알 수 있으니, 6월까지 잎이 안 나면 그대로 뽑아오라신다. 집에 돌아오자마자 나뭇가지 끝을 조금 잘라보니 파란 기운이 남아있다. 아직은 희망이 있다는 안도감에 물주기를 삼가하고 조심하는 중 먼저 대추나무와 감나무 꼭대기에 파릇한 흔적이 보였다. 혹여 죽었을까 걱정이던 나무들이 이젠 살았구나! 생명이 돋아나는 경이로움에 기쁨의 환희가 온몸으로 퍼져 나갔다.

유월은 점점 다가오는데 매실나무는 아직도 아무 기별이 없다. 정말 뿌리가 썩었을까? 염려하며 거미줄이 붙어있으면 떼어주고 잘 살아달라고 가만 쓰다듬어 주곤 했다. 육안으로 확인되지 않은 초조함에 카메라를 꺼내 접사를 해 보기도 돋보기를 이리저리 움직여 보기도 하지만 나뭇가지는 점점 검은색을 띠며 말라가는 느낌이다. 시간은 자꾸만 가는데 우리 집에 있다 아주 죽어버리면 어쩌나 싶어 근심거리 하나가 늘었다. 며칠 궁리 끝에 매실나무를 뽑아다 주기로 결심을 했지만, 오늘도 삽자루를 잡았다 놓았다 갈팡질팡 망설임에 해가 중천에 떴다. 구덩이를 파는 것도 어려웠지만 깊이 박힌 나무를 뽑아내는 일도 쉽지 않아 주위에 꽃들이 꺾이고 손에 상처를 입었다. 우리 집에 살러 온 나무를 내치는 것 같아 살갗이 벗겨진 손등보다 마음이 더 쓰리다. '그래도 친정집에 가서 기운 차리고 잘 살아라' 미안한 마음을 대신하며 스스로 위로한다.

화원에 도착하니 그 많던 매실나무가 다 팔려갔는지 보이지 않는다. 아주머니는 대뜸 " 이혼당하고 왔네!" 하시며 매실 나뭇가지를 뚝뚝 잘라 버린다. 아직 죽지 않았다고 더 기다려보지 그랬냐고 지금은 비슷한 것이 없으니 놓고 가란다. 뒤란에 있던 아저씨가 어쩐 일이냐고 물으시니 "이혼당해서 왔대!" 더 큰 소리로 아주머니가 답한다. 왠지 그 말이 예사롭게 들리지 않는다. '아니야, 넌 이혼당하지 않았어. 내가 꼭 데리러 올 게.' 혼잣말을 되뇌이며 좀 더 기다릴 것을 여간 후회가 되지 않았다. 하지만 잘 키워준다는 말에 죽을지도 모를 나무를 가져오길 잘했다고 마음을 고쳐먹었다. 오히려 바꿔 올 다른 나무가 없어 다행이다 싶었다. 양지바른 친정집에서 잘살고 있으라고 전화번호와 이름이 적힌 리본을 달아놓고 돌아오는 길은 그나마 안심이 되어 커다란 모과나무 한 그루 데리고 왔다.

우물가에 앉아 선홍빛 피를 울컥울컥 각혈을 하던 날이 있었다. 늙으신 부모님의 걱정은 아랑곳하지 않고 나는 삶의 끈을 놓고 싶었다. 믿음의 상실, 아무 희망이 없다는 절망이라는 깊은 병을 앓고 있던 시절이었다. 고향 가는 언덕배기 절터 감나무 밑에서 온종일 앉아 있었다. 사람의 목숨은 쉬이 사라지는 것은 아닌가 보다. 태중에 아기가 있기에 다른 방도가 없어 일주일을 물 한 모금 마시지 않았어도 죽어지지 않았다. 큰아이가 백일 무렵, 세상을 등지기로 했다. 혼미한 기억 속에 생사가 오가는 시간이 지나고 그 후유증으로 긴 시간 입원을 해야 했다. 퇴원 후 고향 집 툇마루에 앉아 무심히 바라보던 정원, 어릴 적부터 늘 그 자리에 있던 꽃나무들이 보이지 않았다. 아버지가 아끼시던 꽃들이 내 병원비와 바뀌진 사실을 나중에야 알았다. 오늘따라 차가 보이지 않을 때까지 대문 앞 석등 곁에 서 계시던 아버지 생각에 목이 아파온다.

오랜만에 집안에 아기가 생기니 사랑을 한껏 받던 그 갓난아이가 어느 사이 노처녀가 되어 결혼을 한다고 한다. 천성이 무뚝뚝하여 아이들에게 살갑게 대해 주지도 못하고 부모님께는 애물단지였던 내가 이제 자식을 여의려니 기쁘기보다는 착잡한 마음이 앞선다. 더구나 이곳에서 자란 아이들과 부모들은 혼인이란 큰일을 앞두고 대부분 의견충돌이 일어난다는 어려움이 현실로 다가왔다. 나의 정서와는 전혀 맞지 않고 생각도 가치관도 다른 아이들, 어린 나이에 여러 나라를 떠돌며 살았으니 언어조차 생소한 낯선 환경이 참으로 힘든 시간이었으리라. 침묵으로 일관하는 내 마음 한자리에는 친정 부모님과 딸아이 생각에 죄송스러운 마음과 미안한 마음이 출렁이며 파도가 인다. 죽으리라 눈 딱 감고 누워있던 못된 자식이었으니 철딱서니 없던 날 보고 부모님은 얼마나 애가 타셨을까, 오늘에서야 먹먹한 가슴으로 사죄를 드린다.

언제쯤 잎이 돋을까? 잘살고 있을까? 한번 가 봐야지, 맡겨 놓고 온 청매 한 그루에 친정이란 의미를 처음으로 생각해 본다. 여태까지 그냥 우리 집이었던 고향 집, 이젠 부모님도 아니 계시는 빈집이지만 마음이 수시로 달려가는 그곳이 친정인 것이다. 여러 날 맘고생하며 깨친 것이 있다면 나는 과연 딸들에게 아프고 힘들면 돌아가 쉴 수 있는 친정집이란 포근한 거처를 마련하고 있는가? 반성하고 또 반성한다. 친정이 잘 살아야 기 펴고 산다는 옛말이 어찌 살림살이 형편에만 비유되겠는가, 든든한 어버이의 사랑으로 언제라도 기다려주는 따뜻한 아랫목이 있기에 늘 가고 싶은 곳이 내 나라요 나의 친정집이다. 세상의 모든 집과 마음이 친정만 같다면 전쟁도 불화도 다툼도 없으리라. 우리 집에도 한바탕 회리바람이 불고 고요해진 지금 딸내미와 어미는 더욱 애틋한 마음이 되었다. 불안한 내 조국의 평화를 위해 그리고 천상과 지상의 소중한 이들의 평안을 위해 간구하는 이 밤, 만월이 된 아주 작은 달님이 들여다본다. 어서 자라고 아낌없이 달빛을 보내주는 늦은 밤에 감사로이 하루를 마무리한다.

포도나무와 장미

이른 새벽 차창에 간간이 빗방울이 떨어진다. 북으로 달리는 5번 고속도로, 허수아비가 팔을 벌려 군무를 추듯 먼 산에 도열한 풍차가 느릿느릿 돌아간다. 아무 준비도 필요 없다며 '함께 가자'고 데리러 온 장 선생 내외분, 가방 하나 달랑 들고 몸만 따라나선 길이다. 유명한 관광지를 찾아 나서는 것도 아니요 시끌벅적 시간에 쫓기는 단체여행도 아닌 쉬며 가며 자유롭게 유유자적(悠悠自適)하잔다. 낯선 산야에 검은 소들이 점을 찍고 군영을 이룬 야생화들이 휙휙 지나간다. 지난 이야기는 버려두고 떠나는 것이다. 그저 잃어버렸던 나를 찾아 떠나는 여행 그뿐이면 족하다. 어쩌면 나를 찾는 길은 나를 버리는 길인지도 모른다.

비 갠 하늘은 하늘빛으로 빛나고 한가로이 연주회 준비를 하는 클로버데일의 야외음악당 벤치에 앉아 소풍을 나온 아이가 되어본다. 올리브나무엔 멧새가 집을 짓고 나무 그늘 아래 벗이 정성껏 마련해온 점심을 먹는다. 국도 128번을 타고 가노라니 구릉 너머 멀리까지 나란히 줄지은 녹색 포도밭이 사방으로 펼쳐진다. 미루나무 잎사귀가 팔랑이는 나바로 포도원(Navarro Vineyards & Winery)에 잠시 멈춰 포도주 시음도 하고 보랏빛 라벤더 꽃길을 걸으며 쉬어간다. 1번국도(Pacific Coast Highway) 해안도로를 따라 북상하는 멘도시노(Mendocino) 가는 길은 창공도 바다도 맑음이다. 500여 마일 하룻길을 달려왔다. 연둣빛 숲에는 넘어진 통나무 사이로 산딸기 꽃이 하얗게 피어있고 연휴를 맞아 캠핑을 나온 사람들이 골짜기마다 자리를 잡고 있다. 바다 냄새가 물씬 풍긴다. 낚시꾼들과 전복을 따러 나온 잠수복 차림의 한국인 부자의 모습도 보인다. 햇살에 반짝이는 은빛 물결에 해초가 너울너울 바위섬에는 갈매기가 날아오르고 작은 물새들이 모래사장을 종종거린다. 정원이 예쁘게 꾸며진 해변의 집들은 울타리도 대문도 없다. 아기자기한 소품들이 진열된 가게들과 어우러져 지나가는 길손을 반긴다.

해 질 무렵 작은 책방에서는 ≪기적과 더불어 살기≫(Living with Miracles)의 저자 D. 페트릭 밀러(D. Patrick Miller)와 독자의 만남이 조용조용 진행되고 있다. 이미 어둠이 내려앉고 해넘이가 시작된다. 낙조, 그 빛을 무어라 하나? 그냥 태양 빛이라 부르자. 둥그런 진주홍 태양은 노란 테를 두르고 정작 원심은 흰빛이다. 서녘 하늘을 온통 붉게 물들이고 서서히 바닷속으로 잠기고 있다. 칠흑 같은 어둠 한가운데 은하수의 별자리를 찾아본다. 파도 소리, 바람소리… 이것이 바다가 부르는 소리다. 숨죽이고 들어보는 자연의 소리이다. 내 영혼을 말끔히 씻어 주는 신의 보이지 않는 손길이요 들어도 들리지 않는 신비로운 침묵이다. 출렁이는 밤바다에 제 모습을 들여다보는 다리 위에 늘어선 등불이 아련하다. 촛불 밝힌 창가에 앉아 근사한 해물 요리와 축배, 도란도란 이야기는 끝이 없을 것만 같은데 포트 브랙(Fort Bragg)의 하룻밤은 깊어만 간다.

청량한 아침 공기, 이슬을 달고 있는 수풀 사이 해안 길을 천천히 걷는다. 노란 소국이 융단처럼 깔려있다. 사람이 갈 수 없는 절벽 푸른 덤불에 갈매기가 알을 품고 있는지 꼼짝을 하지 않고 있다. 아기 새 한 마리가 입을 한껏 벌려 노래하고 해국이 바람에 흔들린다. 하늘의 검은 구름은 창조주가 그리신 수묵화의 붓끝일까, 어디선가 종소리가 들린다. 안개를 헤치고 출항하는 배에서 울리는 종소리다. 벼랑 끝 우뚝 솟은 바위 꼭대기에 홀로 앉아있는 장 선생은 절경에 파묻혀 인생을 관조하는 중이신가보다. 썰물과 밀물을 기다리며 넋을 잃고 바라보던 포모 블러프스 공원(Pomo Bluffs Park)의 바닷가에 작별을 고하고 국도

20번 따라 윌리츠(Willits)로 향한다. 수령 1000년 이상의 레드우드 거목들이 직립한 숲속을 굽이굽이 휘돌아가는 삼나무 숲길. 샛노란 옐로우 샤워가 선명하게 피어있고 나뭇등걸은 초록이끼를 입고 있다. 할아버지의 긴 수염처럼 나뭇가지에 이끼가 늘어진 웅장한 숲은 더욱 깊어지고 간혹 보이는 우편함만이 근처 어디엔가 인가가 있음을 알린다.

그늘 속에 연한 햇빛이 고즈넉한 이 숲 어딘가에 흰 사슴이 전설처럼 살고 있다는 거기가 어딜까? 차의 지붕 덮개를 열어젖히고 짙은 수목의 푸른 향기를 마시며 타향살이에 솔바람소리로 다가오는 장사익 노래를 듣는다. 그리움일까 서러움일까, 둥둥 영혼 깊이 진동하는 가슴 시린 곡조와 노랫말이 마음 샘에 텀벙텀벙 떨어져 눈물 되어 넘쳐흐르는 동안 윌리츠를 경유, 길가에서 살구 한 봉지를 샀다. 101하이웨이를 따라 남하하여 인디언 부족들이 살았다던 고장 유카이아(Ukiah)에 도착했다. 버클리를 지나며 "이 길을 수도 없이 다녔지요." 어느 날 청천벽력 같은 급성백혈병 진단을 받은 큰아들의 생명줄을 붙들고 외나무다리를 건너다녔던 장 선생의 부인이 말했다. 아득하고 어려웠던 시련의 시간을 잘 넘기고 오직 감사의 마음만 지닌 채 십육 년 만에 옛 삶의 터전을 찾아온 것이다. 젊은 날의 소중한 추억이 골목골목에 고스란히 남아있는 조용한 소도시는 참으로 평화스럽다. 소박한 이웃들, 병원 자리, 아이들과 강아지가 뛰놀던 마을을 돌아보며 옛일을 회상하는 행복한 시간이 나에게도 귀한 추억을 선사한다. 이제는 어린 도토리나무와 전나무들이 고목이 된 옛집에서 십자나무(dogwood) 몇 그루와 흙을 조금 얻어왔다.

나파 밸리(Napa Valley)의 다운타운으로 오는 도중 끝없이 이어지는 포도밭 울타리엔 색색의 장미꽃이 무리 지어 피어있다. 장미는 포도나무와 비슷한 습성을 가지고 있어 포도나무에 이상이 생기기 전 유사한 증상을 장미에서 먼저 발견할 수 있단다. 그런 연유로 장미는 포도나무의 파수꾼으로 병충해를 미리 예방을 할 수 있다는 원리였다. 언뜻 스치는 바람에 장미꽃잎은 나비처럼 흩날리고 향기는 날아든다. 포도원 피크닉 정원에서 포도주 대신 나는 장미향을 마시고 있다. 오붓한 부부의 여행길에 동행이 되자고 초대해준 길벗의 마음이 포도밭에 심어진 장미꽃을 닮았다. 구태여 드러내지 않는 속 깊은 따스한 정은 기쁨을 한 잔 가득 채워주는 달콤한 와인과도 같다. 바람이 마구 부는 금문교 언덕에 서서 낡은 나를 버리고 빈 마음에 소망 하나 간직한다. 무시로 불어대는 온갖 바람을 견뎌내어 오랜 시간 숙성된 좋은 포도주의 향기를 품으리라. 때때로 우린 서로의 장미가 되고 포도나무가 될 것이다. 토닥거리는 빗소리를 들으며 성 라파엘의 둘째 밤은 편안한 꿈속으로 빠져든다.

북녘의 시골 마을 유카이아에서 천사의 도시로 시집온 산딸나무는 몸살이 끝났는지 새잎이 파릇하다. "오늘 밤엔 달빛이 고와요, 게뷔르츠트라미너(Gewurztraminer) 마셔요 우리." 와인 한잔 하자는 전언에 까만 밤하늘엔 상현달이 뜨고 그 곁에 별 하나가 반짝인다.

편도 차표로 여행하는 인생의 여정

낮은 언덕 너머 멀리까지 사방으로 나란히 줄지어 펼쳐진 초록, 포도밭 울타리엔 색색의 장미꽃이 무리 지어 피어있다. 살며시 스치는 바람에 꽃잎은 흩날리고 향기는 날아든다. 나파밸리(Napa Valley)를 지나는 북쪽 여행에서 돌아와 다시 남으로 가는 기차를 타기 위해 길을 나선다. 생전 처음으로 홀로 떠나는 기차여행, 72시간 파킹이 가능하다는 주차장에 차를 세워 놓고 방향감각이 전혀 없는 길치가 잠시 머물다 떠나는 간이역에 서 있다. 기차표 두 장, 핸드폰, 수첩, 여권 등 꼭 필요한 물건이 잘 들어있는지 살짝 가방을 열어 확인한다. 지하철이 서지 않고 지나간다. 방향 표시조차 없는 한가한 기차역, 다행히 자원봉사자 할아버지를 만났다. "남으로 가는 기차는 어느 방향으로 가나요? 어디서 타나요?" 티켓을 확인한 할아버지는 십 분 후에 저쪽으로 가는 열차가 도착할 거라고 안전한 곳에서 기다리란다.

내가 타고 가야 할 기차 시간은 9시 14분이다. 그 시각, 기적이 울리고 암트랙(AMTRAK) 표시가 선명한 기차가 반대쪽에서 들어온다. 정반대 편에 멈춰선 기차는 선로를 가로질러 타야 하는지 순간적인 선택을 요구한다. '안내자의 말을 믿고 기다릴래요.' 기차는 이미 떠나고 타야 할 열차는 떠났는지 모른다. 두근거리는 가슴을 진정시키며 하늘을 올려다보니 햇살은 너무나 밝고 직립한 팜츄리에 구름이 얹혀있다. 기적 소리가 다시 울리고 맞은편에서 기차가 서서히 들어온다. 마지막 객차 승강구에 승무원의 모습이 보인다. "샌디에이고 가나요?" 대답 대신 비즈니스 칸이니 앞쪽으로 타라는 설명에 달음질을 친다. 이 층 빈자리 창가에 앉으니 티켓 확인을 한 승무원이 메모지를 붙여 놓고 지나간다. 좌석 선반에는 각기 다른 색종이에 도착역 이름이 적혀있고 내 머리 위에는 샌디에이고를 지시하는 'SAN'이라고 적힌 하늘색 종이가 끼어있다. 그제야 안심이 되어 궁금하다는 아이들의 메시지에 잘 가고 있다고 답을 보낸다.

엘에이 중앙역인 유니언 역부터 기차는 거꾸로 가기 시작한다. 어릴 적 길을 가다 소달구지를 얻어 타고 눈을 감으면 꼭 뒤로 가던 느낌 그대로다. 어지럼증에 자리를 바꿔 앉다보니 내가 차지한 좌석은 그룹으로 마주 앉는 지정석이라 적혀있다. 마음이 불편해지기 시작했지만, 다행히 예약된 손님이 없었는지 내 쪽지가 붙어있으니 옮길 필요는 없을 것 같다. 덕분에 편안한 여행이 되었지만, 통로를 사이에 두고 흑인 여인이 여자아이 둘을 데리고 자리를 잡는다. 우리나라 사람들의 심심풀이 오징어 땅콩인 양 꼬마들은 치즈를 찢어 먹고 있다. 갑자기 한 아이가 울기 시작한다. 엄마가 공책을 꺼내주니 언제 그랬냐는 듯 그림도 그리고 이름도 쓰면서 깔깔거리며 잘도 논다. 여자 승무원이 다가와 무엇이 그리 재미있냐며 어디까지 가냐고 물으니 그쪽도 샌디에이고까지 간단다. 무엇하러 가느냐고 다시 물으니 엄마가 황급히 말하지 말라며 비밀이란다. 아마도 같이 가는 다른 아이에게 무언가 깜짝 파티가 있나 보다. 떼를 쓰다 울고 웃는 천진스러운 계집아이의 모습에 엄마가 함께 가는 여행은 아이에게 아무 걱정이 없음을 깨닫는다.

빈자리에 나도 손님을 모신다. 잘 가고 있는지 염려해 주는 가족과 친구들, 이쪽으로 가야 된다고 안내해 주시는 스승님, 그리고 종착역에서 기다리고 있을 친구 생각에 행복해지기 시작한다. 원더풀을 외치는 그들처럼 보이지는 않지만 나와 동행하는 이들과 더불어 물거품이 하얗게 부서지는 바다와 갈매기를 구경한다. ≪침묵과 평화≫ 영성 화보를 읽노라니 책 속에 끼어있는 티켓 한 장에 생각이 머문다. 내 이름과 출발역과 도착역 그리고 돌아오는 내일 날짜가 적혀있다. 이 표가 없으면 집으로 돌아오는 기차를 탈 수가 없다. 나는 지금 갈 길을 잘 가고 있는가? 목적지가 어느 곳인지, 제대로 가는 열차를 잘 탔는지, 낯선 남의 나라에서 홀로 떠나는 기차여행처럼 두렵고 염려스러운 인생의 여정이기도 하다. 마지막 종착역에 내리면 다시는 돌아올 수 없는 내 인생의 기차표는 편도 차표(one-way ticket) 한 장뿐이다. 뜻밖의 응급환자로 솔라나 비치(Solana Beach) 역에서 지체된다. 노란 옷을 입은 안전요원들에게 둘러싸여 환자는 이송되고 기차는 다시 떠난다. 연착된 산타페 역 플랫폼 저만치 마중 나온 낯익은 모습이 보인다.

고즈넉한 봉쇄구역 갈색 문이 열리고 환한 미소로 반겨주는 친구 수녀님, 미사에 초대를 받는다. 이른 아침 제대 앞에 창살문이 열리고 청아한 성무일도 바치는 소리, 망토를 입은 수녀님의 모습이 격자 사이로 보인다. 잘 가꾸어진 뜰에는 벌새들이 날아다니고 내정(內庭)에는 첫 서원미사 때 제대를 꾸몄던 아기 청포도와 꽃들이 수녀님들의 사랑을 받으며 아직도 잘 자라고 있단다. 오랜만에 외출을 허락받은 수녀님과 포인트 로마 정상에 올라 태평양 바닷바람 사이를 거닐며 한가로운 반나절을 보낸다. 해군 국립묘지엔 비석이 흰옷 입은 의장대처럼 바다를 바라보고 서 있다. 항구엔 수많은 배가 출항을 앞두고 저마다의 갈 길을 위해 준비 중이다. 길 잃지 않도록 불을 밝히던 오래된 등대가 조용히 자리하고 있다. 고단한 편도(one-way)의 여행길에 나도 누군가의 등댓불이고 싶다. 누군가의 동행이 되고 누군가를 기다려주는 동무가 된다면 참 좋겠다.

고향으로 가는 길, 가다가 때때로 아픈 날이 있어 지체되더라도 끝까지 기다리고 있는 벗에게 나는 무슨 선물을 가지고 갈까? 시인의 염원처럼 오늘은 은쟁반에 하이얀 모시 수건을 깔아 청포도 가득 담아가고 싶다.

아름다운 삭발

여러 날 찾고 있던 모자를 오늘에서야 찾았다. 스무 해 만에 만났던 고향의 한겨울, 매서운 추위에 눈물이 절로 흐르던 날에 언니가 사준 털모자다. 보드랍고 폭신한 감촉이 언니의 정이 담긴 것 같아 두어 번 뺨에 대어보았을 뿐 사용하지 않은 새 물건이다. 고아한 회색과 첫눈에 마음이 끌렸던 짙은 보랏빛의 모자 중 어느 것을 선물할까 망설여진다. 췌장암으로 투병 중인 친구의 모습에서 항암치료를 하느라 깎은 머리가 동자승 같았던 큰언니의 얼굴이 떠오른다. 목숨과 사투를 벌이는 이들의 삭발은 안타까운 마음이 앞서지만 투쟁을 위한 삭발은 무섬증이 인다. 아무리 각박한 세태라 하여도 세상은 정으로 넘쳐난다. 투병 중인 남편의 완치를 기원하며 부지런히 뜨개질을 하던 동인, 불편한 손으로 예쁜 털모자를 짜 보낸 친구 수녀님의 우정이 눈물겹다. 우리의 머리카락까지 다 세어 두신 분에게 앓고 있는 이들을 꼭 치유시켜 주시라고 기도드리며 모자 두 개를 챙겨 놓는다.

요즘은 남녀노소를 떠나 헤어스타일에 관심을 기울이고 노년에 이르면 탈모 현상에 고심을 하는 사람들이 적지 않다. 효경(孝經) 첫머리에 나오는 '몸에 난 모든 것이 부모로부터 받은 것이니 이를 손상하지 않는 것으로서 효도가 시작된다'라는 문구를 보더라도 예로부터 머리카락 하나라도 귀하게 여겼음을 알 것 같다. 일제강점기에 내려진 단발령에 목숨과 바꾸기를 서슴지 않았던 선조들이 있는가 하면, 병든 남편의 쾌유를 소원하며 자신의 머리카락과 삼 껍질을 이용해 짚신을 삼은 여인이 있었다. 남편을 여의고 관에 넣어 준 짚신과 애절한 언문의 사부곡은 몇 백 년의 세월이 흘렀어도 원이 엄마라는 이름으로 세상에 고스란히 알려졌다. 미투리 한 켤레에 담긴 '421년 전의 조선 여인의 사랑'은 내셔널 지오그래픽 사진에 실려 전 세계로 퍼져 나갔다.

내 어릴 적 까까머리는 목탁을 두드리며 탁발을 나온 스님의 대명사였다. 애들을 바랑 속에 넣어간다는 소문이 무섭기만 하던 그 시절, 현순이 언니가 중이 되었단다. 작은 면 소재지에서는 큰 사건이었다. 얼마 후 실연을 당하여 없어진 딸을 절에서 찾아왔다고 동네 사람들이 수군거렸다. 우리 언니 머리 깎은 것

보러 가자고 데리고 간 친구나 따라 간 나나 철딱서니 없기는 마찬가지였다. 모자를 쓰고 있던 현순이 언니가 다정하게 말을 붙이던 일이 신기하기만 했다. 머리를 빡빡 깎는다는 것과 실연이라는 단어는 엄청난 일이라는 인식이 어린 마음에 자리했다. 자의든 타의든 머리를 깎는다는 것은 인생의 커다란 변화를 의미한다. 수도승의 삭발과 수인의 삭발이 다를지라도 세속 번뇌의 단절과 단호한 각오를 다지는 새로운 시작을 의미하지 않을까 싶다. 나도 마음이 심란하고 우울하면 미장원에 가서 머리를 자른다.

바람이 슬쩍 스치기만 해도 견딜 수 없는 통증이 머리를 찌른다. 도대체 이 고통의 뿌리는 무엇일까? 원인을 알 수 없는 바이러스의 반란이 시도 때도 없이 대란을 일으키면 한여름에도 털모자를 꺼내 쓴다. 긴 머리를 모자로 감싸고 머리가 흔들리지 않도록 걸음걸이도 조심해야 하는 근신의 시간이다. 그때마다 조금만 더 자라면 소아암 환우에게 머리카락을 기증할 수 있다는 기대는 아픔을 희석시켰다. 통증이 심해져 머리를 묶을 수도 올릴 수도 없는 상황이 잦아지고 꽁지머리가 제법 길었기에 미장원에 갔다. 하지만 염색이나 파마를 한 머리카락은 소용이 없단다. 염색을 한 적은 없지만 파마기가 있는 나의 머리카락은 무용지물이 되어 잘려나갔다. 이 시대에 자연 그대로의 생머리를 간직한 사람이 몇이나 될까? 의아해하면서도 그만큼 건강에 주의를 기울이는 정성에 허탈한 마음이 물러선다. 미장원에서 돌아와 시무룩한 내게 막내 아이가 상세한 정보를 알려준다. 미국에선 탈색만 안 했으면 상관없다며 흰 머리카락도 기증할 수 있단다. 여러 인종이 모여 사는 다인종 사회에서 나눔은 그만큼 더욱 풍요롭다는 사실을 새롭게 깨닫는다. 이미 잘려나간 흰 머리카락일지라도 인조가발보다 훨씬 귀하게 여기는 천연모발에 깃들여 있는 생명의 아름다움을 배운다.

아이는 또 이것 좀 보라며 동영상을 보여준다. 여러 사람이 미장원 의자에 앉아 머리를 깎고 있다. 대부분 젊은 여인들이 의미 있는 표정을 주고받으며 삭발을 하는 모습이다. 머리카락이 잘려나갈 때마다 여인들은 해맑은 웃음으로 마주 보며 웃는다. 그들은 항암치료를 받는 친구의 생일을 맞이하여 모두가 삭발을 하고 깜짝 파티를 준비했다. 주인공은 물론 보는 이로 하여금 감동의 눈물을 줄줄 흘리게 하는 영상이다. 뜨거운 눈물로 울고 웃으며 기념사진을 찍는 그들은 가발도 모자도 아닌 아름다운 삭발의 모습이었다. 세기의 어느 미인과도 비할 수 없는 아름다움으로 빛나는 여인들, 이보다 더 아름다운 삭발이 어디 있을까! 작은 것 하나를 나누는 일에도 인색한 내 마음에 묵직한 감동이 차오른다. 무엇인가 주는 것으로만 초점이 맞춰져 있던 좁은 소견이 깨어지는 순간이다. 소중한 것을 포기하는 용기는 더 큰 사랑을 나눌 수 있다는 참 가르침이 무딘 나를 일깨운다.

12월의 여름

눈을 감는다. 숨을 깊게 들이쉬고 천천히 내쉰다. 인간이 살아간다는 것은 자나 깨나 숨 쉬는 행위일진데 숨 쉬는 연습을 하란다. 그렇잖으면 폐가 오그라들어 작아진다고 겁을 주었다. 폐질환을 앓은 병력이 있는 나는 지금도 얕은 숨을 쉬며 조심조심 살아간다. 오래전에 받은 처방은 아주 쉽고도 어려운 일이어 잊은 척 살아왔다. "숨을 깊게 들이쉬세요." 그리고 천천히 내쉬기를 반복하라는 예전에 버려진 처방전을 다시 받아들었다. 고요하고 편안하게 나 자신을 향해 미소를 짓고 모든 것을 내려놓는다. 지금 이 순간 살아있음이 얼마나 아름답고 소중한 순간인지 깨닫는 정념(正念)의 시간, 틱낫한 스님의 명상호흡법을 신부님이 소개하신다. 윙윙거리는 온갖 분심거리를 숨을 고르며 잠재운다. 불규칙한 호흡에 귀를 기울이며 나는 누구인가? 자아를 찾아 떠나는 내면으로의 여행이다.

묵상 시간을 가늠하려고 모래시계를 세워 놓는다. 보일 듯 말 듯 흘러내리는 고운 가루가 물줄기 되어 흐른다. 하얀 가루는 조금씩 쌓이며 작은 언덕을 이룬다. 사르르~사르르 사락 나뭇가지에 얹힌 서설(瑞雪)이 살포시 내려앉는 느낌이다. 설탕 가루처럼 달콤한 순간과 짠맛의 소금처럼 아리던 시간이 어우러진다. 나지막한 언덕은 산이 되어 점점 높아간다. 다시 눈을 감고 시간이 흐르는 소리를 듣는다. 어느덧 물줄기는 폭포수가 되어 우렁우렁 장엄한 낙차 소리를 내며 힘차게 떨어진다. 얼마나 흘렀을까? 절반을 넘어 모래시계는 멈춰있다. 모래가 정지된 순간 시간도 멈췄다. 내게도 그런 시간이 있었다.

십이월의 한겨울, 돌도 채 되지 않은 아기와 두 아이를 앞세우고 식구들의 염려와 낯섦을 등에 지고 고향을 떠났다. 비행기를 세 번이나 갈아타고 며칠 만에 도착한 산타크루즈. 공항에서 잘 자란 종려나무 가로수 길을 지나 도착한 우루바리라는 동네는, 한인들도 모여 사는 부촌이어서 모두가 그런 줄 알았다. 하지만 그것은 단 며칠의 착각이었다. 낮과 밤, 시간도 계절도 모든 것이 정반대였다. 적도의 이글거리는 태양 아래 한여름의 성탄이라니? 예수님처럼 고귀한 분이 파리 떼가 극성을 떠는 여름에 태어났다면 불경스러우니, 성탄은 겨울철이 합당하다고 너스레를 떨던 어떤 이의 얼굴이 불쑥 떠올랐다. 마당에 나가면 풀 사이 숨어있는 전갈, 밤이면 메뚜기만한 바퀴벌레가 기어 다니고 천장엔 도마뱀이 거꾸로 달려 있었다. 이상스러운 냄새와 입안으로 날아드는 껄끄러운 모래바람과 습기, 어떻게 살아야 하나? 끊임없이 시달리는 열병보다 더 큰 절망이 숨을 멎게 했다.

크리스마스 대목이 한창이라는 훼리아(feria, 야외시장)에 구경을 가자 하여 따라나섰던 그해 여름, 땡볕이 사정없이 내리쬐는 양철지붕 아래 원두막 비슷한 마루에 앉아 오가는 사람들을 쳐다보아도 전혀 실감이 나지 않았다. 내가 왜 여기에 와 있는지? 마치 영화 속에 한 장면이 무성영화처럼 돌아가는 것 같았다. 원주민들은 땅바닥에 앉아 색동보자기에 물건 몇 가지를 펼쳐놓고, 장에 오자마자 음식을 사 먹고 온종일 군것질을 한다. 파는 것보다 먹는 값이 더 나갈 판이다. 이 모든 상황이 이해가 되지 않는 한심한 지경에 순간적으로 영혼이 화들짝 놀랄 일이 벌어졌다. 바로 눈 아래 흙바닥에서 아이를 안고 있던 여인이 울고 있었던 것이다. 거무스름한 피부에 눈물이 흘러도 잘 보이지 않았던 탓일까? 언제부터 울고 있었는지 몰랐다. '아, 이 사람들도 울고 있네. 아프고 슬프고 생각하고 느끼는 사람들이 여기 사는구나!' 나도 모르게 뜨거운 눈물이 흐르며 이방인이 되어 떠돌던 나의 넋도 서서히 돌아오고 있었다. 뙤약볕 아래 철퍼덕

주저앉아 흘리던 그 여인의 까만 눈물은 멈춰 버린 나의 모래시계를 다시 흐르게 하는 터치요 숨쉬기였다.

나도 멈춰 선 모래시계를 살짝 건드려본다. 사락사락 모래시계는 다시 흐르고 어디선가 시원한 바람 한 줄기가 불어온다. 낮게 드리운 구름이 땅바닥에 그림을 그린다. 바람이 그림자를 몰고 가면 나도 덩달아 그림자를 밟으며 달음질치다 하늘을 날아간다. 자꾸만 도망가는 구름 위에 사뿐 올라앉아 내려다보는 사바, 눈 덮인 안데스 산자락 저 멀리 소금 덩이를 핥아먹는 새끼 라마(llama)들이 하얀 점을 이룬다. 맥을 못 추던 저혈압은 오히려 높이 오를수록 편안한 숨을 쉬고, 날을 것 같은 청명한 기운이 전신을 감싸는 고산지대의 여름날은 이름 그대로 평화(La paz)이다. 숨 막히던 한여름의 열기를 식혀주는 서늘한 그늘처럼 아는 이 하나 없던 이국에서 나를 어루만지고 보듬어 주던 청량한 바람 같은 사람들이 있었다. 갈래머리를 땋고 풍성한 치마만큼이나 넉넉하게 품어주고 아이들을 키워주던 술래마도 이젠 나이 들어 할머니가 되었겠다.

변덕스러운 세상사에 든든한 위로자가 되어 주었던 이웃들과 함께 찾던 모레나 언덕이 모래시계에 새겨진다. 바람이 부는 대로 시시각각 모양이 변하던 경이로운 모래 산이 저만치 기다리고 있다. 깊은 사막 한가운데 숨어있던 모래 언덕과 햇살에 수없이 반짝이는 푸른 호수, 모래 산의 자태를 고스란히 담고 있던 맑은 호숫가에서 먼지를 씻고 세수하던 12월의 여름이 손짓한다. 아슴푸레한 환영처럼 아미가(amiga 친구)를 부르는 소리가 들린다. 때때로 숨쉬기가 곤란할 때 나는 사막의 여름을 만나러 길 떠난다. '맑고 고요한 마음이 하늘과 사람을 기쁘게 하였다'는 시인의 마음처럼 맑은 호수에 영혼을 씻고, 물동이에 만년설이 잠긴 시린 호수를 담아 목마른 이들에게 한 동이씩 안겨주고 싶다.

투명한 유리컵의 모래시계에 미세한 분말이 소리 없이 떨어지고 시간은 가느다란 물길을 다시 생성한다. 끝없이 펼쳐지는 영원이라는 시원을 찾아 맑고 고요하게 숨 쉬는 연습을 하노라면, 모래 사이에서 퐁퐁 물방울이 솟아오르고 아름다운 생명을 간직한 여름은 더욱 깊어간다.

어머니의 가출

뒤뜰에 나가보니 감꽃이 피었다. 초록 모자를 쓴 감꽃이 한 가지에 네 송이 옹기종기 붙어있다. 옆 가지에 한 송이 딱 다섯 송이다. 꽃이 피었다고 다 열매를 맺는 것은 아니다. 스치는 바람에도 맥없이 떨어지는 잎사귀, 잎이 튼실해야 꽃도 피고 열매도 열린다. 이 감꽃이 과연 열매를 맺을까? 살짝 걱정이 되지만 처음으로 꽃이 핀 어린 감나무가 대견스럽기 짝이 없다.

혼자 놀던 어린 시절, 대나무 숲이 우거진 작은 언덕에 늙은 감나무 한 그루가 있었다. 우물가에 떨어진 감꽃을 주워 목걸이를 만들고, 살이 막 오른 땡감을 어머니가 우려주시면 간식으로 즐겨 먹곤 했다. 이른 아침 졸린 눈을 비비며 뒷마당에 떨어진 알밤을 다래끼에 주워 담고, 이슬 내린 풀덤불 사이에 숨어있는 홍시를 찾는 기쁨이 하루의 시작이었다. 해마다 가을이면 아버지는 긴 대나무 장대로 감을 따셨다. 대청마루 처마 밑에는 곶감이 대롱거리고 깨진 감들은 항아리 안에서 맑은 감식초로 숙성된다. 채반에 담긴 다홍빛 감들은 겨우내 다락방에서 홍시가 되었다. 반가운 손님이 오신다고 빈 나뭇가지에 까치 소리 요란한 날이면 어머니는 부지런히 다과상에 홍시를 준비하셨다.

신기하게도 외가와 친가의 동네 이름이 똑같다. '욕골'이라는 의미가 무엇인지 잘 모르지만, 욕쟁이들이 많이 사나 싶어 어린 마음에 못마땅한 기억이 새롭다. 노성 욕골 외할아버지가 모처럼 우리 집에 오시면 나는 친할아버지를 모시러 재 너머 욕골을 오갔다. 할아버지와 진지를 드시며 환담을 나누신 후 외할아버지는 당일로 돌아가셨다. 한 번도 묵어가시는 일이 없으신 외할아버지께서 하루는 흙 묻은 남루한 옷차림으로 우리 집에 오셨다. 평소와는 달리 외할아버지는 처음이자 마지막으로 큰딸 네 사랑채에서 하룻밤을 주무시고 가셨다. 남의 집 머슴 옷을 입고 오셨는지 정신이 없으신 것 같다고 근심이 이만저만이 아닌 어머니의 염려대로 얼마 후 외할아버지는 먼 길 떠나셨다.

어머니께 외할아버지의 치매기는 큰 충격이었나 보다. 무심코 아버지께서 '당신도 장인어른 닮아서 정신이 없으면 큰일이라'고 하신 말씀에 가출을 하셨단다. 고까운 마음에 정신이 없기 전에 죽어야겠다고 집을 나서셨다니, 그 와중에 따놓은 감을 한 보따리 들고 나가셨단다. 그만큼 어머니는 감을 좋아하셨다. 죽어도 딸들에게 흔적이라도 남겨야겠다고 동네 꼬맹이를 대동하고 낯익은 금강이 아닌 낯선 백마강으로 빠져 죽으러 가셨단다. '엄마가 무슨 삼천궁녀라도 되냐?'고 놀림을 받은 우리 엄마, 부소산 가는 도중 하늘의 도우심이었는지 우연히 언니 친구 모친을 만났단다. 작은댁 꼴 보며 사는 그분의 신세 한탄을 들으신 후 맘을 돌려먹고 집으로 돌아오셨다니, 덕분에 목숨과 바꾼 감 보따리만 선사하고 아무도 모르던 어머니의 가출은 하루 만에 끝났다.

어머니가 그토록 두려워하던 치매, 정신이 없어도 자식에 대한 기다림은 잊지 않으셨다. '언제 올래?' 전화를 하면 늘 한결같은 물음이었다. 서서히 기억이 사라져가는 어머니를 너무나도 늦게 찾아뵈었으니 여러 해 만에 찾은 고향 집엔 낯선 할머니가 누워 계셨다. 때론 먹는 것도 잊으셨지만 홍시만은 달게 잡수셨다는 어머니, 너도 먹어보라고 그림책 아이 입에 귤 한 조각을 놓아주셨다. 방안 가득 장난감과 인형이랑 소일하며 어린애가 되어 있던 어머니는 기회만 있으면 집에 간다고 가출을 하셨다. 장군 댁 청상과부의 첫 손녀딸로 애지중지 할머니의 사랑을 받고 살다 시집을 오셨다는 어머니, 친정집 욕골을 찾아 길 나서시는 어머니의 가출은 사랑을 찾아가는 발걸음이었음을 생각하니 시야가 흐려진다.

어머니 가신 지 열두 해가 지나 백수를 맞으셨다. 이제는 치매의 두려움도 낯섦도 없는 천상에서 새로 태어난 아기가 되어 마냥 행복하시기를 마음 모은다. 요즘 들어 정신이 어찌나 없는지 나 또한 치매를 앓을까 문득문득 걱정이 된다. 하지만 오늘은 사랑받던 기억만, 사랑했던 기억만 간직하리라. 노란 감꽃이 지면 어머니 좋아하시던 감이 달릴 것이다. 감꽃을 보니 어머니가 보고파진다. 홍시의 노랫말처럼

생각이 난다
홍시가 열리면 울 엄마가 생각이 난다.
자장가 대신 젖가슴을 내주던 울 엄마가 생각이 난다

눈이 오면 눈 맞을세라 비가 오면 비 젖을세라
바람 불면 감기 들세라
안 먹으면 약해질세라 험한 세상 넘어질세라
사랑땜에 울먹일세라

그리워진다.
홍시가 열리면 울 엄마가 생각이 난다.
생각만 해도 눈물이 핑 도는 울 엄마가 그리워진다.
울 엄마가 보고파진다.

이슬을 진주로 만드는 일

이른 새벽 단잠을 깨우는 알람 소리로 하루가 시작되는 날이 있다. 봄, 가을 학기 매주 수요일은 문학수업이 있기에 아침부터 부지런히 길을 나서야 한다. 지난 가을학기부터 공부방을 옮긴 스승님의 서재는 제자들에게 내어주신 사랑방이다. 흐트러진 질서를 사랑하는 잡목림 같은 책의 숲속이라 칭하신 그 비밀한 공간의 흔적, 남이 알기를 싫어한다던 서실을 아낌없이 개방하신 것이다. 예스러운 그림들과 사방의 책장에 정갈하게 꽂혀있는 많은 책, 안온한 그 문학의 숲에 들어서면 절로 좋은 글이 쓰일 것만 같다.

문향이 그윽한 서재에서 선생님은 손수 고구마를 굽고 촛불을 밝혀 제자들을 기다리신다. 문단의 선후배가 동인으로 사제지간의 정을 나누며 공부하는 문학 교실은 영혼의 양식을 저장하는 곳간이다. 인간은 무엇으로 행복한가? 바른 사람이 되기 위해 인문학 강의를 먼저 듣는다. 문단사와 명수필을 논하고 때론 따끔한 충고와 창작의 열정을 북돋으라고 격려를 아끼지 않으신다. 개강의 설렘과 반가움이 앞서는 봄날과 가을의 서정에 침잠하는 종강의 시간이 여러 해 흘렀다. 하지만, 사람 되는 길은 아득하여 미망 속을 서성이는 나는 아직도 영혼의 집을 어찌 지어야 하는지 알지 못한다.

수업시간에 늦을까 조바심치던 평소와는 달리 여유로운 이 아침에는 머리말에 놓아둔 스승님의 편지를 다시 읽는다. 고독의 늪에 가라앉아 내면을 깊이 응시하는 끝없는 탁마의 길은 문학의 요체임을 알려주신다. 좋은 작품을 탄생시키어 누군가의 삶에 따스한 위로와 빛이 되라 하신다. 글을 짓는 작업은 '이슬을 진주로 만드는 일'이라시며 새벽 한때 영롱하게 빛나는 자연의 보석인 이슬을 달아 놓으셨다. 햇빛 닿으면 스러지는 이슬의 유한성을 무한한 생명체인 진주로 잉태하는 창작의 감미로운 고통을 품으라신다. 긴 방학을 맞은 제자들에게 작가로서의 소명을 당부하시는 말씀이 정수리에 죽비소리가 나는 듯하다.

스승님의 편지는 나의 첫 스승이신 아버지의 편지를 떠올리게 한다. 밤낮도 계절도 정반대인 안데스 산기슭에 당도한 편지는 풍토병의 고열을 식혀주는 얼음과도 같았다. 무소식이 희소식이라지만 소식이 없으니 궁금하다고 한지에 써 보내신 편지엔 고향의 사랑채와 아버지의 글 읽는 소리가 따라 왔다. 철모르던 아이에게 공자님의 가르침인 삼인행 필유아사(三人行 必有我師)를 쉽게 풀어서 들려주시던 자리다. "세 사람이 길을 가노라면 두 사람은 스승이니라. 선한 이를 보고 배우고 그렇지 못한 사람에게서는 자신의 행실을 돌아보고 배우게 되니 스승이라." 하신 말씀을 이제야 조금씩 깨닫게 된다. 나를 스치는 모든 것에서 선을 찾아내어 스승으로 삼을 수 있는 순한 마음을 닮고 싶다.

이슬을 진주로 만드는 일은 무엇일까? 아침 햇살에 반짝이는 이슬을 가만 들여다본다. 사라져 가는 소멸의 순간을 모아 진주를 만드는 일은 문득 사람이든 사물이든 사랑과 정성으로 대하는 일이 아닐까 싶다. 어렵고도 쉬운 참으로 아름다운 일이다.

벗

우리의 약속 시각은 셋째 주일 오후 다섯 시다. 무더위가 한창인 한여름, 가르멜 구역 식구들이 우리 집을 방문하는 달이다. 정해진 시간은 지체 없이 다가오는데 연일 계속되는 후덥지근한 대낮의 열기와 쌀쌀한 밤 기온은 여름 독감을 전염병처럼 퍼트린다. 힘든데 식당에서 식사하든지 캐더링으로 준비하라는 배려가 잇따른다. 그냥 쉬운 방법을 택할까 고민하면서도 왠지 마음 한편이 편치 않다. 내 집에 오시는 분이 누구이신가? 우리 주님께서 당도하시는 마을 어귀에 성모님과 요셉 성인께서도 동행하시고 가르멜의 성인 성녀께서도 오시리라. 예수의 성녀 데레사 탄생 500주년을 기념하는 모든 가르멜 가족을 마음으로 뵙는다. 할 수 있을 때 그분들을 정성껏 맞이하는 일이 지금 내가 할 일이라는 생각에 벗을 모시고자 반가운 마음이 먼저 달려간다. 틈

틈이 집안 정리를 하는 중에 한인 타운에 있는 한국마켓을 급히 다녀오고 토요일 저녁 미사에 참례하여 고해성사로 영혼도 맞갖은 준비를 한다.

늦은 밤 무거운 눈두덩을 깜빡이며 곶감에 호두를 말아놓고 선잠을 자다 깨어 식혜를 만들고 청포묵을 쑤느라 이른 아침부터 분주하다. 아줌마한테 계속 전화가 온다는 아이의 말에 잠시 일손을 멈춘다. 자신의 한 몸 주체하기도 힘든 벗이 성당에 가는 길이라며 게이트 밖에서 선 채로 구운 고등어를 전하고 간다. 냄비의 한복판에 계시는 데레사 사모님의 주님이 오늘은 앞치마에 현존하신다. 오직 사랑의 마음만을 담아 수고를 아끼지 않은 벗의 스카플라에 현존하시는 놀라운 방문에 무더위도 열병도 달아났다. 뒷마당 담장에 너울진 인동초 향기를 질그릇에 담아 동쪽 창가에 길게 늘인다. 수줍은 듯 가냘픈 꽃술의 옅은 그림자가 창호에 아롱지고 부드러운 줄기의 선이 고즈넉하다. 이제 곧 도착할 벗을 마중 나가는 기쁨과 방금 떠난 벗의 고통에 아릿한 아픔이 교차한다. 마치 지난한 인고의 세월이 향기 짙은 꽃으로 피어난 듯 인동초의 흰 꽃잎에 아슴푸레 물기가 어린다.

지난가을, 연피정을 준비하던 날은 참으로 당혹스러운 시간이었다. 췌장암 진단을 받은 그녀가 신경정신과 담당의로부터 알츠하이머 통보를 받은 지기에게 말했다. "그래도 죽는 병은 아니

잖아요." 생각지 못한 무서리가 일찍 내린 초가을에 그저 허허로운 웃음만 나오던 이가 답한다. "한없이 쓸쓸하기만 해요" 날로 정신이 없어져 망령이 드는 것보다 죽기까지 아픈 게 낫지…. 차마 하지 못한 말이 침묵 속에 잠긴다. 허방의 깊은 나락으로 떨어져 각자의 어둠에 묻힌 밤이 깊어만 갔다. 항암치료의 부작용과 한번 손상된 뇌세포는 회복되지 않는다는 고단한 날을 보내던 그들에게 순례단이 도착한다는 소식이 전해졌다. 뵙고 싶고 그립던 사모님께서 오백 년의 세월을 지나 몸소 먼 길을 찾아오신 빛의 길(camino de luz), 많은 이들이 영접을 마친 조용한 시간을 골라 순례의 마지막 날 새벽에 도착한 알함브라(Alhambra) 소화 데레사 성당. 브루노 신부님의 지도 아래 예수의 성녀 데레사 재속 가르멜회가 결방살이를 시작한 우리의 성소가 잉태된 자리요, 아기 예수의 성녀 데레사의 유해를 모시고 성녀의 서거 백 주년 미사를 요한 신부님께서 주례하시던 거룩한 하느님의 성전이다. 제대 앞에 무릎 꿇고 사모님의 지팡이를 모신 관에 두 손을 모아 간구하는 벗, 폐에도 이상이 있다 하여 그치지 않던 기침이 치유되는 놀라운 은총의 시간이었다. 예절이 끝난 후 관을 모시고 멀어져 가는 수사님들의 망토 자락을 따라 한국관구로 이어지는 순례단의 여정을 마음으로 뒤따르며 성모님께 봉헌된 꺼져가는 촛불을 조심스레 밝히던 춥고도 따스한 겨울이었다.

주님의 수난이 절정에 이른 성주간, 오진으로 인한 엉뚱한 치료에 나날이 심해지는 통증으로 집 근처 응급실을 거쳐 패혈증 직전에 종합병원 응급실 환자가 되었다. 전례참사와 본당에 모처럼 부활 대축일 제대 꽃꽂이를 돕기로 한 소임을 못 하게 되었다고 가까스로 메시지를 남겼다. 수술대에 십자로 누워 양팔을 묶이며 십자가상의 주님이 절로 기억되는 성 목요일 이른 새벽, 베풀어주신 모든 은총과 사랑을 주셨던 귀한 인연들을 위한 감사의 기도를 봉헌하며 편안한 잠속으로 빠져들었다. 암세포를 떼어내는 대수술 후 간신히 회복기에 접어든 친구와 갑작스럽게 수술을 마친 나는 조심스러운 발걸음을 떼어 참으로 특별한 부활 대축일 미사에 참례하였다. 요즘 친구는 항암치료를 거절하고 대체요법으로 자연치료 중이며 날마다 성체를 영하고 있다. 나 또한 약을 먹지 않으면 상태가 빠르게 진전될 수 있다는 주치의의 염려 대신 하루라도 명징한 날을 살아가리라 부작용이 심한 약물치료를 중단했다.

기쁠 때, 힘들 때 누구나 찾고 싶은 벗이 하나 있다.

차마 만나지 못하고 근처를 머뭇거리면서도
마음속 깊은 곳에선 벌써 그의 존재가 벅차올라

눈시울부터 뜨거워지는 나의 벗

나 말없어도
깊은 상처와 뼛속까지 사무친 슬픔 이미 알고서
애처로운 마음으로 그냥 곁에 있어 주는 벗

차마 눈 맞추지 못하는
정녕 고맙고 영원히 그리운 벗 하나 있다.
- 김영문(성령의 브루노), <우정>

사모님의 지팡이와 신부님의 우정에 의지하여 어둔 밤을 무사히 지나가리라는 믿음에 님은 '온 마음으로 하느님을 신뢰하라'는 잠언의 말씀이 새겨진 가락지를 끼워 주셨다.

창립 20주년을 바라보는 우리 재속회도 귀향회원과 단독회원이 하나둘 늘어나는 세월이 흘렀다. 새 회기에 배부된 주소록을 펼치니 제1구역인 예수의 데레사 구역의 명단에 첫 번째로 적혀 있는 도미니카, 가슴에 쿵! 소리가 났다. 부당한 사람이 선두에 선 듯 송구스러움으로 따개비가 돋았다. 새 구역의 낯섦도 정이 드는 기다림의 시간이 필요하다고 다독이는 시간이었다. 자주 오가던 수도원에 발길이 뜸해지고 앓는 일이 일상이 되어버린 나날, 월모임에 결석하는 일도 생기면서 딴 세상에 유배된 느낌이 들 때도 있었다. 자꾸만 기운이 없어지고 열정도 사위어 가는 것 같아 첫 서약의 마음을 불러온다. 이제는 점차 기력을 회복하고 벗들의 기도와 변함없는 따스한 우정에 감사드리며 시월의 축제를 준비하는 합창 연습에 동참한다. '아무것도 너를 슬프게 하지 말며… 하느님만으로 만족하도다.' 처음으로 불러보는 혼성 4부 합창이 아직은 서툴지만 각기 다른 목소리를 모아 아름다운 하모니를 이루는 노랫소리가 수도원 뜨락에 울려 퍼진다. 솔로 디오스 바스타(Solo Dios Basta) ♬ 영혼에 새겨지는 한 말씀에 악보는 물안개에 덮이고 오르간을 연주하는 손가락이 자꾸만 미끄러진다.

오늘은 잔칫날, 누추한 처소가 베타니아의 초막이 되어 찾아주신 벗들에게 편히 쉬시라 아기 벌새가 날아다니고 마당 한구석 작은 단지엔 대나무 대롱에서 흘러내리는 물소리가 청량하다. 애찬으로 친교의 시간이 무르익고 사모 데레사의 ≪하느님께 외침≫ 연구 나눔과 묵상기도로 교회의 아들딸이 되어 사랑하는 분을 만나는 주님의 날이다. 성령께서 임하시어 어루만지시듯 활짝 열어놓은 창문으로 서늘한 바람이 춤을 추고 은총의 단비가 내린다. 마른 대지를 촉촉이 적셔주는 귀한 여름비가 무량한 은총의 빗줄기 되어 시들한 나의 영혼을 흠뻑 적신다. 가르멜의 울타리 안에서 나누는 풍요로움은 하나의 물방울이 동심원을 그리며 퍼져나가듯 차고 넘치게 흘러 온 누리에 하느님 나라가 확장되는 흐뭇함에 젖어든다.

참다운 우정은 믿음, 사랑과 공경이라는 가르침에 옛사람의 정성을 떠올린다. "한 사람의 벗을 얻게 된다면 10년간 뽕나무를 심고, 1년간 누에를 쳐서 열흘에 한 빛깔씩 손수 오색실로 물을 들여 따스한 봄볕에 쬐어 말린 뒤 (중략) 백번 단련한 금침으로 친구의 얼굴을 수 놓아… 까마득히 높은 산과 양양히 흘러가는 강물, 그 사이에다 펼쳐놓고 서로 마주 보며 말없이 있다가, 날이 뉘엿해지면 품에 안고서 돌아오리라." 나는 벗을 위해 어떤 정성을 바쳤는가? 부끄러워 고개 숙인 나에게 주님은 말씀하신다. "벗을 위하여 제 목숨을 바치는 것보다 더 큰 사랑은 없다." (요한 15:13). 몸소 보여주신 십자가의 완전한 사랑을 조금이나마 닮기 위하여 하느님과 이웃을 향한 오롯한 마음으로 한평생 성심을 다하여 님의 얼굴을 수놓아 마주 보고 싶다. 사랑은 기억이다. 나를 기억하라시며 몸과 피를 내어주신 사랑, 이보다 더 극진한 사랑이 어디 있으랴. 혼자서는 이룰 수 없는 사랑, 가르멜의 여정에서 복된 인연으로 주고받은 친밀한 사랑이 눈물겹다. 어느 날 영혼의 창이 닫히어 그 많은 사랑을 나눈 우정의 순간들을 내가 잊는다 해도 나의 좋으신 벗 그분이 기억하실 것이다.

하룻밤 외딴 숯막에 머물다가는 나그네 인생길에 지팡이는 없어서는 아니 될 선물이다. 그 지팡이야말로 완덕의 여정을 함께 걸어가는 벗이다. 하느님 아버지의 무한하신 사랑과 자비하심에 망령의 두려움 대신 신뢰의 지팡이에 온전히 의탁한다. 나를 잊는다는 것은 무엇일까? 우리 주님의 성심의 샘가에 앉아 쉼을 얻는 이 밤, 나를 잊음은 참된 벗을 얻는 소멸의 신비요 암흑을 거쳐 빛나는 생명이 숨어있는 영원으로 이어지는 거룩한 망각임을 깨우쳐 주신다. 혼돈의 수렁에 혼란스러운 기억을 버리고 이제 나는 멸각이라는 초석 위에 마련해 주신 순연한 새날을 겸손되이 받들고 싶다. 아름다움의 근원이시며 삼위일체이신 하느님을 닮도록 나를 지으셨으니 본디의 나를 찾아가는 여정이 바로 가르멜 사람으로 내가 살아가야 할 성소임을 깨닫는다. 아름다운 동행이 되어주는 벗들을 배웅하고 돌아오는 대문 앞에 소리 없이 핀 박꽃이 비를 맞고 있다. 홀로 깨어 사랑이신 벗님과 단둘이 밤비 소리를 듣는다. 밤은 점점 깊어가고 무현금이 들려주는 하늘스런 빗소리만이 고요하게 내린다.

"오 하느님! 당신은 영혼에게 얼마나 좋은 벗이 되어 주시는지요!"
- 예수의 성녀 데레사 자서전 8, 6

가을
秋

달빛 아래 편지를 읽어요

불볕더위와 산불이 한여름 홍역처럼 지나갔다. 서늘한 가을바람에 물러섰던 햇살이 영근 석류 알에 눈부시다. 계절도 시절도 수상한데 나날이 심각한 뉴스가 이어지는 고국의 안보는 근심스럽기만 하다. 직접 눈으로 보고 겪는 것보다 멀리서 듣는 소식이 더 불안한데, 작은 아이가 갑자기 한국을 간단다. 기별을 받은 한국식구들이 전언을 주었다. 반가운 소식이지만, 비상시에 필요한 식품과 피신처를 준비하라는 시국이니 오지 말라고. 미국 시민권자인데 무슨 문제가 있겠냐고 아이는 오히려 큰 소리다. 등록한 기억도 없는데 한국 주재 미국대사관에서 보내오는 주의사항이 이메일로 빈번하게 도착했다. 혹시라도 식구들에게 도움이 될까 하여 큰 트렁크에 견과류와 열량이 많은 식품을 구석구석 채웠다. 어찌 이런 상황에 처했는지 심란하기 짝이 없었다.

특별한 일이 있는 것도 아닌데 하필 지금 여행을 가느냐는 만류에도 예약을 끝냈다며 아이는 휴가를 떠났다.

집안에 경조사가 있거나 중요한 행사가 아니면 쉽게 찾을 수 없는 고국 나들이는 갈 때마다 편안한 적이 별로 없었던 것 같다. 어느 해 봄에는 비행기 안에서 천안함 침몰 사건을, 겨울에는 연평도 포격 사건 뉴스를 듣기도 했다. 늘 마음의 촉각은 고향 소식을 향하여 뻗쳐있다. 부모·형제와 친지와 벗이 사는 내 나라이기에 그리움 끝닿은 곳이요 언제나 가고 싶은 곳이다. 요한 바오로 2세 교황님께서 입맞춤으로 축복하신 그 땅에 다시는 전쟁이 없기를 마음 모으며, 이토록 간절한 염원이 있었던가 싶다. 지인들의 모국방문이 잦은 요즈음 부디 안전한 여정이기를 수시로 기도한다. 새벽잠을 설치며 서성이는 마당에 안개처럼 보이지 않는 세우가 내린다.

한국을 먼저 방문하고 일주일은 도쿄에서 머물렀던 아이가 인천을 경유해서 돌아왔다. 동행했던 친구와 귀가한 주말 저녁, 인천 공항으로 배웅 나온 이모님이 우셨다는 이야기에 애써 눈물을 감춘다. 서울에서 교환학생으로 일 년 동안 대학 생활을 했던 아이는 오랜만에 찾은 고국에서 좋은 추억을 가지고 돌아왔다. 외삼촌이 금방 가서 섭섭하다고 하루에도 몇 번씩 전화를 하셨단다. 잘 자라 주어서 고맙고 대견하다는 식구들의 애틋한 정을 담뿍 담아왔다. 출국장에서 이모가 챙겨 줬다는 무거운 가방 속에는 꽃밭에서 신으라는 고무신과 모싯잎송편도 들어 있었다. 그리고 정성으로 봉한 편지 한 통을 전해 준다.

"아우야! 이 말이 그리 좋았다니 다시 불러본다." 못난 아우는 무슨 답신을 보낼까. 먼 하늘 길 달려 온 고향의 달님 편에 말없는 속마음을 전한다. "달빛 아래 언니의 편지를 읽어요. 점점 차오르는 달님처럼 아우의 감사도 만월입니다. 손에 손을 잡고 강강~수월래를 부르며 까치걸음으로 원무를 추던 그 날처럼 달님에게 소원을 빌어요. '모두가 평안하시길' 탄천에서 올려다보던 한가위 달님을 기다리며, 이제 막 피기 시작한 만리향의 향기를 대신 띄웁니다."

가을 봉숭아

나뭇잎 사이로 빛내림이 눈부시다. 금잔디에 맺힌 물방울에 아롱아롱 무지개가 열리는 늦은 아침이다. 톡! 봉숭아 씨앗은 사방으로 흩어지고 주머니는 도르르 말려 떨어진다. 초록 잔디 위에 누운 붉은 꽃잎과 씨앗 주머니는 한 계절이 끝나고 있음을 알린다. 빨강, 분홍, 보라, 하양, 봉숭아 꽃잎이 여름 내내 피고 지고 열매는 거두지 않아도 저 혼자 갈무리를 한다. 담장 밑에 버려진 꽃대에서 꽃씨가 떨어졌는지 소복이 올라온 봉숭아 싹이 방금 세수한 아기 얼굴 같다.

요즘 집 근처 도서관 출입이 잦다. 공부를 하러 가는 것도 아니요 책을 빌리러 가는 것은 더더욱 아니다. 실은 도서관 주차장에 차를 주차하고 철컥철컥 바람소리를 내는 국기 게양대를 지나 공원 잔디밭을 가로질러 간다. 동그란 얼굴에 단발머리를 한

순박한 소녀가 미동도 없이 맨발로 앉아 있다. 꼭 쥔 두 주먹을 가지런히 무릎 위에 놓고 누구를 기다리는 것일까? 바로 곁에 빈 의자 하나가 있을 뿐 맨땅이 드러나 있다. 삭막하고 쓸쓸한 풍경이 볼 때마다 마음이 아프다. 차마 사람으로 견딜 수 없었던 상처를 청동 치마저고리 무겁게 감싸고 홀로 앉아있다. 마치 유배라도 온 듯 낯선 땅에 낮과 밤이 흐른다.

지난해 여름, '평화의 소녀상' 건립 기념으로 글렌데일 도서관에서 전시되었던 할머니들의 그림을 숨죽이며 감상했다. 미사 중에 신부님의 소개로 먼발치에서 뵌 할머니의 모습을 그림에서 보았다. 그래서일까, 처음부터 평화의 소녀상은 내 마음에 할머니로 자리를 잡았다. 한국은 물론 중국과 필리핀, 타이완, 말레이시아, 인도네시아, 네덜란드 여인들의 증언이 생생하게 전시되어 있었다. 전범들이 그녀들의 오른팔에 찍어놓은 낙인처럼 지워지지 않는 만행의 현장이었다. 그 중엔 아비가 팔아먹은 일본 여인도 있었으니 하늘과 땅이 진노할 일이다. '끌려감', 라바울 '위안소', '못 다 핀 꽃' 떨리는 손끝으로 그려진 그림들은 처절한 아픔을 소리 없는 통곡으로 고발하고 있었다. 하루에 삼사십 명의 사내가 위안이라는 이름으로 참혹하게 유린한 꽃다운 시절이 거기 있었다.

위안이란 '위로하여 마음을 편안하게 함'이라는 사전적 의미이다. 위안부라는 당치도 않은 그 말을 어찌 입 벌려 말할까? 그렇다면 인권을 무참히 짓밟힌 지난한 세월을 그 누가 위로하고 마음을 편안케 할 것인가? 소쩍새 우는 여름밤, 어머니와 자매들이 둘러앉아 손톱에 봉숭아 꽃물을 들이며 즐거워했던 순진무구한 조선의 아기씨가 아니었던가? 순덕아~ 덕경아~ 다정하게 불리던 댕기머리 조선 처녀들이 아픈 할머니가 되었다. 이제는 주름진 얼굴에 깊이 감춰 놓았던 침묵의 아린 세월을 꽃을 기르고 그림을 그려 한생의 비애를 스스로 치료하고 있었다.

봉숭아 꽃씨를 구한다고 애를 태우던 봄과는 달리 가을볕을 받은 봉숭아 새싹이 여기저기 돋아났다. 절로 나서 절로 자란 가을 봉숭아! 나지막하게 자란 봉숭아는 순연(純然)한 빛으로 꽃을 피운다. 가을 봉숭아 꽃잎에 소녀의 얼굴이 어린다. 해방이 되었어도 영원히 돌아오지 못한 저승의 슬픔과 이승의 달래지지 않는 아픔이 다소곳이 피어있다. 화분에 옮겨진 가녀린 봉숭아가 생기 돋기를 기다린 며칠 후 도서관을 찾아가는 나의 발걸음이 빨라진다. 길섶에 흐드러지게 핀 백장미향이 마중하는 넓은 공원에는 새 한 마리가 탁자에 앉아있을 뿐 아무도 없다. 소녀상 옆자리 빈 의자엔 낙엽이 동그랗게 앉아있고 시든 화분 밑에 종이 한 장이 나풀거린다. 연필로 그려진 소녀상 그림에 "잘 그린 그림은 아니지만 드릴 것이 없어서 오다가 버스에서 급하게 그렸습니다. 절대 잊지 않겠습니다."라는 메모가 적혀있다. 버스를 타고 오며 이 그림을 그린 이는 누구일까?.. 나름 유추해 본다. 나도 드릴 게 없어 여린 가을 봉숭아를 놓아드린다.

한낮이 기울고 소녀의 그림자인 할머니 곁에 봉숭아도 그림자 놀이를 한다. 어린 날의 동무들이 정답게 놀고 있는 모습 같아 평화롭다. 할머니의 영혼인 듯 작은 새는 멀리 날아가지 않고 의자를 오르내린다. 바람에 넘어진 봉숭아를 다시 일으켜 세운다. "잊지 않았어요." 하얀 나비도 춤을 춘다. 사랑은 기억이다. 예수님께서도 최후의 만찬 석상에서 "나를 기억하여 이 예를 행하여라"라고 말씀하지 않으셨던가? 잊지 않겠습니다. 춘희 할머니가 부르시던 소녀 아리랑, "봉숭아꽃 꽃잎 따서 손톱 곱게 물들이던 내 어릴 적 열두 살 그 꿈은 어디 갔나…. 내 꿈을 돌려주오. 내 청춘 돌려주오." 애절한 노랫소리가 잊히지 않는다.

나라 잃은 처녀는 위안을 잃어버린 할머니가 되어 어린 후손들에게 다시는 나라를 잃어버리지 말라고 당부하신다. 사과 한 마디가 위안이 될까마는 기다려주지 않는 세월 앞에 진심 어린 속죄, 그 한 마디가 시급하다. 겨울이 오면 가을 봉숭아도 질 것이다. 평화를 기원하는 소녀상 주위 마른 땅에 봉숭아 꽃씨를 뿌리고 싶다. 영원히 지지 않는 꽃씨를 뿌리고 싶다. 새봄이 오면 색색의 봉숭아꽃으로 다시 피어나는 평화를 간직한 소녀들을 만나고 싶다.

※작가 메모

꽃씨 떨어진 자리에 절로 돋아난 봉숭아가 꽃이 피었다. 낮게 자란 봉숭아 곁에 쪼그리고 앉아 눈을 맞춘다. 순하게 피어나는 가을 봉숭아는 어딘지 모르게 애잔하다. 새끼손톱 끝에 살짝 남아있는 봉숭아 꽃물처럼 사라져가는 할머니들을 떠올린다.

집 근처, 글렌데일 중앙도서관 옆 공원에 평화의 소녀상이 세워진 후 내 마음에도 어린 소녀와 할머니가 공존한다. 이국의 뜨거운 햇살과 마른 땅 위에 홀로 앉아있는 소녀상을 볼 때마다 아릿한 통증 같은 것이 훑어 내린다. 더구나 소녀상의 철거를 요구하는 망언에 시달리며 아직도 수모를 당하는 현실이 안타깝기 그지없다. 누가 이 소녀를 유배시켰는가?

튼실했던 여름 봉숭아는 제 할 일을 다 마치고 사라졌지만 이제 여리고 겸손하게 다시 피어난 가을 봉숭아를 마주한다. 무명실 꼭꼭 동여 봉숭아 꽃물 곱게 들이듯 상처를 싸매주고 어루만져주는 세월이 오기를 간구하는 마음이다. 그렇게 한 해를 돌아〈가을 봉숭아〉한 편을 정리한 것이다.

어떠한 이름으로도 인간의 존엄성이 유린당하는 일이 없기를 빌고 빈다. 어딘가에서 끊임없이 이어지는 총성이 멈추고 평화의 꽃이 만발하길 염원하며 오늘도 나는 빈터에 봉숭아꽃씨를 뿌린다. 가을볕이 고요한 마당에는 아기 봉숭아가 하얀 꽃망울을 달고 있다.

밤

밤바람이 싸늘하다. 부엌 창가에 늘어진 능소화 잎사귀가 달빛 그림자 되어 낙화(烙畵)에 어른거린다. 이엉을 얹은 토담 아래 서너 개의 장독이 놓여있는 초가집 한 채. 어슴푸레 먼 산이 자리하고 밤하늘엔 동그란 달님이 내려다본다. 열려진 창호로 물레가 언뜻 보이고 여인네들이 대청마루에 둘러앉아 송편을 빚고 있다. 앞치마를 두른 어른들 사이에 끼어있는 그림 속의 꼬맹이는 영락없는 어린 내 모습이다.

까치 소리 요란한 감나무를 지나 사래 긴 밭에는 산도(山稻)가 노랗게 익어가고, 뒷산 모퉁이를 돌아 학동 논두렁에서 모시풀을 뜯어오는 길에 알밤을 삼태기에 한 가득 발라왔다. 큰언니가 예쁘게 빚은 반달 송편에 솔잎 향이 배여 모락모락 김이 오르면 별모양 없이 만들어도 상관없는 모싯잎 송편 빚는 일에 신이 나서 맛있는 밤 속을 꼭꼭 채워넣곤 했다. 추석 명절 가까이 아버지 생신날부터 모여든 식구들은 너나없이 쫄깃하고도 담백한 모싯잎 송편을 찾았다.

이국에서 만난 공주 지방의 밤, 모든 사람을 행복하게 해 준다는 전설이 내려오는 고향의 고맛나루 밤엔 많은 이야기가 숨어있다. 으스스 추운 가을 아침 섬돌을 오르내리며 뒷마당에 떨어진 알밤을 다래끼에 주워 담는 기쁨이 살며시 다가오고 작은 절구통에 앉아 양발을 까불거리며 풋밤을 까먹다 절구통이 넘어지는 바람에 다리가 깔린 기억도 따라온다. 돌확을 혼자 일으키겠다고 애를 쓰다 발뒤꿈치가 으스러져 지금도 희미한 상처가 남아있다. 오도독 씹히는 알밤의 고소한 맛도 그만이지만 포르스름한 여린 빛과 풋풋하고 배토롬한 풋밤의 맛은 멀어진 유년의 시절과 닮았다.

참으로 긴 세월 지나 삼십여 년 만에 고향에서 맞은 추석, 제사 때 쓰려고 마련해 두신 실한 외톨밤을 교민들과 나눠 먹으라고 챙겨주시던 아버지도 아니 계셨다. 한나절은커녕 어머니를 뵈러 길 떠날 채비도 소용없는 일이 되어 버렸음을 뒤늦게야 깨달았다. 밤나무뿌리에 깊게 박힌 씨앗 밤처럼 내 생명의 근원인 어버이는 선산에 잠이 드셨다. 무엇을 잘했다고 유택에 엎드려 떼쓰며 울고 싶었던 그해 추석, 탄천에 비친 한가위 달은 너무나 작았지만 내가 홀로 건너가는 징검다리를 환하게 비춰주었다. 낙엽 진 밤나무골을 지나 부모님 영전 삼성산 백설 위에 등단패를 놓아드렸다. 흰 눈 속에 박힌 빈 껍질의 밤송이가 마치 부모님의 모습 같아 밤 가시가 찌르듯 아리고 쓰린 마음을 눈밭에 묻어놓고 밤 한 톨 주워 왔다.

하루 먼저 뜨는 고향의 한가위 달님이 찾아오면 온 누리에 달빛처럼 포근한 평화만이 찰랑이길 기도하련다. 어둠 속에서 하얗게 빛나던 박꽃이 그리운 이 밤, 월하향의 짙은 향기가 달님을 마중한다.

인화초의 노래

아침은 고요했다. 온통 낙엽 더미로 덮여있는 마당을 지나 간신히 대문을 열고 뒤란으로 돌아가니 나무담장 한가운데가 뻥 뚫려 있었다. 집집마다 쓰레기가 수북이 쌓여 문간을 막고 있는 풍경이 마치 영화 속의 한 장면 같기도 했다. 무섭게도 불어대던 바람, 밤사이 몰아치던 광풍은 모든 것을 흔들어 놓고 지나갔다. 거리의 신호등은 작동을 멈추고 찢겨진 나뭇가지와 뽑힌 나무들이 차도에 가로 놓여 있었다. 자연의 위력에 두려움이 인다.

바람이 몹시 불던 날에 뜻밖의 소식이 날아왔다. 침묵 속에 간간이 울음으로 대신하는 친구의 선종 소식. 온몸에 전율이 흐를 뿐 무어라 할 말을 찾지 못했다. 다시 바람이 인다. 낙엽을 쓰는 일이 지금 내가 할 수 있는 일이다. 하늘길 떠난 벗을 위해 봉헌 드리는 작은 행위로 먼저 옆집 가라지에 수북이 쌓인 쓰레기를 깨끗이 쓸어 담고 내 집 앞도 팔 아프게 비질을 한다. 지난 밤 지붕에서 떨어진 포도 넝쿨을 베어 걷어내니 어둠이 내린다. 벗이 지상의 인연을 걷어버린 날에 부디 아프지도 슬프지도 않은 아버지 나라에서 행복하라고 촛불을 밝힌다.

한밤에 돌아가신 영혼을 위한 위령성무일도를 바치고 인터넷 사이트 글벗의 블로그를 방문했다. 대문에는 "조용한 성격을 가진 모든 것에서 작은 사람입니다. 여기 오시는 분들에게 감사하는 마음과 사랑 드립니다. 어린아이 같은 마음으로 주님 만나는 사람이고 싶습니다. 오늘 하루도 향기 가득한 날 되시기 바랍니다."라는 마중 글이 걸려있다. 변함없이 기다리는 따스한 방에는 마음과 마음이 만나던 흔적이 고스란히 남아있다. 서로의 묵상 글을 통해 영혼의 이야기를 공유하기에 동년배가 아니어도 사는 모습이 각기 달라도 세상의 잣대와는 상관없이 스스럼없이 글벗이 된 친구들이다. 기쁜 소식이 있으면 '비밀이랍니다'라는 재치가 가득한 글로 잔칫집을 마련하고 기도가 필요한 이들에게는 한마음으로 간구하는 사랑의 글이 줄줄이 올라오던 묵상방 식구들이다. 산타모니카 해변을 거닐고 음악 피정을 통한 웃음 치료에 배가 아프도록 웃어대던 날들이 추억 속에 잠긴다.

명동성당 뜰에서 첫 만남의 설렘, 만난 적이 없어도 먼발치에서 첫눈에 알아보던 이들이었다. 한여름의 장맛비에도 매서운 추위에도 아랑곳하지 않고 달려 나오던 발걸음. 이제 무심한 마음을 탓해도 소용이 없다. 얼마 전에서야 알게 된 폐암 말기라는 소식에 아연하던 날, 어찌 아프다는 내색 한마디 하지 않았을까 섭섭했던 마음도 있었다. 힘들지만 그래도 잘 견디고 있다며 모든 것을 내려놓고 의탁 드리는 은총의 시간이라 하였다. 평온하다는 벗의 마음을 따라 나의 기도도 깊어져 갔었다. 항암치료 후유증으로 눈이 좋지 않아 글 남기기가 쉽지 않다고, 깊은 사랑과 우정에 감사하는 마음만 남긴다는 짧은 글이 마지막 인사가 되었다.

멀어서 갈 수 없는 이들을 대신하여 다녀온 친구들이 전해오는 고별예식, 푸른 풀밭에서 양떼들이 노는 것을 보았는데 자신에게 와서 쉬라는 음성을 들었다는 이야기를 가족에게 남겼다고 전해 주었다. 입관예절 때 보니 예전의 그 모습대로 아주 곱고 평화롭게 보였다 한다. 벗은 생명의 전화를 통하여 절망의 나락으로 빠져가는 이들에게 구원의 손길이 되었고 늘 주위의 어르신들을 돌봐드리며 드러내지 않은 봉사의 삶을 살다 갔다. 미소 띤 온화하고도 고운 영정사진과 한 줌의 재가 되어 절두산 성지에 안식처를 삼은 납골함 사진을 보니 목이 아프다.

전원이 꺼지면 허상의 세계로 날아가 버리는 인터넷 인연을 허투루 여기지 않고 소중히 여기던 우리의 만남은 참으로 복된 시간이었다. 오랜만의 고국 방문으로 벗들이 함께 모여 우정을 나누는 시간이 행복하다며, 그때마다 나를 인화초라 불러주곤 했다. 영성 깊은 내면의 세계를 알려주는 겸손하고도 정갈한 댓글로 화답하던 가상공간이 이제는 이승과 저승을 오가며 영원으로 이어가는 시간이다. 어린아이 같아지고 싶다던 그녀가 천상의 아기로 태어나던 날, 하늘 아버지 집에서 더욱 자유롭게 사람들을 모아주고 하나가 되게 해 주는 인화초의 노래를 천상의 찬미가로 부를 것이다. 바람도 잠이 들고 달빛만이 방안 깊숙이 인사한다. 시린 발을 동동거리며 선물로 남겨준 찻잔에 따스한 친구의 정을 담는다. 아름다운 인연의 지난 시간들이 따라와 슬픔을 넘어 벗이 남긴 향기가 차고 넘친다.

오래된 무덤

낯익은 장소에서 길을 잃었다. 눈을 감아도 환히 펼쳐지는 익숙한 길을 벗어나 어느 사이 한 번도 가본 적이 없던 내리막길로 들어섰다. 집으로 돌아가려던 내 의지와는 상관없이 구부러진 길을 따라 출구는 점점 멀어져 갔다. 평소에도 자주 찾는 공원묘지에 연휴를 맞아 성묘객이 여기저기 눈에 띈다. 가족묘에 무리를 이루고 있는 이들은 마치 소풍을 나온 정경이다. 친지들은 고인이 생전에 좋아하던 애호품을 마련하여 이승과 저승의 정을 나눈다. 산 자와 죽은 자를 위로하듯 묘지는 싱싱한 꽃들로 꽃동산을 이루고 색색의 바람개비가 돌아간다. 새와 나비 온갖 인형들이 놓여 있는 화사한 묘지가 끝이 나고 갑자기 적막한 장소에 다다랐다. 인적 없는 낯선 주위가 불안한 느낌이 들기 시작했다. 미로를 벗어나기 위해 넓은 공원묘지를 빙빙 헤매다가 놀라움과 반가움에 차를 세운다.

나지막한 언덕과 언덕 사이로 끝없이 펼쳐진 푸른 잔디에 아름다운 예술품들이 조화를 이룬 공원묘지는 집 근처에 있다. 마이클 잭슨과 엘리자베스 테일러 등 유명인사들도 망인이 되어 평등하게 잠들어 있는 곳이기도 하다. 봉분이 없는 평장의 묘비들이 잔디밭에 질서정연하게 누워있던 이곳에 불쑥 나타난 고색창연한 비석이 서 있는 풍경은 경이로웠다. 이십수 년 세월 수시로 오가던 일상의 신작로를 지나 전혀 알지 못하던 비밀스러운 안식처로 숨어드는 망자의 세계였다. 새 식구에게 안부를 나누듯 묘비에 적힌 글을 읽어본다. 묘석에 적힌 이름과 맨 먼저 눈길이 가는 숫자, 저마다 다른 길고 짧은 생애에 사랑하는 가족의 애틋한 마음이 비석에 새겨져 있다.

이제는 새로운 만남보다 이별을 고하는 일이 많다. 인간은, 아니, 살아있는 모든 것은 죽어야 하는 생로병사의 숙명, 그 죽음의 끝은 어디일까? 육신은 사라진다 해도 넋의 거처는 어느 곳일지 사후의 세계는 베일에 가려져 있을 뿐이다. 나이가 들어갈수록 자주 접하는 부음에 문득문득 죽음에 대해 깊은 생각에 잠긴다. "사람아 생각하라, 너는 흙에서 왔으니 흙으로 돌아가리라." 이마에 재를 바르며 죽음을 기억하는 날이 아니어도 먼저 가신 이들의 무덤가에서 나직이 들려오는 소리를 듣는다. '오늘은 나, 내일은 너(Hodie Mihi, Cras Tibi).' 신의 영역인 알 수 없는 그 날을 향해 하루하루 걸어가는 것이리라.

가는 비를 맞으며 오래된 무덤 사이를 천천히 걷는다. 대부분 사랑하는 가족의 호칭이 새겨진 비문을 읽으며 과거 속으로 사라져 가는 인생의 덧없음에 숙연해진다. 사별의 아픔에 눈물을 흘렸던 이들도 저승으로 옮겨 갔을 세월이다. 애별리고(愛別離苦), 슬픔도 기억도 애통함도 오래된 무덤 사이에 잠이 들었나 보다. 남의 나라 공원묘지에서 다양한 언어로 새겨진 낯선 묘비가 친근하게 느껴지는 것은 무슨 연유일까? 아마도 오래된 무덤이 자연의 일부가 되어 버린 평화로운 풍경 때문이 아닐까 싶다. 오히려 침묵만이 감도는 고요함이 아늑하고 편안하다.

대문을 나서면 손지갑이라도 챙겨야 한다. 예전엔 상관도 없던 휴대전화와 자동차 열쇠까지 잃어버릴까봐 신경이 쓰인다. 외출하거나 여행 가방을 꾸리게 될 때면 언제쯤이면 빈손으로 훨훨 자유롭게 나들이를 떠날까 나도 모르게 생각이 스친다. 꽃샘바람이 불던 어느 날, 내 여행 가방에는 고운 한복과 검정 원피스 한 벌이 들어있었다. 서울에 도착하여 옷을 꺼내 걸으며 결혼식 날짜가 정해졌으니 한복은 입겠지만, 이 까만 옷은 입을지 모르겠다고 혼잣말을 중얼거렸다. 사람의 일은 정말 모를 일이어서 한복 대신 검은 상복을 입는 일이 생겼다. 투병 중이던 큰언니의 장례식과 둘째 언니네 조카의 결혼날짜가 같은 날이 되다니 사이렌 소리를 울리며 테헤란로를 달리던 어둑한 새벽을 잊을 수가 없다. 임종한 병원에서 성당의 영안실에 도착할 때까지도 앰뷸런스 안에서 주무르던 언니의 맨발은 너무나 따스하고 부드러웠다. 그때부터 맨발은 각별한 의미로 각인되었다.

희미하게 바랜 옛사람의 묘비 앞을 서성이며 신선한 충격을 주었던 사진 두 장을 떠올린다. 사진 속 그림에는 원삼 족두리 차림의 새색시가 보료에 다소곳이 앉아있었다. 보료 앞 방바닥에는 꽃신 한 켤레가 놓여있었다. 혼례를 기다리는 새색시의 모습에서 죽음을 준비하는 예복을 떠올린다. 나란히 벗어놓은 꽃신, 홀연히 신발을 벗어놓고 맨발로 길을 떠나는 날이 올 것이다. 또 다른 사진은 공원묘지다. '여기도 참 좋다!' 묘비에 적힌 글이다. 여기도 참 좋다니, 별똥별이 영혼 깊은 곳에 떨어지는 감동이었다. 누군지 모를 그분의 삶은 참으로 아름다웠겠구나 싶었다. 내 사후에 남겨진 말은 무엇일까, 내가 본향으로 돌아가는 날에는 '여기는 더 좋다!' 그렇게 말하고 싶은 바람이다.

죽음이라는 어둠을 거쳐 새롭게 태어나는 빛의 세계를 두려움 없이 기쁘게 걸어가기를 날마다 맨발로 걷는 연습을 한다. 나를 사랑하는 이들이 기다리는 생명의 나라에 당도하는 그날은 참으로 좋은 잔칫날이면 좋겠다. "여기는 더 좋다!"라는 사연으로 천상으로 편지를 띄우려면, 지상에서의 삶이 좋은 날들로 충만해져야 하는 것이 우선일 것이란 생각에 주신 날수가 더욱 소중하다.

빗방울이 후두두 떨어지고 바람이 세차게 지나간다. 아무도 찾지 않는 고택에 수문장처럼 낡은 묘비들이 묵묵히 비를 맞고 있다. 작은 경당 처마 밑에 비를 피하며 오래된 무덤 곁에서 돌아가신 영혼을 기억한다. 특별히 고향으로 돌아가지 못한 영혼들의 귀향을 기원하며 그들의 영원한 안식을 위해 마음을 모은다. 비 그친 언덕에는 쌍무지개가 아련히 피어오르고 대나무 숲에는 시계꽃이 빗방울을 이고 있다.

돌아가는 길

봄이 오고 가을이 오면 일주일에 하루는 가야 할 길을 거슬러 반대 방향으로 집을 나선다. 가까운 길을 놔두고 북으로 한참 올라가 다시 남으로 돌아가는 길은 이리 갈까 저리 갈까 언제나 갈등을 일으킨다. 혼잡한 출근 시간에 집 근처 2번 프리웨이는 110번으로 진입하기까지 한 시간은 족히 걸려야 다운타운을 빠져나갈 수 있다. 궁리 끝에 목적지인 남으로 가는 본 길을 만나기 위해 북으로 내달린다. 무사히 복잡한 길을 지나왔다 싶으면 서서히 차들이 속력을 줄이며 꼬리를 물고 늘어선 곳이 있다. 옆에서 합쳐지는 진입로도 없는데 무슨 영문인지 '아, 맨체스터~' 탄식을 자아내게 하는 구간이다.

춥지도 덥지도 않은 청명한 가을 아침에 떠나는 소풍은 여전히 돌아가는 길로 시작되었다. 약속된 시간에 늦지 않을까 조마

조마한 마음은 낯익은 언덕이 보이면 긴장이 풀린다. 연록의 풀빛 옷을 입은 봄날의 언덕 저 너머에는 무엇이 있을까 늘 궁금하던 거기엔 바다가 있었다. 하늘이 맑으면 햇살에 반짝이는 바다도 하늘빛을 담고 하늘이 흐리면 바다도 회색빛으로 가라앉는다. 앞장서던 갈매기는 가을 바다로 날아가고, 자라들이 한가롭게 뗏목에 앉아 해바라기 하는 숲속 호숫가에 왔다. 피라칸타의 붉은 열매가 마중하는 가을 숲에서 바스락거리는 낙엽을 밟으며 숲길을 걷는다. 저만치 앞서가던 동인들은 벌써 시야에서 사라졌다. 나뭇가지 터널을 지나 한 굽이 돌아서 가버린 그 길에 하얀 햇볕이 아스랗다.

숲길은 자꾸만 돌아간다. 부드럽고 완만하게 구부러진 길을 따라서 사람들은 열심히 걸어간다. 아기를 업은 엄마도 뒤따르는 꼬마들도 때로는 초로의 부부가 앞서거니 뒤서거니 점점 멀어져 간다. 가을 숲에 떨어진 도토리는 다람쥐의 양식이 되고 주홍 나비는 핫립세이지(Hot Lips Sage)와 입맞춤을 하느라 정신이 없다. 청둥오리가 물살을 가르고 새끼 자라가 헤엄을 치며 다가온다. 삼나무 숲을 돌아 나오니 아기 달맞이꽃 곁에는 개울물이 흐른다. 포로롱 산새들이 날아다니고 호수에 드리운 나무들의 반영은 평화롭기만 하다. 우거진 숲에는 작은 풀꽃들이 낮게 피어 있고 여리게 드리운 햇살과 이따금 스치는 바람이 안고 오는 나무 향을 깊게 마신다. 숲속의 식구들과 해찰을 하는 동안 함께 온 식구들 뒷모습만 보았다. 지금은 숲속 깊숙이 들어섰는지 아니 보인다.

올리브 열매가 까맣게 익어가고 소나무 그림자가 너울거리는 청량한 자연 속에 어우러져 문학 강의를 경청하고 정성으로 준비한 점심을 즐긴다. 순간순간이 더할 나위 없이 행복한 시간이다. 문득 부끄러운 마음이 든다. 풍성하게 달린 모감주나무 열매처럼 문학의 열매도 조금씩 익어 가면 좋으련만, 그렇지 못함을 알기에. 완전히 익으면 돌처럼 단단해진 열매로 염주를 만든다는 모감주 열매는 만질수록 반질거리는 특성이 있다. 높은 경지에 오른 보살을 의미하는 모감, 우리 수향식구들의 수필의 열매도 모감주나무 열매처럼 반짝이길 염원해 본다. 숲의 향기와 수향이 그윽한 황금 공원(El Dorado Park)에서 황금비 내리는 나무(모감주나무, golden rain tree) 아래 빛나는 영혼의 양식을 먹는다.

먼 길을 돌아가는 길은 언제나 설렘과 초조가 동행하지만, 기도를 드리는 시간이기도 하다. 집으로 돌아오는 길은 온갖 사념에 빠져있어도 이제는 익숙한 길이 되어 절로 제 길을 찾아가고 있다. 창공에는 날개를 반짝이는 철새들이 파르르 원을 그리며 안식처를 찾아 자유롭게 날아간다. 정체된 맨체스터 상공에 은빛 날개의 새떼가 날아가고 비행기 한 대가 뒤따른다. 푸른 날개를 단 비행기가 점점 가까이 다가오며 저공의 비행을 한다. 태극무늬가 선명한 우리 비행기가 고향에서 손님을 싣고 도착하는 중이다. 밀려오는 졸음을 쫓기 위해 노래를 부르기 시작한다.

숲에서 무엇을 보고 왔을까? 열심히 앞만 보고 걷는 뒷모습, 열심히 점심을 먹고 황급히 돌아온 것은 아닐까? 무엇이든 어설픈 나는 재빠르지 못해 생각도 행동도 느리다. 갑작스러운 일이나 빨리빨리 서두는 일엔 정신은 멍하고 가슴이 먼저 두근거린다. 맨 뒤에 처진 나를 제치고 사람들은 씩씩하게 지나갔다. 따라가기도 벅차기에 내내 산책로를 따라 돌아가는 그들의 뒷모습만 카메라에 담았다. 아무도 보이지 않는 낯선 숲길을 안심하고 걷는 여유는 앞서간 이들에 대한 믿음이었다. 내가 만일 홀로 그 숲에 갔었다면 그렇듯 편안하게 걸을 수 있었을까, 혹여 길을 잃지 않을까 걸음을 재촉하여 오솔길을 돌아갔을 때 통나무의자에 앉아 기다리던 정경을 따스하게 간직한다.

'최고의 스승을 만나는 것은 세상에서 가장 아름다운 길을 알고 그 길을 천천히 걷는 것과 같다.' 제임스 배리의 아름다운 이야기를 떠올리며 좀 더 천천히 걸으며 인생의 보물찾기를 하고 싶다. 오늘 하루 동행한 수향 선생님들이 고마운 것은 사랑 때문이고, 함께하지 못한 선생님들이 아쉬운 것도 사랑 때문입니다.

넉넉한 선배님의 전언을 마음에 새긴다. 스승님과 제자들이 세상에서 가장 아름다운 길을 걸었던 가을 소풍은 사랑이었음을 집으로 돌아오는 길은 가을 숲에서 찾은 보물이었다.

침묵으로의 여행

해마다 시월이면 피정을 떠난다.

일상의 분주함을 피하여 고요와 침묵 속에 머무는 내면으로의 여행이다.

예부터 이스라엘 서북부 가르멜(하느님의 포도밭, 하느님의 정원) 산 중턱 엘리야 샘 곁에는 '나는 만군의 야훼 하느님 사랑에 불타고 있노라'시던 성조 엘리야 예언자의 후예들이 살고 있었다. 현대에도 그 은수자들의 삶을 본받아 하느님 사랑과 이웃 사랑을 고유한 생활양식에 따라 살아가는 사람들이 있다. 관상기도와 사도직이라는 카리스마를 영성으로 택한 '맨발 가르멜 수도회'라는 공동체이다. 남자 수도자들과 봉쇄 수녀들 그리고 재속 맨발 가르멜회 회원이 한 가족으로 가르멜 수도회의 영적

자산을 공유하며 그리스도를 따르는 성덕의 삶을 살아간다. 내가 속해 있는 재속회는 일 년에 한 번 전 회원이 이박 삼일의 연피정에 들어간다. 지나온 시간을 돌아보며 베풀어주신 은총에 감사드리는 시간이다. 또한 세파에 시달려 잃어버린 나를 찾아 멈추어 서는 시간이기도 하다. 사그라져 가는 열정을 성령의 바람에 맡기어 사랑의 산 불꽃이 활활 타오르도록 다시 불을 지피는 시간이다.

이른 새벽부터 늦은 밤까지 모든 일정은 침묵 속에 진행된다. 성무일도와 묵상기도, 미사와 강의, 휴식과 식사시간, 여럿이지만 조심스러운 움직임이 있을 뿐이다. 조금은 느슨히 짜인 시간표에 따라 면담과 고해성사도 이루어진다. 조용히 자신을 살피며 자연 안에서 주님과 기도하며 지내는 소중한 밤과 낮이다. 마음의 고요, 행실의 고요, 먼저 외적인 침묵이 찾아오면 내적 침묵에 잠기게 된다. 하느님의 현존 안에 벗이요 님이신 그분과 단둘이 홀로 우정을 나누는 것이다. 아가서의 신부가 되어 꽃도 들짐승도 아랑곳하지 않고 뫼와 언덕을 지나, 맑은 물 흐르는 숲속 외딴 보금자리에 숨어있는 신랑을 찾아 나서는 시간이다. 우리 모두에게는 저마다의 님과 벗이 있을 것이다. 마치 양떼가 목자의 휘파람 소리를 듣고 따라가듯, 고독과 침묵의 오솔길로 떠날 때에만 사랑하는 그 님을 만나지 않을까 싶다.

오롯한 침묵에 잠심할 수 있는 것은 누군가의 끊임없는 보살핌이 숨어있기에 가능한 것이다. 시차 극복도 되지 않은 피곤한 몸으로 영혼의 양식을 나눠주기에 노고를 아끼지 않는 한국에서 오신 지도신부님이 계시다. 전례와 진행에 필요한 모든 준비에 여념이 없는 참사단과 봉사자들이 있다. 심지어 식사시간에도 영적 독서를 읽어주는 양성책임자들, 종신 서약자들을 위해 화관과 코르사주를 만드는 이들, 어쩔 수 없는 속삭임으로 대 침묵을 지킬 수 없다. 침묵이 풀어지는 시간은 마지막 날 점심시간이다. 피정이 끝나는 파견미사에 종신서약식이 있기에 가족과 친지, 친구와 본당 교우들이 모여와 축하의 잔치를 벌인다. 6년 3개월의 긴 수련의 시간을 거쳐 정결, 가난, 순명의 복음 삼덕과 복음적 행복의 정신으로 한평생 살아가리라는 서약을 한다. 그리스도이신 가르멜 산 절정에 이르는 완덕의 길로 끊임없이 나아가겠노라 제대 앞에 무릎 꿇고 교회의 장상과 형제들 앞에서 서약을 발하는 것이다. 모두는 한 형제 한 가족으로 태어났음을 축하하며 사랑의 포옹을 한다. '좋기도 좋을시고 아기자기한지고, 형제들이 오순도순 함께 모여 사는 것'이라 반기며 흥겨운 가락을 노래 부른다. 한정된 침묵은 해제되었지만 내적 침묵은 이제부터 시작이다. 영혼이 머물 수 있는 자기만의 수방을 마련하여 고독과 침묵 속에 끊임없는 수련을 닦으며 살아가는 것이다.

연중 내내 눈 덮인 해발 1,300m 알프스산맥 중턱에 수도원이 하나 있다. 샤르트뢰즈라고도 부르는 카르투시안 수도원은 부르노 성인이 창설한 수도회로 철저히 은수생활을 하는 곳이다. 몇 년 전 수사님이 성탄선물로 주신 디브이디가 바로 카르투시안 수도원의 사계절과 일상을 담은 침묵의 여정인 ≪위대한 침묵≫(원제목: Die Grobe Stille, 영어제목: Into Great Silence)이었다. '봄은 침묵으로부터 온다. 여름도 가을도 겨울도…' 이렇게 시작되는 침묵으로 흐르는 이야기, 그런데도 처음엔 비디오가 고장인가? 왜 소리가 안 나지? 아둔하기 짝이 없는 나였다. 아, 침묵(Silence)이구나! 긴 회랑으로 걸어가는 노 수사님을 따라 고요 속으로 빠져들었다. 감긴 눈 위로 길게 드리운 속눈썹과 커다랗게 클로즈업되는 귀, 간간이 들리는 옷자락 스치는 여운이 있을 뿐 정적만이 감도는 거기엔 오직 고요와 온유, 평화만이 있었다. 사철 아름다운 자연의 변화 속에 기도와 노동은 무언의 단순한 삶이었다. 시간의 속성과 인간의 본성을 보여주고 싶었다는 필립 그뢰닝 감독은 종교영화가 아니라 철학영화라고 말한다. 수방의 작은 창을 통해 음식과 의복을 넣어주고 멀어져 가는 수레소리, 삭발을 하고 스스로 사랑의 수인이 된 그들의 침묵은 무슨 의미가 있는 것일까?

지금도 우리가 공존하는 이 지구별에는 깊은 침묵 속에 세상의 평화와 영혼 구원을 위해 자신을 온전히 봉헌하고 살아가는 소수의 사람들이 있다. 모든 이가 속세를 떠나 수도승이 될 수는 없지만, 지금 처해있는 저마다의 자리가 거룩한 부르심 곧 성소가 아닐까 여겨진다. 맡겨진 소임을 충실히 살아간다면 세상은 평화로울 것이며 의인으로 넘쳐나리라. 나는 가끔 수선스러운 마음을 버리기 위해 2시간 42분간의 침묵의 여행을 떠난다. 자연의 소리와 이웃의 소리 하늘의 소리를 듣기 위해 소음을 버리고 침묵을 초대한다. 설원의 비탈길을 미끄러져 내려오며 웃어대는 천진스러운 수사님들의 모습은 이 위대한 침묵에서 내가 가장 좋아하는 빛나는 장면이다. 우리를 창조하신 아버지께서 자녀들이 행복하기만을 바라시는 선한 분이심을 깨닫는 순간이다. 그분이 주시는 기쁨은 그 언덕의 하얀 눈처럼 깨끗하고 맑은 순수한 기쁨이다. 오늘도 쉬지 않고 오르는 인생의 산길 풀섶에 잠시 앉아, 손잡고 걸어가는 침묵을 마주 보며 웃는다.

가을 향기 한 조각

참 이상했다. 무어라 형언할 수 없는 애잔한 이 느낌은 무엇일까? 석양으로 물들기 직전의 투명한 햇볕이 가득 찬 골목길에 서 있었다. 저 햇살이 쓸쓸한 옷을 걸치기라고 했단 말인가?" 가을이야!" 누구의 전언일까? 내음도 빛도 공기도 이렇게 다른 것이구나, 가을은 이런 것이라고 알려준다. 애달픈 기운이 전신을 감싸던 그 시간 예전과는 전혀 다른 가을을 만났다. 무심코 나이가 들어가니 가을에 대한 느낌도 다르다고 여겼지만, 그것만은 아니었음을 시간이 흐른 후에 깨닫는다. 사람은 앞일에 대해 무언지 정확히 알지는 못해도 무의식중에 느끼는 예감이 있는지도 모른다. 그해 가을, 난 숨쉬기도 힘들 만큼 몸과 영혼을 앓으며 참으로 죽을 것만 같은 마흔아홉 고개를 넘고 있었다.

글벗이 악보를 여러 장 보내왔다. 오랜만에 오르간 앞에 앉아

보았다. 〈대관령〉이라는 가곡의 시와 곡조가 내 영혼을 흔들어 놓았다. 노랫말을 따라 산을 오른다. 물안개 자욱한 저기, 먼 산에 소낙비 내리듯 비단에 움직이는 그림을 그리는 여름이 지나면 단풍으로 색칠한 가을 산이 손짓하고 있었다. 찬바람 하얀 눈 소복한 겨울 산의 기다림, 봄이 오면 진달래 철쭉으로 불타는 아흔아홉 고개를 넘어 굽이굽이 오르는 산길로 나를 초대하는 것이었다. 대관령이라는 재 이름 대신 내가 오르는 인생의 산길인 가르멜 산으로 바꿔 불러 보곤 했다. 그 산은 내 인생 초록 물들이며 나그네가 되라 했다. 보슬비 맞으며 나그네가 되라고 다독거렸다. 노래를 부르노라면 쓸쓸하기도 슬프기도 행복하기도 감미롭기도 온갖 감정이 휘돌아 흘렀다. 그렇게 내 인생의 봄, 여름, 가을, 겨울을 살아가리라 노래를 부르고 또 부르곤 했다. 어서 모든 유혹에서 벗어나는 불혹의 아홉 고개를 넘어 쉰, 예순 산마루 저 너머 세상에서 잊힌 사람이 되고 싶었다. 하늘의 뜻이 무엇인지 깨닫는 지천명의 생일을 기다리고 기다리던 너무나 길고도 긴 가을이었다. 지금도 이 노래를 부르면 목이 아파오고 눈물이 방울져 흐른다. 슬퍼서 우는 눈물은 아니다. 벌레 먹은 나뭇잎에 가을볕이 곱게 물들어 가듯, 이제는 빨리 늙어지라 했던 생채기에 피 철철 흘리던 그 가을을 사랑한다.

며칠 전 가르멜 봉쇄 수녀원에 사는 친구 수녀님한테서 편지가 왔다. 우리 인생살이의 아픔을 '한 송이의 국화꽃을 피우기 위해 봄부터 소쩍새는 그리 울었나 보다'는 미당 선생님의〈국화 옆에서〉시구(詩句)로 비교해 본다는 사연이 적혀 있었다. 편지를 읽으며 조금은 송구한 마음이 들었다. 무서리 내리는 늦가을에 고고히 피워내는 국화꽃처럼 한 송이 국화꽃을 피우기 위해 인내의 세월을 참아 받고 살았는가? 기도하며 성찰하는 가을이다. 마른 국화 잔 꽃송이들은 뜨거운 찻물에 다시 꽃을 피운다. 유리다관에 황금빛 꽃으로 환하게 피어나는 국화 향기를 친구와 나눠 마시고 싶은 오늘, 내 마음에도 국화꽃 한 송이 피어날지 모르겠다.

한낮이 기울어가는 시간이다. 좁은 뜨락, 반그늘 진 의자에 앉아 햇빛 속으로 맨발을 내밀어 본다. 무릎 쟁반에 밥 한 그릇 놓고 천천히 책을 읽는다. 밥 한 숟가락 떠먹고 글 한 줄 읽어보는 햇살이 간지럼 켜는 잔잔한 평화로움이다. 근심걱정에 마음을 졸일 일도, 누군가로부터 마음 상할 일도, 무엇으로 인하여 애타할 필요도 없다. 이 순간만큼 세상은 까마득히 멀어지고 오직 나만이 존재한다. 아니, 나 자신마저 실재하지 않는 무아의 없음이다. 이미 나는 이야기 속의 주인공이 되어 머나먼 지평을 넘어 스페인 중세도시 아빌라의 한적한 성벽을 따라 걸어본다. 때로는 선사시대의 옛사람이 되어 바람처럼 떠돌기도 한다. 그

뿐이랴! 내가 생기기 전 태초의 영겁의 시간을 거쳐 죽어야 갈 수 있는 영원으로 날아가는 날개를 달아보는 신비의 시간이기도 하다. 과거와 현재와 미래가 하나일 뿐이다. 생소한 낯선 나라와 거리를 동서남북 바람개비되어 돌아다닌다. 제멋대로 산과 들을 헤매다 스승을 만나 뵙기도 동무를 만나기도 한다. 사유가 깊지 않은 내 영혼은 무지의 구름을 타고 예지를 향하여 거칠 것 없는 창공을 끝없이 흘러간다.

따스한 가을볕 아래 가끔 살갗을 스치고 지나는 여린 바람에 몸을 맡기고 행복하다 말하면 도망갈까 싶어 읽고 있던 소책자를 가만히 보듬어 본다. 자유롭게 꿈을 꾸며 희망과 설렘을 하얀 손수건에 묶어 나는 오늘도 영혼의 여행을 떠난다. 가을이 더욱 깊어지는 골짜기를 따라가노라면 어느 날인가 귀가 순해지는 고요한 가을 향기 한 조각 만날 것이다.

평상

뒷마당에는 오래된 평상 하나가 있었다. 백일홍이 환하게 핀 꽃그늘 아래 평상은 마치 고향의 사랑채를 연상케 하는 반가움이었다. 그러기에 저녁이나 휴일이면 자주 평상 위에 작은 상을 펴고 온 식구가 둘러앉아 숯불을 지펴 갈비를 굽고 남은 불에 고구마를 얹어 놓기도 했다. 아삭한 오이와 풋고추, 상추와 깻잎, 보글거리는 애호박 된장찌개 한 뚝배기면 찬은 넉넉하였다.

아이들이 자라고 저마다 바쁜 식구들에게 평상은 잊힌 존재요 화로에 불을 피운 지도 오래되었다. 나뭇결(木理)이 곱던 평상도 세월이 흐르는 사이 비바람에 거무죽죽 먼지만 쌓여갔다. 이웃집에서 넘어온 능소화 가지가 뿌리를 내려도 평상은 아프다는 내색도 못하고 옹이 진 자리에 꽃송이가 소복이 앉아 있곤 했다. 무성하게 뻗은 잎사귀가 주인 노릇하는 평상 귀퉁이에 몇 개 안

되는 빨간 고추를 널어 말리고 거기 앉아 들깨를 털어 빈약한 가을걷이를 하던 자리였다.

정초에 단지 내에 불이 났다. 다른 집들은 모두 뒷문이 있는데 우리 집만 울타리로 막혀있다. 앞집에서 불길이 솟고 비상시에 빠져나갈 다른 문이 있어야 된다는 소방관의 설명에 수긍이 갔다. 뒷문이 없어 내심 불편하던 일이 다급한 현실로 다가왔다. 언제부터인가 눈에 거슬리는 평상, 버려야 하는데 저 덩치로는 집안을 통하여 도저히 밖으로 나갈 재간은 없고 뒷문이 있으면 얼마나 좋을까? 집수리하러 온 목공도 나무를 하나씩 해체하려면 기계가 필요하다고 난색을 표했다. 평상은 묵직한 근심거리가 되었다.

문득 어쩌면 현관문을 통과하여 앞마당으로 나갈지도 모른다는 생각이 들었다. 줄자를 찾아 길이를 재는 동안 새로운 희망으로 설레기 시작했다. 우선 앞마당에 자리한 가죽 소파와 운동기구를 치우는 일이 급선무였다. 섭섭하고 아까운 마음이 들었지만 마침 작업 중이던 정원사에게 갖고 싶으냐고 물으니 횡재를 만난 듯 가져갔다. 저녁때 집에 온 아이가 의자가 어디 갔느냐고 타박을 한다. 난 속으로 '더 좋은 자리를 마련하려면 먼저 버려야 한단다. 두고 보라'고 다짐을 했다.

아무도 없을 때 일을 마쳐야 하는데 꼼짝도 안 하는 이것을 어찌 옮기나? 혼자 힘으로 안간힘을 쓰다 보니 그러잖아도 시원찮은 나무다리가 두 개나 부러졌다. 그 와중에 마른 줄기에 매달린 깨 송아리가 꺾여 짙은 향이 풍긴다. 날은 무더워 얼굴은 홍시가 되고 온몸은 난리가 났지만 어쨌든 아기 달래듯 매트에 뉘어 살살 끌어오는데 성공을 했다. 흐뭇한 마음에 안쓰러운 마음이 겹친다. 진즉에 잘 보살펴 줄 것을 비가 오면 비가 오나보다 아랑곳하지 않고 꽃에 물을 준다고 날마다 물벼락을 맞혔다. 이젠 거친 나무갗이 된 평상, 부러진 다리에 잘 들어가지도 않은 못질을 하며 미안하다고 때늦은 후회를 한다. 폭신한 이불을 깔고 그 위에 돗자리를 깔아 앉은뱅이 책꽂이를 준비하고 바람이 드나드는 갈대발을 걸었다.

어떻게 옮겼냐고 깜짝 놀라는 아이들과 나는 이 평상에서 할 일이 너무나 많다. 예전처럼 나란히 걸터앉아 소반에 과일을 담아 도란도란 이야기를 나눈다. 내 마음 깊은 곳에 잠재해 있는 어린 날의 따스한 정이 아이들에게도 스며드는 시간이다. 스치는 바람 속에 아침저녁 기도를 드리고 꽃밭을 끊임없이 날아다니는 벌 나비에게 눈길을 주다 생각에 잠기기도 한다. 파르르 벌새의 날갯짓에 화들짝 정신을 차려 순한 가을볕이 내려오는 새털구름을 쳐다본다. 때때로 책을 읽다 곤하면 하늘 보고 누워 한숨 편안히 쉬는 침상이 되기도 한다. 우르릉 천둥 울고 후련하게 쏟아지는 빗소리 듣는 날에는 처마 끝에 떨어지는 빗방울을 바라보며 육신과 영혼이 생기 돋는 자리이다. 이 모든 순간이 감사의 마음으로 가득 채워지니 절로 행복에 젖어 든다.

우리와 함께했던 세월보다 연륜이 훨씬 오래된 낡은 나무, 이제는 군데군데 썩어 구멍이 뚫린 몸으로 쉼터를 내어주는 이 귀한 평상을 하마터면 내다 버릴 뻔했다. 소중한 것을 거추장스러운 헌 물건처럼 업신여기지는 않았는지 나 자신을 돌아본다. 오래오래 아껴주며 같이 지내자고 조심조심 평상에 올라 발을 내리고 고아한 담갈색 난분을 놓아준다. 만개한 난에서 꽃잎 하나 사뿐 떨어지고 마당은 이내 고요하다. 꽃잎을 주워 드리운 갈대발에 꽂아놓으니 내겐 화문석보다 더 귀한 꽃무늬가 엮어진다. 가을이 깊어지고 떨어진 꽃잎으로 수를 놓으면 별들은 더욱 빛을 발하고 은은한 달그림자에 마른 꽃잎은 영원히 꽃 피울 것이다.

사랑은 사랑을

며칠 전부터 아니 지난달부터 오늘을 기다렸다. 가을이 가기 전에 좋은 분을 모시고 식사를 하자고 약속된 날이다. 아침기도와 꽃밭에 물을 주는 일로 시작된 일과가 평소와 다름없지만, 더욱 오롯한 마음으로 정성스럽게 하루를 시작한다. 시어른의 생신을 맞아 강아지까지 맡기고 여행 중인 큰딸 집으로 향한다. 아이들이 알려준 대로 트래픽이 심하지 않은 샛길을 따라 초행길인 양 조심스러움이 앞선다. 낯섦은 언제나 두려움이 따른다. 모르는 길 이름을 따라 대충 짐작으로 무사히 당도하여 현관 앞에 던져진 신문을 주워온다.

막 길을 떠나려는데 언니에게서 온 축하 메시지, 아직 한밤중일 텐데 어서 자라고 짧은 답신을 보낸다. 아뿔싸! 기름이 한 줄밖에 없다. 그냥 가도 될까? 고민하던 중 다행히 프리웨이 근처에서 주유를 하였다. '지체되었으니 조금 늦게 나오시요.' 오타를 남발하며 약속 시각을 삼십 분 늦췄다. 고속도로 진입로는 공사 중, 연휴를 맞아 무척이나 혼잡스럽다. 마음을 졸이며 정체 구간을 빠져나가니 웬일인지 차들이 서행하고 전방에는 경찰차가 비상등을 번쩍이며 지그재그로 주행한다. 앞에 큰 사고가 있는 걸까? 목적지까지는 철도 건널목이 세 개나 있다. 몇 년을 오갔지만 기차가 지나가는 것을 한 번도 못 보았는데 오늘은 멈춰 서서 기차가 지나가길 기다린다.

나이가 들수록 명절이나 이름 붙은 날이 되면 쓸쓸함이 먼저 찾아온다. 오래전 하늘에 거처를 마련하신 부모님은 멀고도 멀어 유택을 찾아뵐 수도 없다. 부모님 생각에 마음이 아렸지만, 엄마보다 더 엄마 같은 큰언니 생각이 많이 나는 날이다. 환갑을 지나고 보름 만에 귀향한 언니가 새삼 얼마나 젊은 나이에 이승을 하직했는지 애달프다. 엊그제 백일탈상을 지낸 오랜 지기의 부재도 가슴에 자꾸만 갈바람이 분다.

누군가를 찾아갈 곳이 있다는 것은 얼마나 복된 일인가, 반가움이 앞장서서 도착하면 정담을 나누며 밥을 먹고 조심해서 가라고 배웅하는 따스한 정이 쌓인다. 사람들은 쉽게 밥이나 한번 먹자고 말한다. 언제 밥 한번 먹자는 그 말이 인사치레였구나, 깨달을 즈음이면 신뢰는 날아가고 헛말만 공허하게 울린다. 그런가 하면 만나면 첫 마디가 밥 먹었냐는 인사를 하시던 분이 계셨다. 천지간에 아무도 아는 이가 없는 타국에서 아이들에게 물어보시던 밥 먹었느냐는 자상한 목소리가 들려올 때 그 말이 그렇게 따스한 말인지 처음 깨달았다. 오늘은 오히려 초대한 이에게 대접을 받고 집에 돌아와 낮이 한창인데 깊은 잠에 빠져들었다.

난 오랫동안 생일 없는 아이로 살았다. 내 나이 일곱 살 때 초등학교를 조기 입학시키려고 10월 31일이었던 호적을 고쳐서 생긴 일이었다. 입학일이 3월로 기준된 날짜에 맞춰 생일을 달만 고친 실무자의 실수를 아무도 깨닫지 못했던 것이다. 상급학교에 진학할 때마다 호적에 생일이 문제가 되었다. 2월 31일이라니, 세상에 없는 날짜에 태어난 것이다. 생일 없는 아이였기에 60년의 세월이 흘렀어도 나는 아직도 몽고반점이 선명한 갓난아기다.

하루를 마감하는 이 시간 바람도 잠이 들어 고요하다. 마치 생의 한 모롱이를 돌아온 것처럼 긴 하루였다. 예상치 못한 일들 앞에 순간적으로 늘 선택의 갈림길에 서 있는 인생의 축소판 같았다. 너무나 혼란스러운 세상사에 넘어지고 자빠지며 험준한 산골을 걸어온 외길을 돌아본다. 고개 날망을 무사히 넘어와 안도의 숨을 크게 쉬는 밤이다. 이제 나는 덤으로 사는 한 살배기 어린아이가 되어 하루하루를 충실히 살아가고 싶다.

수많은 인연과 자애에 감사드리는 두 개의 촛불을 밝혀 사랑을 기억한다. 빨간 촛불은 천상에 계신 하늘 식구들의 사랑에 바치는 감사요, 하늘빛 촛불에는 세상살이하는 우리 모두를 의탁 드리며, 아이들이 살아갈 앞날의 평화를 간구하는 기도를 담았다. 요즘은 가을 열매를 위한 선물인 듯 11월의 햇볕이 따갑다. 만물을 거두어 드리는 달이지만 많이 가난해지는 달 그러나 모두 다 사라진 것은 아닌 달이다. 낙엽이 지고 가벼워진 가을 나무처럼 산책을 하고 첫눈이 오는 날을 그리워하며 내게 주신 사랑을 회상한다.

오늘 일기는 이렇게 쓴다. 순례의 길에 베풀어 주신 무량한 은총을 기억합니다. 영혼과 육신이 병약한 저를 업고 오신 길이 사랑이었음을, 그 모든 순간을 기억하는 사랑으로 제가 나눌 사랑을 만납니다. 사랑은 사랑을 부릅니다.

당신이 슬플 때

지금은 어둔 밤입니다. 삼라만상이 잠든 밤에도 통증이 멈추지 않아 눕지도 앉지도 못하여 잠 못 이루는 밤은 얼마나 긴지요. 겨우 잠든 모습이 애잔하여 간호인에게 살짝 가겠다는 눈짓을 하고 돌아와 달빛 없는 이 밤에 그대를 생각합니다. 하루를 살아내는 일이 얼마나 고통스러울지 어찌 짐작이나 하겠는지요. 어쩌면 육신의 질병은 마음에서부터 시작되는지 모릅니다. 불의의 사고로 어여쁜 딸을 말 한마디 못하고 보내야 했던 극한 슬픔 중에도 불길이 활활 타오르는 불더미에서 보호하듯 애통함을 견딜 수 있었던 것은 큰 은총이었음을 종종 이야기하곤 했지요. 그 의연함 속에도 차곡차곡 쌓여있던 보이지 않는 영혼의 아픔은 기어이 몸에 반란을 일으켜 췌장을 공격하고 폐까지 전이를 일으켰나 봅니다.

오랜만에 고향을 찾았지만, 마음 한구석에 깔린 불안감이 따라 다녔습니다. “올 때까지 살아있을 테니 걱정하지 말고 잘 다녀오라”던 말이 마지막 인사가 아니기를 기도했습니다. 단풍이 짙어가는 가을 숲에서 같이 왔으면 좋았을 것을 문득문득 생각나는 사람, “세상에~ 가을 벚꽃 좀 봐요.” 옆에라도 있듯 화담숲에서 이야기를 나눴답니다. 길상사 법정 스님의 영정을 모신 진영각 뜰에서 만난 남색 꽃, “아, 용담이다!” 첫눈에 알아본 바위틈에 다소곳이 숨어 핀 용담, 백설이 하얗게 내린 겨울 아침에 명동성당 지하 꽃다지에서 만난 남빛 꽃무리를 데려왔습니다. 소담스런 꽃들이 다 지고 잎은 누렇게 변하여 한 해의 끝자락을 나그넷길에 서성이니 스산한 겨울바람이 마구 불었습니다.

언제 오는지, 눈이 빠지게 기다린다는 메시지가 연달아 카톡을 울렸습니다. 소식이 전해질 때마다 쿵! 내려앉는 초조함에 예약된 비행기 일정을 며칠이라도 앞당겨 돌아올 채비를 했습니다. 야생화 한 상자는 항공우편으로 부치고 오리라던 계획을 단념하고 두 상자의 책 속에 약간의 꽃씨를 넣어 선편으로 보냈습니다. 얼음이 서걱대던 흙 속에서 꽃무릇 구근과 용담 세 뿌리를 챙겨 왔습니다. 실낱보다 더 가느다란 용담의 뿌리가 낯선 땅에서 싹을 잘 틔울지 모르겠다는 염려보다는 용담의 꽃말*에 담긴 의미를 안아오고 싶었습니다.

슬픔이 나의 영혼과 육신을 갉아먹던 시절, 제목만으로도 큰 위로가 되었던 시가 있었습니다.

> 당신이 슬플 때 나는 사랑한다
> …
> 또한
> 내 그대를 사랑한다 함은
> 당신의 가슴 한복판에
> 찬란히 꽃피는 일이 아니라
> 눈두덩 찍어 내며 그대 주저앉는
> 가을 산자락 후미진 곳에서
> 그저 수줍은 듯 잠시
> 그대 눈망울에 머무는 일
> 그렇게 나는
> 그대 슬픔의 산높이에서 핀다
> 당신이 슬플 때 나는 사랑한다
>
> – 복효근, 〈당신이 슬플 때 나는 사랑한다〉 중에서

기쁨이 넘쳐 뛸 때 슬픔이 가득할 때 뉘와 함께 나누리. 차마 목이 메어 부르지 못하는 성가를 마음으로 자주 불러봅니다. 홀로 견뎌야 하는 아픔에 할 수 있는 일이란 고작 가끔 옆에 있어 주는 일뿐입니다. 아니, 꼭 곁에 있어 주기를 바라는 시간에도 나도 아프다고 할 일이 있다고 냉큼 달려가지 못하는 못난 사람

입니다. 공항에서 도착한 늦은 밤 "살아있을 때 왔네!" 포옹하던 그 순간 혼자 상상하던 이별 연습은 내려놓았습니다. 비록 몸은 앙상하게 야위었지만, 얼굴은 한없이 평화로워 보였기 때문입니다. 보고 갈 수 있을지 모르겠다고 눈이 빠지게 기다린다는 것은 눈앞에 마주 보고 싶다는 정이겠지요. 소파에 앉아있는 나에게 너무 멀다, 침대 가까이 와서 앉으라며 "나는 사람을 잘 사귀지 못하는데 무슨 인연으로 우리가 이렇게 만났을까?" 회상에 젖어 드는 그대. 비가 세차게 쏟아지는 공원묘지에서 엔지의 묏자리를 찾아 헤매던 그 날을 떠올립니다. 스물두 송이의 장미꽃과 위로의 마음을 적은 카드 한 장을 전한 인연이 오늘에 이르렀습니다.

오랜 세월, 함께 울고 웃던 수많은 추억이 우리에게 남겨진 소중한 선물입니다. 어느덧 마지막 동행이었던 겨울 바다의 모래사장에 당도했습니다. 파도가 밀려오면 종종걸음을 치다 고요한 수면에 휴식을 취하며, 먼 길 떠날 연습을 하던 도요새처럼 언젠가는 우리도 떠나야겠지요. 앞날은 아무도 모르는 일이지만, 어쩌면 그대가 먼저 작별 인사를 하려는지요? 집에 가서 보라던 편지를 읽습니다. '나의 모든 고통, 아픔을 아는 친구가 있음을 주님께 감사드립니다. 영혼의 친구가 되어주어 고마워요… 좋은 글로 많은 영혼에게 희망과 사랑을 전해주기를 빕니다.' 무슨 이야기로 답을 해야 하는지요. 변함없는 우정으로 그림자처럼 나의 곁에 있어 준 그대는 수호천사입니다. 참으로 소중한 벗을 동반자로 주셨으니 나는 복된 자임을 고백합니다. 어설픈 나의 글에 첫 독자로 언제나 후원을 아끼지 않았던 그대에게 아직 작별의 인사는 하지 않으렵니다. 대신 날마다 꽃밭 한구석에 쪼그리고 앉아 들여다봅니다. 여리디 여린 싹이 돋아난 햇살 고운 날, 그것으로 충분합니다. 저 여린 싹이 움트듯 영혼의 맑음으로 나의 여린 문학의 뿌리도 튼실하게 자라 슬픔에 위로가 되고자 합니다.

어둠이 깊을수록 달빛은 더욱 포근합니다. 달빛이라 지어준 그대의 닉네임처럼 희망도 만월이길 기도합니다. 밤사이 새 생명이 쑥쑥 자라나듯 아픈 상처에 새살이 돋기를 하늘 아버지의 크신 자비에 의탁 드립니다. 생사의 어둔 밤을 지나는 이 밤, 당신이 가장 외롭고 슬픈 순간에 나는 한 송이 용담이 되고 싶습니다. 당신이 슬플 때 나는 사랑합니다.

*용담의 꽃말: 당신이 슬플 때 나는 사랑한다.

가을과 겨울 사이

기적 소리가 지척에서 들리는 한밤이다. 밤기차는 어디로 가는 것일까? 싸늘한 겨울밤에 야간열차를 타고 가는 인생의 순례자들이 머물 수 있는 안식처는 얼마나 절실할까. 아득한 세월 저편에 소복의 아가씨가 북으로 가는 열차에 앉아있었다. 앵두꽃이 피어있던 어느 봄날엔 남도로 가는 초행길이 설렘이었다. 그때마다 마중 나와 주셨던 정다운 분들이 계셨다. 마음이 아픈 날에는 어디론가 정처 없이 떠나고 싶지만, 현실은 생각처럼 쉽지만은 않다. 더구나 혈육을 여의고 황망한 슬픔 중에 갈 곳이 있다는 것은 더할 수 없는 위로다.

스산한 바람이 서성이던 날에 홀로 떠나는 여정이 두렵지 않은 것은 기다리는 이가 있음이다. 대숲이 우거진 시골 마을의 평화로운 정경이 차창을 스치고, 나주에서 광주까지 마중 나오신 수사님을 따라 드들강을 건넌다. 산자락에 자리한 신학교를 지나 산속 오솔길로 접어든다. 큰언니의 삼우제를 지내고 광주 가톨릭대학에 영성신학 교수님으로 계시던 지도 신부님을 방문하던 날의 기억이 새롭다. 지나치는 차 안의 낯선 방문객에게 정중한 인사를 올리던 신학생들의 모습이 인상적이던 감동이 아직도 따스하다. 부처님 오신 날 연휴로 태평양을 건너오는 비행 시간보다 더 긴 시간, 인천에서 나주까지 빗길을 달리던 갑작스런 초대도 행운이었다. 모두가 잠든 한밤중, 수도원 현관 등불 아래 한 줄의 메모가 맞아주던 잔칫날 전야의 편안한 잠자리의 온기가 내 마음속엔 여전히 남아있다.

가르멜 문장이 선명한 수도원 정문이 스르르 열리고 통나무집을 지나 낮은 언덕에 잠들어 계신 요한 신부님께 국향으로 인사를 드린다. 숲속의 고요한 수도원은 청원자와 유기 서원 수사님들을 위한 학생 공동체이다. 수도원 뜨락에 엎딘 구도자의 조각이 영혼의 떨림으로 다가온다. 한평생 맨발의 수도자가 되어 서원의 삶을 살아가는 수방의 벽엔 예수 없는 십자가가 걸려있다. 밤색 수도복 자락이 스치는 소리가 이따금 들릴 뿐 사방 고요다. 아침저녁 묵상기도와 시간경을 바치며 봉헌의 삶을 사는 봉쇄구역, 그동안 나 자신이 얼마나 게으르고 나태하게 살았는지 반성을 하며 혹여 그분들의 일상에 방해가 될까 조심스럽다.

나무 담장 틈 사이로 언뜻 보이는 내정의 쥐똥나무 열매에 빗방울이 반짝인다. 가만가만 까치걸음으로 아무도 없는 성당의 어둠 속에서 빛을 발하는 다사로운 감실의 성체 등을 바라보며 그분의 현존 안에 머문다. 그리고 내가 기억하는 이들을 위해 기도한다. 새벽 빗소리에 온몸이 점차 물속으로 잠겨 드는 느낌, 수사님들의 깊은 침묵의 기도에 절로 은총의 샘에 젖어 드는 순간이다. 따뜻하게 맞아주신 사랑에 가르멜의 한 가족으로 살아간다는 일이 얼마나 큰 은총인지 감사의 정이 뜨겁게 차오른다.

구절초와 코스모스가 나부끼는 드들강으로 산책을 나선다. 소월의 시 '엄마와 누나야' 노래에 곡을 붙인 안성현 선생의 시비가 그의 고향인 이 지석천 솔밭에 있다. 월북 음악가인 그가 머물렀던 드들강변에는 갈대와 억새의 나부낌이 은물결을 이룬다. 억새와 갈대를 반대로 알고 있던 무지를 일깨워주는 강둑을 천천히 걷는다. 청명한 창공을 나는 새들도 고요히 흐르는 강물에 한가롭게 새끼를 거느린 백로 가족도 바람이 자유롭게 파도를 타는 갈대밭에 숨어 핀 들꽃도 평화롭기만 하다. 인적 없는 강변길에 마주 오는 남자, 문득 무섬증이 엄습한다. 수도원까지 걸어갈 수 있다고 혼자 남은 강가에서 사람이 무서워 발걸음이 빨라진다. 섬뜩한 두려움에 돌아가려 할 때 차를 몰고 찾아오신 신부님께서는 내가 편안하게 사진을 찍는 동안 하늘의 변화를 동영상에 담으신다.

불편한 눈으로 장거리 운전을 하신 신부님의 안내로 당도한 남원 혼불문학관은 온통 가을빛이다. 처마 끝에 청사초롱이 나부끼고 솟대가 반기는 그곳에는 최명희 작가의 혼이 '소살소살'* 흐르고 있다. 어쩌지 못할 불길에 사로잡혀 손가락으로 바위를 뚫어 글씨를 새기는 생각으로 원고를 썼다는 집필실. '혼불 하나면 됩니다. 아름다운 세상입니다. 참으로 잘 살고 갑니다.' 작가가 조국에 바친 말의 씨, 민족의 혼인 모국어를 건져 숙연한 마음에 담는다. 다시 못 올 듯 다녀가시라는 가을과 겨울 사이 가장 따스한 초대는 책갈피에 담아온 은행잎처럼 정답다.

제대 앞에 무릎 꿇어 차곡차곡 쌓인 소중한 순간들을 마음에 담아 봉헌 드린다. 양팔 높이 들고 바치는 수사님들의 밤 기도 소리에 수도원에서의 마지막 밤이 어둠 속에 묻힌다. 말벌주를 손수 담아주신 미카엘 수사님, 언제든지 쉬고 싶으면 오라 하신 신부님의 말씀은 동지섣달 시린 마음을 따스하게 덥혀 주는 화롯불 같다. 생각만으로도 언제 어디서든 숨어드는 마음의 쉼터요 비밀의 성채가 되었음을 감사드린다. 메밀꽃이 하얗게 피었다는 그 강가엔 지금쯤 흰 눈이 쌓이고 살얼음이 얼었을지 모르겠다. 밤은 점점 깊어가고 기적 소리에 따라온 정다운 이야기는 소살소살 내 마음의 시내에 맑은 물 되어 흐른다. 때로는 홀로 때로는 동행이었던 지상 열차에 두고 가신 꾸러미엔 사랑이 숨어 있다. 거침없이 새벽을 향하여 달려가는 기차가 종착역에 도착할 때, 나는 그 무엇으로 아름다운 세상 잘 살고 간다고 말할까.

* 소살소살: 겨우내 얼었던 계곡물이 녹아 얼음장 밑으로 흐르는 소리를 최명희 작가가 표현한 의성어.

원산정 가는 길

사방 고요한데 스치는 바람은 가을을 데리고 왔나 봅니다.

이토록 평화로울 수 있음이 어인 까닭인지 모르는 채 까만 밤이어 더욱 좋습니다.

육신은 쇠약하고 영혼은 먼지 속에 엎어진 듯 참으로 산란스러운 여러 날이 지나가고 있었습니다. 나는 지금 어디에서 무엇을 하며 어느 길을 가고 있는가? 천지간에 홀로 버려져 길을 잃고 미망 속을 헤매는 느낌이었습니다.

휘저어 놓은 마음방을 치우듯 책장 정리를 하다 아버지께서 남겨주신 시집 ≪원산정(圓山亭)≫에 눈길이 머물렀습니다.

계룡산 우뚝 둘러섰고 금강 공산성 휘돌아 백마강 가는 도중 분강이 되어 흐르는 거기에 선산인 원산이 있습니다. 산마루에 선조들의 덕을 칭송하고 허물어진 정자 하나 중건하시어 작은 집이라 부르셨던 원산정. 이를 기념하여 벗과 유림의 선비들이 시를 지으시고 지극한 겸양으로 화답하여 시집 한 권 만드신 것입니다. 자신의 부당함을 손을 씻고 서문에 임한다는 겸손과 정이 오가니, 하얀 두루마기 자락이 오락가락 숲속 외길을 오르시던 모습이 학의 무리가 노니는 모습이었습니다.

하늘, 구름, 달, 사슴, 꽃, 벗을 찾아오는 나룻배, 아버지는 원산정 현판 아래에 친할 친(親)자의 문패를 달아 놓으셨습니다. 울타리도 사립문도 방문도 만들지 않으셨습니다. 무시로 드나드는 바람처럼 달빛처럼 아무 때나 돌아오라 하심입니다. 얼마나 멀리 있느냐? 이마에 손을 세워 손차양을 하고서도 잘 보이지 않는다는 시인의 마음으로 학처럼 목을 길게 빼고 기다려주시는 내 아버지. 나무 위에 서서 어디만큼 오는가? 보이지 않는 먼 곳을 바라보시며 집 나간 자식을 원산정 기둥에 기대어 기다리고 또 기다리고 계셨군요.

아득 멀리 떠나와 알 수 없는 샛길에서 헤매고 있었던 나의 길, 발 부러져 목발에 기대어 멀리 바라보기만 했던 원산정 가는 길엔 강이 가로질러 있었습니다. 오늘은 강가 모래밭에 빈 배 하나 기다리고 있습니다. 내가 죽어지면 십오 분 후에나 죽는다는 자애심을 강물에 던져 버리렵니다. 아버지 친히 이르시니,

능히 조용함은 천명(天命)을 즐김이요
능히 평안함은 인욕(人慾)을 끊음이라
— 시집 ≪원산정≫에서

어느덧 평화만이 찰랑이는 맑고 잔잔한 강물이 되었습니다. 가벼운 몸을 실은 돛단배 한 척 명경지수를 건너갑니다.

겨울 冬

선물

머리맡에 아주 작은 종 하나가 있다. 꼭 가보고 싶었던 부차드 가든에서 사 온 기념품이다. 선물 가게에서 꽃씨를 고르던 중 은방울꽃이 그려진 길이가 새끼손가락만한 종이 눈에 띄었다. 선명한 은방울꽃이 예뻐 찻잔과 동전 크기의 티 캔들 접시 몇 개를 내 선물로 골랐다. 나는 가끔 나에게 선물을 한다. 특별히 무슨 의미 있는 날이어서가 아니라 '그냥' 그런 날이 있다. 내가 나에게 선물을 하고 싶은 날.

기분이 울적하고 심란한 날에는 집 근처에 있는 대형 백화점엘 간다. 내가 가는 곳은 뻔하다. 취향에 맞는 옷가게 두어 곳을 들러 카드전문점으로 간다. 당장 필요한 것도 아니면서 마음에 드는 카드와 편지지를 고르노라면 벌써 행복해진다. 어느 날은 별러서 읽고 싶은 책을 구입하려고 한인 타운의 서점에 간다.

내용이 좋은 책이 있으면 선물용으로 여러 권 준비하는 마음은 부자가 된 느낌이다. 때로는 동네 화원에서 꽃모종 사기를 좋아한다. 다 자란 나무보다는 크는 재미를 나에게 선물하기에 어린 꽃들을 더 좋아한다. 이런 것들이 비싸지도 별스럽지도 않은 나에게 주는 선물이다. 어쩌다 한두 번은 평소에 갖고 싶었던 물건을 사기도 한다. 사노라고 애썼다고 스스로 내가 주는 상이요 선물이다.

예전엔 일주일에 두서너 번은 꽃시장에 갔다. 누군가가 기다리고 있는 것처럼 한 바퀴 꽃시장을 돌아보면 마음에 다가오는 꽃이 있다. 화려한 꽃보다는 들꽃같이 순한 꽃들이 어느 사이 꽃수레에 가득 찬다. 그중엔 내 선물인 작은 화분이 늘 끼어있다. 선물을 하기 위해 봉헌을 하기 위해 꽃을 꽂는 일은 참으로 기쁘고 행복한 시간이다. 꽃과 잎사귀, 큰 꽃과 잔잔한 작은 꽃의 어우러짐, 꽃을 받쳐주는 침봉과 오아시스, 꽃과 화기의 조화, 혼자만이 이룰 수 없는 아름다움이 거기 있다. 잘리면서 더욱 향기를 풍기는 꽃가지들, 비록 내가 받는 꽃다발은 아니어도 꽃을 꽂노라면 많은 묵상을 하기에 나에겐 선물인 것이다.

선물은 상대방이 무엇을 좋아할지 어느 것이 필요한지 까다롭기도 하다. 어느 땐 오히려 선물을 하고도 마음에 들지 않아 불쾌한 기분이 되지는 않을지 조심스럽다. 꼭 본인의 것이 아니어도 가까운 분에게 선물을 드릴 수 있는 것으로 무엇이 좋을까 헤아려 보기도 한다. 고국으로 돌아가시는 지인에게 즐겨 준비하는 선물 중 하나는 숫자가 크게 적힌 손목시계였다. 연세가 드신 부모님께 여생을 복되게 사시라는 의미를 선물로 드리는 것이다. 나 또한 선물 받은 시계를 소중하게 간직하고 있기도 하다. 나에겐 선물을 받아서 풀어보는 순간까지 가슴 설렘으로 기다리는 시간이 가장 큰 기쁨이다. 작은 것 하나라도 그 속에 주는 사람의 마음이 담겨있기 때문일 것이다. 그러기에 나는 선물을 받으면 아껴두고 나중에 가만히 열어본다. 이곳에선 마주 보고 선물을 받을 땐 얼른 풀어서 고맙다는 인사를 하는 것이 예의라서 그렇지 못할 때도 있다. 선물을 준비하는 마음은 어떤가? 그 사람을 생각하며 정성스럽게 포장을 하고 카드에 적는 몇 자의 축하의 말, 위로의 말을 쓰다 보면 마음속에 차오르는 따뜻함이 나에겐 선물이다.

선물은 돌고 돌기도 한다. 아이들에게 간혹 선물을 받을 때면 누구를 줄까? 하는 생각부터 든다. 또 누구를 주려고 안 쓰냐고? 애들은 질색한다. 마치 예전에 아버지께 내가 했던 것처럼…. 선물하기를 좋아하던 전과는 달리 빈손이 된 지금은 드릴 것이 없어 고민하는 나에게 고맙다고 소리 내어 말하기도 어려운 소중하고 귀한 선물을 참 많이 받았다. 죽는 날까지 손에서 떠나지 않을 성무일도는 참으로 귀한 선물이다. 날마다 아침에 눈을 뜨고 일어나서 밤이면 잠자리에 들기 전에 오랜 세월이 흘러 눈이 흐려져도 기도서를 펼쳐 기도드릴 것이다. 감히 생각지도 못하던 선물을 서슴없이 전해 주는 그 사랑에 감사의 기도를 올릴 뿐이다. 일일이 열거하지 않아도 하루라는 시간 안에 내가 누리고 있는 선물은 또 얼마나 많은가? 내가 살아 갈 수 있는 이 모든 것이 선물인 것을, 이젠 조금은 철이 들었나 보다 잊고 살았던 감사의 마음이 드는 것을 보면.

어느 해부터인가 나는 생일이면 내가 나에게 주는 선물이 있다. 공초 오상순 시인의 평소 말씀을 구상 시인께서 정리하신 〈꽃자리〉라는 시이다.

반갑고 고맙고 기쁘다
앉은 자리가 꽃자리니라
네가 시방 가시방석처럼 여기는
너의 앉은 그 자리가
바로 꽃자리니라
반갑고 고맙고 기쁘다

'앉은 자리가 꽃자리'라고 내가 나에게 선물하는 꽃방석이다. 내가 행복해지고 싶은 날, 내가 나에게 선물하는 날에는 작은 종을 달랑달랑 흔들어 본다.

연화도

연일 미세먼지로 흐리던 날이 아침부터 햇살이 환하다. 채색화를 그리기에 좋은 날이다. 화판에 장지를 팽팽하게 잡아당겨 붙이고 녹인 아교를 고르게 칠하여 말리기를 여러 번 반복한다. 유리창의 빛을 이용하여 본그림에 파스텔을 칠한다. 진채(眞彩)를 만나는 기다림은 이렇게 시작되고 빛과 볕이 좋은 날은 행운이다. 고국에 머무는 몇 달 동안 채색화를 배우려던 원의는 큰 착각이었다. 단순히 수묵화와 대비되는 색채화려니 여겼던 무지가 얼마나 한심한 생각이었는지 첫 수업시간에 알아챘다. 눈앞에 펼쳐진 연화도, 이걸 어찌 그리나 당황하는 제자에게 선생님은 걱정하지 말라시며 잘하고 있다고 늘 격려를 아끼지 않으셨다. '모방은 창조의 어머니'이며 예술의 기원은 모방으로부터 시작된다는 아리스토텔레스의 명언처럼 체본 그대로 본을 잘 뜨는 일이 우선이었다. 본그림을 모방하여 기법을 익히는 습작은 부끄러운 일이 아니요, 수천 년 이어온 전통을 빠르게 습득하는 겸손된 자세임을 공부한다.

채색화는 보석을 갈아 만든 광물성 색채를 연하게 쌓고 쌓아 본연의 참된 색을 인내로 기다리는 시간이다. 일획, 일필의 한순간이 아니라 수십 번의 색칠을 그리고 또 그리는 수련의 시간이다. 머지않아 첫 작품이 완성되리라는 기대 속에 마무리를 잘하라는 숙제를 받고 보따리를 정리하는 마음이 흐뭇하였다. 사진을 찍고 싶다는 동기의 청에 그림을 싼 보자기를 풀다 끝자락이 물그릇에 빠졌다. 젖은 자락을 조심해서 매듭을 지어 길을 나서니 날은 어두워지고 비가 내렸다. 염려스러운 마음으로 귀가하여 그림을 펼쳐보니 어느 사이 배어든 물기는 홍수가 나고 둑이 무너지듯 그림으로 침투해 버렸다. 번져버린 꽃봉오리의 종이결을 조심스럽게 떼어내다 그만 구멍이 나버렸다. 순식간에 연화도는 조각조각 찢기고 빈 화판만 남았다. 한 학기의 수고와 열정이 허사가 되어버린 첫 작품은 흔적 없이 사라졌다. 숭숭 구멍 뚫린 빈 대궁만 꺾여있던 쓸쓸한 겨울 연지처럼 그렇게 미완으로 끝이 났다.

집으로 돌아갈 날이 가까워지니 화재를 준비하기 위해 인사동에 갔다. 동행해 주신 스승님은 한 가지 마음에 걸리는 것이 있다고 하셨다. 그림이 잘못되었다고 찢어버리면 습관이 된다며 충분히 보완할 방법이 있는데 너무 성급했다고 걱정하셨다. 욕심을 부리고 한꺼번에 여러 작품을 하는 사람은 한 작품도 제대로 그리기 어렵다시며, 하나라도 끝까지 완성하는 것이 중요하다고 조언을 해 주셨다. 어쩌면 나의 마음속에도 잘 그리고 싶은 교만한 마음이 자리하고 있었는지 모른다. 하필이면 그림 한가운데 여백에 젖은 보자기의 매듭진 자국이 움푹 꺼져버리다니, 물기에 번져 뭉그러진 꽃봉오리를 못 견디고 찢어버린 까다로움이 다 된 그림을 망쳐버렸다. 조급함은 절대 금물임을 배우는 아리고도 값진 교훈이었다.

'연화도'는 어려움을 이겨내어 학문을 통해 세상에 참여하여 생명의 가치를 높이는 내용을 담고 있다. 대개는 집안의 어른들이 주시는 선물로 '연달아 과거시험에 합격하다'는 뜻을 숨기고 있다. 과거를 준비하는 선비들은 겉으로 드러내지 않도록 손바닥 크기의 연화도를 둘둘 말아놓거나 책 속에 감추어 두곤 했다는 고사를 곰곰이 생각한다. '선비는 염치(廉恥)가 있는 사람이다'는 의미가 나는 얼마나 염치없는 사람인지 부끄럽게 한다. 배움이 부족한 자가 기다림을 알지 못하니 참으로 부끄러운 일이 아닌가. 강한 자아를 깨듯 딱딱한 연자를 깨트리니 향이 그윽하다. 양지바른 창가에 놓아두고 싹이 트길 기다린다.

연화도의 화폭 한 장 한 장이 개별적인 작품이어도 여러 장의 화폭이 합하여 한 작품을 이루고 있듯 내 삶의 하루하루도 내 생의 연화도를 그리고 있다. 바람이 몹시 불어오면 찢어지고 상처가 나는 날도 때로는 곱고도 여린 향기로운 연꽃이 피고 질 것이다. 꽃 진자리에 연밥이 실하게 영그는 그 모든 날을 모아 연화도를 그릴 것이다. 습작의 긴 세월이 흐른 후 갖가지 조화로운 색깔이 어우러지는 바림(그러데이션)이 자연스러운 나만의 연화도를 완성하리라. 아침이면 설화지(雪花紙)를 펴고 마음밭에 연지를 마련한다. 햇살 고운 오늘은 기다리던 백련 세 송이 청정하게 피었다.

서리꽃

강변도로엔 안개가 자욱했다. 시간이 지날수록 안개는 더욱 짙어지고 두려움이 휘감아왔다. 신비스러운 너울 속에 숨어버리고 싶은 환상의 안개가 아니었다. 마치 슈베르트의 가곡 '마왕'의 한 장면처럼 망자의 세계로 마왕이 손을 뻗어 잡아당기는 느낌에 휩싸였다. 죽어가는 아들을 감싸 안고 질주하는 마상의 아버지 품속을 파고들 듯 속삭였다. "아버지, 무서워요." 아버지께서 말씀하신다. "아가야, 그것은 안개란다." 새해 미사를 참례하기 위해 낯선 길을 가다 안개 속에 갇혀 버렸다. 비상등을 켜고 있으라시며 마중 나와 주신 신부님, 앞서가는 자동차의 불빛을 따라 안개 속을 무사히 빠져나와 목적지에 도착했다. 칠갑산 기슭에 자리한 요셉 마을은 신기하게도 환한 아침 햇빛에 포근한 기운이 감돌고 있었다.

번잡한 윌셔 대로에서 넘어져 아픈 줄도 모르고 벌떡 일어났다. 머리에 충격이 왔는지 어지럼병을 시작으로 봄부터 이어지는 병치레에 나는 계절 감각을 잃어버렸다. 가을도 겨울도 아닌 이상한 계절에 와 있다. 안개는 삶의 저편으로 사라지는 것일까? 아님 따라나서는 것일까? 지금 나는 또다시 안개 속에 갇혀 버렸다. 자다 깨어 발을 딛고 일어서는 순간 오른발이 휙~ 꺾이며 내는 우두둑 소리에 어둠 한가운데 나뒹굴었다. 모든 것은 한순간이었다. 내 의지로 어쩌지 못하는 이 순간은 정성껏 준비한 밥상을 조심조심 들고 가는 발걸음이 문지방에 걸려 넘어지고, 살얼음에 쪼르르 미끄럼 타는 간장종지를 와락 쏟아버린 손곱은 겨울인지도 모른다.

오늘 아침, 이번 일요일 수도원에 가느냐고 아이가 물었다. 새삼스런 질문에 의아해하는 내게 엄마 생일이란다. 왠지 모를 쓸쓸함이 습기처럼 퍼져 나간다. 잊었던 생일이 돌아오듯 발의 수난이 거듭된다. 아물었던 상처가 도지듯 이맘때쯤이면 욱신욱신 쓰린 발의 통증은 어인 까닭인지 모를 일이다. 아직도 가야 할 길은 멀기만 한데 발에 힘이 없나 보다. 겉으로 멀쩡해 보이는 발이 지탱하기엔 타들어 가는 속진이 너무 뜨거웠나 보다. 무단히 발이 꺾어진 것은 아니다. 내 영혼의 출렁이는 번민이 육신을 약하게 했기 때문이란 것을 평화를 잃어버리면 자빠진다는 당연지사를 이제야 깨닫는다.

첫 번째 넘어진 발의 수난, 목발에 기대어 하염없이 강물을 바라보던 오십 령 고갯길이 무던히도 힘들었던 그 해. 뒤뚱이는 걸음으로 도둑놈 가시가 찌르는 논둑을 지나 바람이 마구 불던 진동 앞바다의 맑은 물을 들여다보던 날이었다. 먼 바다에 구름이 섬처럼 떠 있고 상수리 나뭇잎 사이에 제비꽃이 숨어 있던 초겨울, 깊은 산에는 첫눈이 왔다는데 양지바른 돌 틈바구니에 할미꽃 한 송이가 아린 발을 기쁨으로 동여 주던 생일이었다. 겨울 나라에도 햇살 한 줌이 자리하고 있기에 얼마나 따스하고 소중한지 이제야 알아챘다. 내가 넘어져 아플 때 누군가 화롯불을 지펴 시린 손을 녹여주고 등불을 밝혀 어둔 길을 인도하는 고마운 손길이 있음을 감사드린다. 그제야 난 절로 우러나는 충만한 감사의 맘으로 따스한 겨울 볕에 돋아난 어리연의 여린 잎을 들여다본다.

부질없는 바쁨에서 몸도 마음도 근신하라 하시는 듯 절로 앉혀 주신 겨울 채비하는 시간이다. 버석거리는 서릿발 같은 근심도 까딱하면 부러져버릴까 싶은 번민도 고요히 잠재워야 한다. 매서운 추위에 안개는 밤새 눈물 흘려 서리꽃을 피운다. 투명한 서리 결정체에 겨울바람은 빗살무늬를 새기고 아름다운 서리꽃으로 피어난다. 아름다움은 시린 추위 속에 피어난다. 끊임없이 이어지는 고통과 아픔이 헛된 시간이 아니요 내게 꼭 필요한 의미 있는 시간이리라. 이 복된 여정을 절뚝이며 조심스러운 걸음마 연습으로 다시 일어나 산모롱이 한 굽이를 돌아간다.

작은 물방울이 모여 구름이 되고 안개가 되어 서리꽃이 피고, 햇살이 퍼지면 이슬은 촉촉이 내리어 봄꽃 피울 준비를 하리라. 자연의 순환처럼 내 삶의 모든 순간도 서리꽃으로 순백의 눈꽃을 피울 것이다. 이제 나는 꽃비가 내리는 봄 길을 걷기 위해 서리꽃 피는 이 길을 기쁘게 걸어가련다.

고백

검정 치마가 먼지투성이다. 세탁기에 들어있던 다른 옷까지 엉망이 되었다. 호주머니에 들어있던 휴지를 깜빡 잊고 세탁을 한 것이다. 옷가지에 붙어 있는 종이 부스러기들이 쉽게 떨어지지 않아 난감하다. 한순간의 실수로 인생 또한 운명이라는 예상치 못한 물살에 휩쓸려 간다. 물에 젖은 휴지조각 한 장이 남겨놓은 흔적을 지우려 애를 쓰다 문득 지난 삶을 돌아본다. 이 휴지조각처럼 내 영혼에 오점을 찍고 주변까지 해를 끼친 잘못은 얼마나 많을까? 법적으로 심판받을 대죄는 아닐지라도 내가 의식하지 못하는 소죄들이 수없이 달라붙어 있을 것만 같다.

사람들은 가톨릭 신자가 아니라도 양심선언이나 털어놓고 싶은 속마음을 고해성사를 보는 심정이란 말을 사용한다. 누군가에게 자신의 이야기를 은밀하게 나누고 싶은 사유는 비밀스러움이 앞선다. 좋은 일 기쁜 일보다는 차마 아무에게나 하지 못할 이야기가 대부분이다. 고민이나 잘못, 어려운 처지를 고백한다는 것은 결코 쉬운 일이 아니다. 더구나 신이 아닌 사제에게 자신의 죄를 고백한다는 고해성사는 많은 이에게 걸림돌이 된다. 자신의 죄를 성찰하고 통회하여 다시는 죄를 짓지 않겠다는 결심을 하기까지 많은 번민의 시간을 거쳐 비로소 무릎을 꿇어 자신의 죄를 고백하는 것이다. 사람이 아닌 성부와 성자와 성령의 이름으로 죄 사함을 받는 신앙의 신비다.

나에겐 아주 특별한 고해성사에 대한 몇 가지 기억이 있다. 오래전 사상범이나 사형수, 무기수가 아니면 7, 8범은 보통이라는 D 교도소를 방문하던 시절이 있었다. 독일 괴테대학에서 독문학을 전공한 장화자 힐데가르드 수녀님께서 창립하신 수도원은 교도소와 그리 멀지 않은 곳에 있었다. 독일 종교음악대학에 장학금을 주선해 주신 수녀님 덕분에 파이프 오르간을 전공하기 위해 준비 중이던 수련기였다. 뮌스터 교구로 떠나기 전에 머물던 본원에서 원장 수녀님을 모시고 일주일에 한 번씩 교도소 방문을 갔다. 장 수녀님은 어린 내가 소화 데레사를 닮았다고 기뻐하시며 예뻐하셨기에 어디든지 데리고 다니며 자랑하셨다. 수녀님 곁에서 편지를 대필하며 항공 우편요금을 아끼려고 글씨를 작게 쓰던 습관이 아직도 남아있다. 때때로 수녀님은 독일 유학 시절을 회상하며 검정 옷을 즐겨 입었다는 동기 전혜린의 죽음을 안타까워하셨다. 특히 동백림 사건에 연루되어 오랜 세월 수감생활을 한 친구 소식에 마음 아파하셨다. 하느님과 사람에 대한 사랑으로 세속의 온갖 것을 포기하고 고아들의 교육과 교도소 사목에 많은 애정을 쏟으셨다.

교도소에서 보내온 지프를 타고 담벼락이 높은 정문에 도착했던 첫날, 교도관의 거수경례를 받으며 커다란 문이 스스로 열리던 순간을 잊을 수가 없다. 감옥에 갇힌 이들은 저 문이 열리기를 얼마나 기다릴까, 굳게 닫힌 철문이 저리 쉽게 열리다니 미묘한 감정이 흘렀다. 흉악범들이 많은 무서운 곳이라고 겁을 주던 사전 지식과는 달리 그들의 모습은 마치 어린아이 같았다. 발가락 부분에 동그랗게 구멍이 뚫린 고무신을 신은 수인들! 어려운 수감생활 중에도 치약, 칫솔 같은 일용품을 아껴 가난한 이들에게 전해달라던 순수한 모습이 지금도 눈에 선하다. 추운 겨울이 지나고 부활 시기에 세례 예식이 있었다. 미사 전에 고해성사를 주셨는데 시간이 부족하여 여자 수인들은 차례가 오지 못했다. 신부님께서는 고해성사를 못 본 분들은 미사 후에 성사를 드릴 테니 걱정하지 말고 영성체를 영하라고 하셨다. 당시에는 너무나 파격적인 말씀으로 눈물을 흘리던 여죄수들의 모습과 더불어 큰 울림으로 남아있다. 강당에는 페달을 밟을 때마다 삐걱거리는 낡은 오르간 한 대가 있었다. 나의 반주에 맞추어 재소자들은 마치 행진곡처럼 힘차게 부활 찬송을 노래하고, 독일에서 성악 공부를 마치고 막 돌아오신 수련장 수녀님께서 구노의 〈아베마리아〉를 축가로 부르셨다.

교도소 식구들과 소풍을 가자던 어느 봄, 나는 몇 차례의 검진 결과 폐질환이 확정되어 공동체 생활 불가 확진을 받았다. 독일 수도원으로 수련을 떠나는 대신 지도 신부님이 계신 시골 본당에서 요양 생활을 했다. 철없던 시절 아낌없이 베풀어 주신 수녀님의 관대한 사랑에 부응하지 못한 나는 죄인이었다. 수십 년의 세월이 지나서야 찾아뵙고 늘 마음속에 자리했던 죄스러움을 사죄드렸을 때 오히려 위로와 용기를 주셨다. 순전한 기쁨으로 맞아주고 먼 길 방문하시어 아픈 나를 위해 기도해 주셨다. 나의 대모님이신 세시리아 수녀님과 비서 수녀님, 노인 수녀님 세 분이 보내시던 한적한 분원, 반가움으로 이야기가 끊이지 않으시던 수녀님들을 뵈며 너무나 무심했던 나를 많이 반성했다. 수녀님의 자작시 〈직지사〉를 작곡한 세시리아 수녀님의 피아노 연주로 수녀님들과 합창을 하며 즐겁게 지낸 그 날 이후 내 마음도 편안해졌다. 가끔 생각에 잠기노라면 내 인생이 때론 어느 한쪽이 꿈인가 싶기도 한 방랑의 세월이 많이도 흘렀다.

남미 산타크루즈에서 시작한 이민 초기에는 일본 수녀님들이

운영하던 학교에 아이들을 입학시키고 수녀원 성당에 다녔다. 스페인어로 충분한 대화가 어려웠던 타국에서의 첫 고해성사는 조목조목 종이에 적어 준비했다. 두근거리는 마음으로 고해성사를 보려는 순간 신부님께서는 그냥 한국말로 하라고 하시며 하느님은 다 아신다고 하셨다. 주체할 수 없는 눈물로 아뢴 나의 고백에 큰 포옹으로 강복을 주시며 평화를 빌어주시던 노사제의 한 말씀은 평화(La Paz)였다. 미사 참례 후 아이들과 아주까리가 무성한 들길을 걸어오는 몸과 마음은 하늘을 날아오를 것 같은 상쾌함과 기쁨이 넘치는 진정 하늘스런 참 평화였다.

인생의 위기를 맞을 때마다 찾아가는 고백소, 내 나라말로 고해성사를 보기 위해 비행기를 타고 한인 성당이 있다는 브라질 상파울루를 찾아가기도 했었다. 함께 무릎 꿇고 고해성사를 주시던 신부님, 돌아온 탕아를 기다리시던 아버지가 거기 계셨다. 그때의 열정은 어디에서 잠을 자고 있는지, 지금은 고해성사를 봐도 그런 기쁨이 없다. 게으름과 나태, 투덜거림, 마땅히 해야 할 일을 실천하지 못하는 생활태도, 습관적으로 반복되는 죄에 묶여있기 때문이다. 생각과 말과 행위가 너무나 무감각에 빠져 죄를 묵혀두고 있는 꼴을 바라보고만 있다. 이왕에 버린 옷처럼 마구 더럽게 영혼의 옷을 입는 것은 아닌지 일대 결심으로 악습에서 벗어나 바른 생각과 행할 힘을 주시라고 청한다.

고백소는 그분 자비의 샘에 내 죄를 씻고 상처받은 영혼을 치유 받고 힘을 얻는 은총의 자리이다. '한 말씀만 하소서! 제 영혼이 곧 나으리이다.' 진정 가슴 떨리는 고백으로 걸림돌이 아닌 디딤돌을 사뿐사뿐 건너 다다를 그 나라, 천국을 훔친 도둑처럼 나도 행복한 죄인이 되고 싶다.

가시 찔린 날

밤은 적막에 묻혀 있습니다. 언제 어디서 찔렸는지 아릿한 통증을 동반한 빨간 자국이 손금을 꿰뚫었습니다. 요 바늘구멍만한 가시에 찔린 선은 감정이 잘렸습니다. 생살을 푹 찌른 가시의 회색빛은 죽음입니다. 겨우내 미동조차 없는 나무는 어쩌다 옷자락에 걸려 가는 줄기가 툭 꺾여도 신음조차 없었습니다. 어느 해 해변문학제에서 받은 경품권 한 장, 늦장을 부린 탓으로 상품인 금송은 품절되어 어린 로즈메리 한 그루와 마른 화분 하나를 얻어왔습니다. 가을이 가고 겨울이 가도 회초리 하나 꾹 박아 놓은 듯 감감무소식이었습니다. 슬그머니 고개를 드는 의문, 죽은 나무가 아닐까? 그래도 약 대추라는 한 마디에 물주기를 게을리하지 않았답니다. 긴 잠에서 깨어났을까, 보일 듯 말 듯 스치는 푸른빛은 정녕 생명이 손짓하는 경이였습니다. 마른 가지

마다 잎사귀가 눈을 뜨고 연둣빛 가시는 아기의 손같이 부드러웠답니다.

빗자루병에 걸린 대추나무 수십 그루가 어느 날 일시에 죽어 자빠진 그 집에서 홀로 사마천을 생각하며 책상 하나, 원고지와 펜을 지탱하여 살았다 하셨지요. 자카란다(Jacaranda) 꽃잎이 바람에 날립니다. 사뿐사뿐 떨어지는 꽃송이가 시내 되어 다다른 거기, 보랏빛 저고리에 살포시 내려앉은 햇볕만큼이나 고운 미소를 보았습니다. 마로니에가 마중하던 단구동 옛집에서 선생님의 자취를 조심스레 만났습니다. 토지를 완간한 그 세월, 글기둥 하나 잡고 눈먼 말이 되어 여까지 왔다. 넓은 뜰에 채소 심고 고양이들 정 붙이고 살아오신 그 모진 세월 가고 늙어져 편안하다, 버리고 갈 것만 남아 참으로 홀가분하다는 말씀이 서리서리 가슴에 내리던 먹먹함을 기억합니다. 가당치도 않았지만 다름 아닌 내 이야긴가 싶어 아프게 울던 날이 있었습니다. 대추나무 가시에 찔린 듯 아리고도 쓰린 그 아픔을 어찌 잊겠는지요.

얼마나 많은 밤을 지새우고 옥색 아침을 만나셨을까? 산수유 열매가 빨갛게 익어가는 나무 아래 항아리도 반갑고 호미랑 고양이가 정답기만 하였습니다. 손주를 위해 해지는 줄 모르고 청석을 붙여 연못을 만드셨다던 옛집의 뜰에는 생명이 충만하였습니다. 육필원고를 마주하며 '일 잘하는 사내'를 찾아봅니다. 다시 태어나면 일 잘하는 사내를 만나 깊고 깊은 산골에서 농사짓고 살고 싶다 하시었지요. 그 말씀이 깊은 우물에 울리는 메아리처럼 가슴에 울음으로 내려앉았습니다. 일 잘하는 사내 대신 푸성귀 심고 풀 뽑으며 사신 산속의 집 커다란 돌확엔 얼음이 두껍게 얼어 있었습니다. 수많은 장독은 작가들을 위해 손수 밥을 지으신 한없이 넉넉한 선생님의 자애를 만나는 따스함이었습니다.

얼음 호수에 겨울새들이 옹기종기 모여 있습니다. 이상한 일은 공교롭게도 고국 방문 중에 티브이 화면을 통해 알게 된 두 번의 부음이었습니다. 서리 내린 국화꽃 이불을 덮고 계시던 박완서 선생의 유택에 노란 프리지어 향기를 놓아드렸던 날도 오늘처럼 추운 겨울이었답니다. 그보다 앞서 하늘 길 떠나신 날은 봄날이었습니다. 뵙고 싶었던 통영 가는 길, 어인 일인지 그저 벚꽃 하얗게 핀 신작로를 가로질러 거제로 달아난 행렬은 밤바다만 보여 주었습니다. 허망하게 끝나버린 봄날은 그렇게 가버렸지만, 꽃 지고 잎이 떨어져도, 시절이 오면 다시 만나리라는 희망이 있기에 먼 길 돌아와 호수 건너편을 바라보고 있습니다. 아쉬움을 가슴에 묻고 지척에서 돌아온 문장비는 언제쯤 마주볼 수 있을까, 어쩌면 그 원의 또한 버리고 그리움만 간직하는 것이 더 좋을지 모른다는 생각이 듭니다. 아니 그리움도 버리면 선생님처럼 홀가분해서 참 좋겠지요.

가시 찔린 날에 남겨 주신 강의록을 독선생으로 모십니다. '문학은 삶의 진실을 추구합니다.' 선생님의 일성에 삶과 생명의 존귀함을 공손히 받들어 배우며 문학의 길을 꾸준히 걸어가겠습니다. 아름답고 숭고한 삶의 흔적을 만났던 그 겨울은 침묵의 수업 시간이었음을 다시 돌아봅니다. 나뭇가지 사이로 석양이 눈부시게 빛나는 저녁, 홀연히 날아온 공작새는 무슨 연유로 자꾸만 따라 오던지요. 버리고 오는 것만 같아 발걸음이 떼어지지 않았던 해 질 무렵, 먼 산에 산그리메가 내려오고 있었습니다.

종이 집을 짓는 사람들

어둠이 내려오면 종이 집을 짓고 날이 밝으면 종이 집을 허무는 사람들이 있다. 그들은 날마다 저녁에 집을 짓고 아침이면 다시 집을 허무는 똑같은 일을 반복한다. 오늘같이 비가 내리는 날에는 노란 스쿨버스가 그들을 데리러 오기에 집을 짓지 않는다. 집 없는 사람이라 불리는 그들이 모여 사는 곳은 천사들(Los Angeles)이라는 이름표가 걸린 다운타운의 중심거리이다. 주변엔 도매상가가 형성되어 있고 여행객들과 집 없는 이들을 위한 큰 빌딩도 있다. 나그네를 위한 쉼터(Midnight Mission), 몸을 씻을 수 있고 음식을 먹여주고 따스한 잠자리가 준비되어 있어도 그 주위에 서성일 뿐 안으로 들어가길 꺼린다. 그렇다고 멀리 떠나는 것도 아니어 쉼터 가까운 거리에 무리를 이루고 살아간다.

첫 미국 방문길에 우연히 다운타운을 지나며 상가 담벼락에 줄지어 서 있던 그들을 보았을 때 어떻게 이 길을 지나다니나 두렵기만 했는데, 사람의 일은 모를 일이어 오랜 세월 일터를 오가는 길이 되었다. 토박이들은 나름 활동하는 영역이 있는지 얼마 동안 보이지 않으면 감옥에 다녀왔다고 스스럼없이 안부를 전해주었다. 대부분 별스럽지 않은 일로 동료끼리 칼을 들고 싸움을 해서 경찰이 출동하는 일이 종종 있었다. 부족한 것이 별로 없는 그들이 유독 좋아하는 것이 있다. 새 운동화를 즐겨 신고 밤낮으로 끼고 다니는 라디오를 잠든 사이 훔쳐가는 사건으로 싸움이 일어나곤 했다. 옷은 지천으로 널려있고 무료급식으로 나누어주는 빵 덩이가 여기저기 굴러다녔다. 그들이 필요한 것은 독한 술 한 병에 마약이었다. 그러기에 정해진 시간에 불을 끄고 잠자리에 들어야 하는 구속이 싫은 것이라 했다.

그들 중엔 잊히지 않는 이들이 있다. 사거리 신호등 아래 햇볕이 쨍한 날에도 여전히 검정 우산을 쓰고 앉아 온종일 바느질을 하는 흑인 여인이 있었다. 삼백예순날 똑같은 모습으로 무엇을 꿰매는지 곁에 쌓아둔 보따리가 점점 늘어났다. 저러다 다리가 펴지지 않아 자리보전을 하는 건 아닌지 걱정이 되기도 하던 여인. 출근길에 어쩌다 음식을 건네주면 고맙다는 인사를 하곤 했는데 언젠가는 사과를 갖다 주니 싫다고 거절을 하여 그 후론

선뜻 먹을 것을 주기가 어려웠다. 이제와 생각하니 어쩌면 치아가 좋지 않았는지도 모른다는 생각이 든다.

어느 겨울, 건너편에 흑인 할아버지가 비를 맞으며 카트를 잡고 일어서려다 미끄러지고 그러기를 여러 차례 안간힘을 쓰는 모습이 애처로웠다. 그 순간 가슴이 먹먹한 묘한 통증이 퍼져나갔다. 빨리 달려가서 도와줘야겠다는 생각이 나도 모르게 들었다. 신호등이 바뀌기 전에 노인은 간신히 일어나 서서히 멀어져 가고, 내 무딘 마음에 생전 처음으로 진정한 연민의 정을 느낀 사실에 멍하니 서 있었던 할아버지에 대한 기억이다.

아침 출근길에 어디선가 "지금 나오세요?" 앳된 목소리가 들리곤 했다. 가끔 제정신이 아닐 때는 영어로 마구 욕을 해대는 한국 아줌마였다. 처음 만났을 때의 예쁘장한 모습이 세월이 갈수록 주름이 늘어가고 주차장 울타리에 옷을 줄줄이 널어놓고 주위를 가장 추저분하게 만드는 장본인이었다. 일부러 지저분하게 산다는 그녀의 말에 스컹크의 악취를 닮은 자신만의 방어법인가 싶어 서글픈 마음이 들었다. 날마다 휴일일 것 같은 그녀가 하루는 휴가를 간다며 샌프란시스코 친구 집에 며칠 다녀온단다. 거기 가면 친구가 전기밥솥이 있으니 밥을 지어 이 김치만 있으면 같이 먹을 거라고 쓰레기통에서 주운 김치 그릇을 들고 자랑이었다. 그런 차림새로 누가 차를 태워주어 먼 길 가느냐는 물음에 여행을 갈 때는 목욕 단장하고 때론 라스베이거스까지 다녀오곤 한단다. 남이 먹다 버린 김치 몇 쪼가리에 행복한 그녀는 돈을 구걸하지 않는다. 담배 한 가치가 피고 싶다는 그녀를 위해 간혹 점심 일 인분을 추가하곤 했다.

나의 인생에도 많은 변화가 있었던 십오 년의 세월, 천사들의 거리를 작별하던 날에도 비가 간간이 뿌렸다. 마지막 인사라도 나누고 작은 도움이라도 줄까 싶어 아줌마를 찾아보았지만 보이지 않았다. 차를 타고 근처 몇 블럭을 돌아보아도 늘 머리에 리본을 주렁주렁 달고 다니던 그녀의 그림자도 보이지 않았다. 이름이라도 물어볼 것을, 그냥 내 마음대로 '순이 아줌마'라고 불러주던 그녀. 소유가 거추장스러워 집시처럼 마냥 자유롭게 살고 싶은 거리의 천사가 된 여인. 맨바닥에 종이 집을 짓고 썰물처럼 빠져나간 다운타운 밤거리를 유영하는 그들의 영혼은 자유로울지 몰라도 냉기에 시달리는 육체는 검불처럼 힘이 없다.

요즘 몇 년 만에 다시 가보는 꽃시장 가는 길엔 순이 아줌마를 찾아 다운타운 거리를 두리번거린다. 비가 오는 이 밤에 그녀는 자유를 이불 삼아 어디서 곤한 몸을 쉬고 있을지 생각이 난다. 문득 오래전 브라질의 상파울루(São Paulo) 낯선 거리에서 갑자기 쏟아진 폭우에 처마 밑에 비 그치길 기다리던 기억이 떠오른다. 네 살배기 꼬맹이가 눈 반짝이며 하던 말이 "엄마, 거지들은 참 좋겠다. 비와도 집에 안 가도 되니. 그치?"

무소유가 행복한 그들처럼 자유롭고 싶은 오늘, 종일 비가 줄기차게 오니 그들은 종이 집마저 짓지 않았을 것이다. 점점 거세지는 밤비 소리는 헛된 집착의 종이 집을 어서 거두어 드리라고 재촉하나 보다.

밤비 오시던 날

깊은 밤 자분자분 빗소리가 들린다. 사위는 짙은 어둠 속에 잠기고 바람도 그쳤다. 새들은 어디서 이 밤을 지낼까? 어느 나뭇가지에서 비를 피하고 있을지 잠시 생각이 스친다. 그들은 내가 모르는 보금자리에 지금쯤 잠이 들었을 것이다. 아이들이 없는 빈방을 들여다본다. 여행준비에 새벽 출근에 어지럽게 흩어져 있는 옷가지들, 돌아오지 않는 주인을 기다리는 강아지를 위해 방문을 열어둔다.

눈을 감고 밤비 소리를 듣는다. 참으로 오랜만에 홀로 있는 시간, 온갖 것에서 벗어나 온전히 나를 만나고 싶은 설렘이 가득하다. 잠심에 잠길 수 있는 고요 속에 밤비 소리는 영혼을 촉촉이 적시는 축복이다. 길게 기적 소리가 울린다. 발밑에 출렁이던 하얀 물거품, 모래와 자갈이 말갛게 들여다보이는 차창, 어느덧 산타 바바라 바닷가를 달리는 열차의 창가에 앉아 있다. 침묵 안에 나를 두고 나를 부르는 소리를 듣고자 먼 곳으로의 여행.

갑자기 강아지들이 짖어대며 계단을 뛰어 내려가는 소리가 들린다. 빗소리에 섞여 철문을 흔들어 대는 기척에 순간 무섬증이 왈칵 밀려든다. 탁 탁! 탁 탁 탁 탁, 이게 무슨 소리지? 둔탁하지만 마음속에 여지없이 떨어지는 저 소리의 근원은 무엇일까? 살며시 커튼을 젖히고 앞마당을 내려다본다. 혹시나 밖에 놓아둔 물그릇에 빗방울 떨어지는 소리인가, 그 소리도 아니다. 생각해 보니 엊그제 밤에도 이 소리가 날 힘들게 했다. 그래, 맞아! 옆집 마당에서 나는 소리란 생각이 퍼뜩 떠오른다. 먼지 들어온다고 커다란 회색 천막을 마당에 쳐놓고 하루에도 몇 번씩 빗자루로 싹싹 쓸어댄다. 바람이 심하게 불면 천막 펄럭이는 소리에 짜증이 나기도 했지만, 어쩌랴 제 집에 쳐 놓은 것을. 물통에 어지간히 물이 차오르면 조용해지겠지, 이런저런 일에 공연히 시끄러운 내 마음도 그러리라고 묵상을 하다 보니 조금은 마음이 편해진다.

열하일기를 펴들고 연암 할아버지를 따라 비가 부슬부슬 내리는 압록강을 도강한다. 밤 두시, 세시, 딱 딱 ! 끊임없이 들리는 그 소리는 그칠 기미가 없다. 모래알이 구르는 듯 아파오는 두 눈을 감는다. 타다닥닥! 신경 줄이 팽팽히 당겨진다. 잠잠했던 마음에 폭풍이 몰아치기 시작한다. 이층 방에서 들리는 바깥소리는 유난히 크게 들리기에 아예 아래층 거실로 내려온다.

벽에 붙어 있던 화선지 한쪽이 떨어져 나풀거린다. 하얀 여백에 나지막한 산죽 무리, 가녀린 댓잎이 바람결에 흔들리는 풍죽(風竹)이다. 작은 벼루에 천천히 먹을 간다. 묵향이 서서히 피어오른다. 아련히 떠오르는 그리움, 사랑방 툇마루에 걸터앉아 물방울을 방울방울 손바닥에 떨어트리며 놀고 있었다. 먹을 갈다 싫증이 나면 분홍 살구꽃이 그려진 연적에 담긴 물방울이 친구되었던 어린 시절.

그래, 수선스러운 마음을 잠재우자, 흔들리는 마음 떨리는 손으로 먹을 듬뿍 묻혀 난을 친다. 고개 숙인 겸손한 난 한 송이, 낮은 자가 되라고 자꾸만 한 송이, 두 송이, 점점 연하게 피어나는 꽃송이처럼 내 마음도 순해지고 있다. 있으라 한 자리에 묵묵히 침묵의 세월을 고스란히 살아내는 바위를 닮고자 듬직한 바위도 그려 넣는다. 어설픈 수묵화에 낙관을 찍어본다.

내일을 위한 새 노래

잠을 청하며 잠자리에 누우니 창가에 밝고도 포근한 달님이 뽕나무 가지에 걸려 있었다. 초승달 보름달 그믐달 점점 커졌다 작아졌다 때론 어둠 속에 그 모습을 숨기기도 하지만 오늘은 방 안 깊숙이 금싸라기 달빛을 아낌없이 비추어 주고 있다. 하루의 일과를 마감하고 달빛 속에 눈을 감으면 따스한 잠자리가 있음이 얼마나 감사한지 모른다. 이렇듯 고요한 달빛 속에 잠겨 있노라면 온 천지에 나는 아주 작은 점 하나일 뿐이다.

잠결에 바람 부는 소리가 요란하게 들린다. 이웃집 월남 댁 풍경 소리가 깨진 종소리처럼 소란스럽다. 한바탕 바람이 지나간 후 자분자분 비 오는 소리가 들린다. 까만 밤에 빗소리는 잦아들듯 하다가도 시간이 갈수록 세차게 들려온다. 지붕에서 떨어지는 낙수소리 "아, 드디어 비가 와요!" 너무 좋아 듣는 이 없어도 혼잣말을 해본다. 아침에도 비가 오면 손 내밀어 받아 봐야지, 눈이 엄청 많이 내려 설국이라는 고향의 모습도 그려본다. 아무도 가지 않은 눈길을 발자국 찍으며 호주머니에 손 넣고 뽀드득뽀드득 걷고 싶다는, 이런저런 상념에 빠져 있노라니 빗소리는 점점 거세지고 비바람이 창문을 후려치는 소리가 들린다. 아니 신발 다 젖겠네! 그제야 깜짝 놀라 비설거지 한다고 퉁기듯 일어서니 두덩~ 거문고가 울어댄다. 어둠 속을 더듬거리다 벽에 기대놓은 거문고를 건드린 것이다. 큰일 날 뻔했다고 안도의 숨을 쉬면서 지금 산에는 눈이 많이 오겠구나 싶다. 캐나다 로키산을 여행하는 중에 보았던 만년설이 이 밤에 생각난 것이다. 모진 눈보라 혹독한 추위 속에서도 긴 세월 참아내며 살아낸 작은 자작나무 이야기가 떠올랐기 때문이다. 낮은 자세로 웅크리고 살아야 했던 자작나무는 나이테가 없기에 명품악기의 소리로 다시 태어나 천년을 넘어 만년의 소리, 영원의 소리를 남기는 것이리라.

하늘도 구름도 순백의 만년설도 모든 것이 태고의 신비 속에 잠겨있던 빙원. 걸어서는 못가는 백설의 산꼭대기를 날아서 가고 싶다고 시린 발 동동거리며 미끄러워 엉덩방아 찧던 한여름. 백 년도 못사는 사람들이 만년을 살아보자고 만년설 녹아 흐르는 맑은 물을 손으로 떠 마시던 눈밭 . 먼동이 트이는 구름 사이로 언 듯 비치는 햇살 속에 사슴 가족들의 아침 나들이. 산기슭에 혼자 놀던 아기 곰과 보우강가의 모래톱에 서 있던 물 마시러 나온 암사슴 한 마리. 슬픈 듯 흐르는 오카리나의 음색에 잠겨 굽이굽이 내려오는 눈 쌓인 산길에서 아리랑이 부르고 싶었던 그날은 마침 광복절이었다. 사무치게 그립고 그리운 님을 '랑'이라 부르는 님이 십리도 못가서 발병이 나라고, 고개 넘어가는 님을 잡고 싶은 마음이 산자락을 따라 오며 끝없이 흐르는 옥색 물빛 같기도 했다.

포근히 감싸주던 달빛이 잠든 사이 사라지고 비바람 몰아치듯 인생살이 또한 날씨와 다르지 않음을 깨닫는다. 굵은 빗방울이 때로는 우박이 떨어지는 날이면 찢기는 아픔도 있겠지만 생명을 살려주는 물이 되어 더욱 튼튼하게 자란다는 것을 잊고 있었는지 모른다. 작은 풀잎도 잘 견뎌내어 들꽃을 피우듯 나만의 빛과 향기를 지닌 작은 꽃을 피우고 싶다. 이제는 자작나무의 인내와 목리를 새기지 않는 겸손하고도 가난한 마음을 닮았으면 좋겠다. 비 오는 날 한 밤에 울어대는 거문고도 대패질에 제 몸을 깎기는 고통과 불에 달군 인두에 지져지는 아픔을 참아낸 오동나무가 있었기에, 텅 빈 공명통을 만들어 심연의 소리를 제 가락으로 풀어내는 것이라고 생각이 머문다. 이 모두가 홀로 견뎌내는 것이라는 것을 배운다. 어느 누가 대신해 줄 수 없듯이 주어진 제 몫의 삶을 열심히 자신의 길을 가야 하는 것이라고 마음을 다진다.

한밤에 깨어 생각은 빗소리 따라 오선지에 음표를 그린다. 차분히 가라앉는 낮은음자리표, 지난날을 회상해보는 도돌이표, 이제는 내일을 향한 빠른 박자를 그려 넣고 새벽이 오는 시간에 빗소리 들으며 온쉼표로 다시 행복한 잠을 청해 보련다. 잠에서 깨어나면 오늘이라는 악보를 펼쳐 놓고 거문고에 쌓인 먼지를 털어내고 줄을 고르듯 무겁게 쌓인 내 영혼의 먼지도 말끔히 닦아내고 청아한 목소리로 꽃내음 같은 사랑의 노래를 부르고 싶다. 오랜 잠에서 깨어나 새 아침엔 생동감 넘쳐흐르고 삶의 풋풋한 기운이 감도는 내일을 위한 새 노래를 부르리라.

바람장미(Wind Rose)

먼 데서 소식이 왔습니다. 시간이 되면 서부여행 중인 선배를 만나보라는 언니의 전화입니다. 단체여행 중인 방문객을 만나기란 쉽지 않았지요. 여러 차례 여행사에 전화를 걸어 한인 타운 어느 음식점에서 만나기로 했습니다. 학창시절의 기억으로 알아볼 수 있을까 염려스러운 마음으로 서둘러 길을 나섰습니다. 예정 시간이 훨씬 지나도 오지 않는 관광버스, 음식점 입구를 서성이며 오래 기다렸습니다. 드디어 누군가를 기다리고 있는 모습이 눈에 띄었을까요, 수십 년의 세월이 지났어도 변치 않은 앳된 목소리가 반색했습니다. 엘에이 시내가 한눈에 내려다보이는 그리피스 팍(Griffith Park)에서 잠시 자유 시간을 갖고 오는 길이라네요. 그리피스 공원에선 엘에이 야경과 천문대를 관람한다더니 다음 날 일찍 귀국하기에 계획이 변경되었답니다. 빨리 식사를 하고 공항 근처인 숙소에 가야 한다는 가이드의 재촉에 짧은 만남은 끝이 났습니다. 집으로 돌아오는 길은 스산한 바람이 마음을 훑고 지나간 듯 운전에 집중하기가 어려웠습니다.

이따금 불어오는 바람이 좁은 마당을 휘돕니다. 부드럽게 스치는 바람결에 온몸을 맡기고 낮은 의자에 앉아있습니다. 초저녁 어스름한 그림자처럼 마음이 출렁거립니다. 허전함도 쓸쓸함도 아닌 이 이상스러운 느낌은 무엇인지요, 잡히지 않는 실체를 찾아 눈을 감습니다. 어렴풋이 감지되던 빛이 점점 엷어지고 사위는 어둠에 묻힙니다. 집에서 가까운 그리피스 팍에서 만났더라면 얼마나 좋았을까 엉뚱한 곳에서 기다린 것 같아 속이 많이 상했습니다. 저녁 식사라도 딴 자리에서 할 수도 있었는데 아니 차 한 잔이라도 나눌 시간이었더라면 좋았을 것을 이런저런 생각이 떠돌다 사라집니다. 세찬 바람이 나뭇잎을 일렁이는 소리가 지나가고 풍경이 웁니다.

촌스럽게 요즘 세상에 무슨 그런 수술을 했데, 위로랍시고 국제 전화를 걸어 언니에게 했던 말이 제게 돌아왔습니다. 울리지 않는 풍경 아래 햇살 바른 뜰에 앉아 스승님께서 보내주신 소포를 뜯어보았습니다. 문학지와 홍삼차가 정성스레 포장되어 있었습니다. 당분간 홍삼차를 들라는 당부의 말씀과 함께 시 한 수가 적혀 있었습니다. '먼 데서 바람 불어와 풍경 소리 들리면 그리운 내 마음이 찾아간 줄 알라'*고....... 아련해지는 시야, 울리지 않던 풍경이 웁니다. 저도 따라 울었습니다. 잔 꽃송이가 피어있는 하늘빛 편지지에 색연필로 그림을 그렸습니다. 바람에 날리는 풍경을 그려 감사의 답신을 드렸습니다. 대문간에서 전복죽과 화분 하나를 전하고 급히 돌아간 분이 있었습니다. 꽃봉오리가 연둣빛으로 물든 튤립을 마당의 장독 옆에 두었습니다. 어인 일인지 푸른빛이 변하여 붉은 꽃으로 피어났습니다. 마치 함박꽃이 피어나듯 탐스럽게 핀 꽃잎 사이로 고향의 앞마당이 따라왔습니다.

처마 끝에 걸린 청동 풍경은 여간해서는 울리지 않습니다. 작지만 놋쇠로 된 단단한 몸을 지녔기에 웬만한 바람에는 미동도 없답니다. 물고기 대신 꽃 한 송이 달고 구름이 지나가는 처마 밑 허공에서 가만가만 그네를 타고 있습니다. 옆집 쿡네 천장에 매달린 서너 개의 풍경은 실바람에도 헤픈 웃음소리를 냅니다. 이른 아침 그녀가 담 너머에서 손짓합니다. 풍경을 새로 샀느냐고 근사한 풍경을 어디서 구입했냐고 궁금증이 많은 반장댁입니다. 엊그제 먼 데서 당도한 산사의 풍경 소리입니다. 평상에 올라 깨금발로 서안 바로 위에 풍경을 달았습니다. 보이지 않는 바람이 수시로 드나듭니다. 이제는 지척에서 산사의 풍경 소리가 들립니다.

풍경이 울립니다. 슬프고도 말할 수 없는 쓸쓸함이 감돌던 그 날, 전 알았습니다. 그리움이 먼저 길을 나서야 한다는 것을, 먼 데서 그리움이란 바람이 당도하기까지 풍경은 울리지 않습니다. 줄에 바람이 와 닿으면 저절로 소리가 난다는 이올리언 하프(Aeolian harp, wind harp, 풍명금)** 처럼 내 영혼의 현을 그리움이라는 바람이 불어와 울립니다. 산벚꽃이 마중하고 오동나무 보랏빛 꽃이 황홀하던 지리산의 휘파람새 소리, 춘향사당에 피어 있던 은방울꽃과 연못에 비친 광한루의 반영, 만복사지의 긴 그림자를 먼 데서 오는 바람이 품고 옵니다. 한나절의 시간이었지만 극진함을 알려 준, 섬진강 물처럼 지리산 풀꽃처럼 맑고 향기로운 시인이 보내는 산사의 풍경 소리입니다. 섬진강가의 분교 운동장에서 찍은 한 장의 사진 속엔 기다리지 못한 미안함을 강물에 씻고 돌아오던 날도 있습니다. 막차가 끊긴다고 부디 오지 말라는 전언에도 상관없다며 두 팔을 저으며 전심전력으로 달려오던 순수함이 바람을 타고 날아옵니다. 남도에서 보내온 쑥인절미가 따뜻하게 식지 않았던 정성을 모아 뎅그렁뎅그렁 둥~노래합니다.

그 아름다운 기억은 바람 곳집에 소중히 보관하였기에 아니 잊었습니다. 그리움이 바람 되어 풍경의 옆구리를 건드리면 공명이 울려 퍼지며 바람장미(Wind Rose)가 피어납니다. 오늘 제 영혼의 현을 울리는 풍명금(wind harp)의 여운은 초록 장미입니다. 그대의 바람장미는 무슨 빛깔인가요.

* 정호승, 〈풍경 달다〉.

** 이올리언 하프(Aeolian harp): 그리스의 풍신(風神) 아이올로스에서 유래한 가는 허리에 여섯 개 이상의 현을 맨 악기.

솜이불

겨울에는 겨울 자체보다 바람이 먼저 당도한다. 세찬 바람에 부러진 나뭇가지들이 휩쓸리며 낙엽 더미가 쏴르르 밀려간다. 소슬바람이 불어오고 어둠이 일찍 내려오는 싸늘한 밤이면 온돌방이 그립다. 더구나 올겨울은 혼란스런 친정집 소식에 한 해의 끝자리가 더욱 을씨년스럽다. 아침부터 흐린 날이 저녁때가 되어서야 하나둘 빗줄기를 긋는다. 화분을 옮기며 비설거지를 하다 생각이 멈춘다. 철모르는 목화에 다래 하나가 달려 있다.

작년 가을, 경주에서 열린 세계한글작가대회에 참석한 후 나태주 시인의 〈풀꽃문학관〉을 방문한다는 선배 문우의 기별을 받았다. 뒤뜰에 대숲이 보이는 작은 방에서 시인의 풍금 연주에 맞추어 동요를 함께 부르던 일. 근처 한옥마을 마당에서 군고구마를 굽던 군청직원들이 잡숴보시라고 권하던 온정. 온돌방에 잠시 머물며 구절초가 눈처럼 핀 산책길에 만난 목화밭. 고향의 추억과 더불어 목화씨를 귀한 보물처럼 챙겨왔다.

목화는 옮겨지는 것을 싫어한다는 특성에 따라 꽃밭과 화분에 나누어 심은 씨가 어렵게 발아되었다. 그중 분에 심어진 목화가 두 송이 꽃을 피웠다. 상앗빛의 순연한 꽃송이를 벙글던 환희의 절정은 해 질 무렵 꽃잎 가장자리에 발그랗게 물이 드는 단 하루의 생애였다. 연분홍 곱디고운 꽃물을 들인 꽃송이는 어느 사이 자취도 없이 사라졌다. 목화의 꽃말이 '어머니의 사랑'이라는 의미를 절실하게 깨닫는 순간이었다. 평생을 자식을 위해 마음속 깊이 간직하신 모정이 거기 숨어있었다. 처음 핀 꽃송이는 빈 껍질만 남고 나중에 핀 한 송이에 다래가 맺혔다.

어머니는 집 떠나는 자식을 위해 솜이불을 만드셨다. 공부하러 객지로 떠나는 자식을 위해, 시집가는 딸을 위해. 이민 가는 자손을 위해 그때마다 어머니는 솜을 틀어 오셨다. 부디 거센 풍파가 불어도 포근히 덮어주라고 한 땀 한 땀 대바늘로 이불을 꿰매셨으리라. 낯선 나라를 떠도는 동안 어머니는 천상으로 거처를 옮기시고 언니들이 대신 솜이불을 마련해 주었다. 사래 긴 목화밭에서 다래를 따 먹던 어린 날이 아슴푸레 손짓하는 반백 년의 세월이 흘렀다. 혈육의 자애가 스며든 오래된 솜이불을 차마 버릴 수 없어 이불을 머리에 이고 솜틀집을 찾아가는 꿈을 꾼다.

찬바람이 불면 기숙사로 떠났던 아이들이 돌아오고 엄마들은 이부자리를 챙긴다. 철새들도 보금자리를 찾아 먼 길을 떠나는 겨울, 따스한 잠자리가 있음은 무량한 은총이다. 돌침대에 펼쳐진 고민덩이 솜이불은 이젠 뜨끈뜨끈한 아랫목이 되어 아픈 허리를 받쳐준다. 밤새도록 내리는 밤비 소리에 젖어 이따금 들리는 풍경 소리가 감미로움은 솜이불의 다독이는 정에 파묻힌 까닭이다. 겨울바람은 단비를 데려오고 시들하던 산천초목에 생기를 준다. 우리 집 목화도 이 겨울비를 흠뻑 맞고 머지않아 송아리를 하얗게 터트릴 것이다. 몸도 마음도 시린 한겨울의 탄생화인 목화, 내년엔 풍작을 이루어 햇솜을 이웃과 나누면 좋겠다. 폭신한 목화송이에 숨겨진 어머니의 사랑을 선물하고 싶다.

눈 녹은 자리마다 설강화 피어나고

누나!
이 겨울에도
눈이 가득히 왔습니다.

흰 봉투에
눈을 한줌 넣고
글씨도 쓰지 말고
우표도 붙이지 말고
말숙하게 그대로
편지를 부칠가요?

누나 가신 나라엔
눈이 아니 온다기에.

–윤동주 〈편지〉, ≪하늘과 바람과 별과 詩≫(정음사, 1955)

밤새 내린 비가 오늘도 종일 내립니다. 자꾸만 잠이 밀려옵니다. 비몽사몽 알 수 없는 처소에 당도하여 원고지가 곁들여 있는 책을 한 아름 선물로 고르는 꿈을 꿉니다. 잠들기 전 ≪하늘과 바람과 별과 詩≫ 영인본과 시인의 육필원고를 읽은 까닭인가 봅니다. 비 오는 날엔 책을 엮었다는 옛 선비, 나는 빗소리를 들으며 그를 만납니다. 시리고도 아린 슬픔의 빗소리에 마치 가압장의 닫힌 공간처럼 날은 어둑합니다. 외마디 소리를 지르고 그가 떠난 후쿠오카의 감방처럼 깊은 우물 속 어둠에 갇혀 버렸답니다. 작은 창으로 쏟아지는 빛내림에 감았던 눈을 들어 푸른 하늘을 마중합니다. 시인의 언덕에는 구절초가 갈바람에 흔들리고 붉은 팥배나무 열매는 곱기도 했지요.

낯선 길에서 우연히 만난 자하문 언덕의 하얀 집 〈윤동주 문학관〉은 별똥별 떨어진 자리였습니다. 인왕산과 북악산의 수려한 산세에 안긴 시인의 언덕, 성곽 돌담 사이로 하늘이 내려오고 풀숲에 숨어있던 잔별의 이야기는 해지는 줄 몰랐습니다. 그가 남기고 간 슬프고도 맑은 시향은 백 년의 세월 저편에서 잉태되었음을 파아란 바람(자화상)의 노래가 가만히 알려주는 날이었답니다. 어느 날, 의지와는 상관없이 나의 별똥별은 사막의 빈 우물에 떨어졌습니다. 사정없이 휘몰아치던 산타크루즈의 모래바람에 휩싸이기도 산토스의 짙은 안개 속 낭떠러지 외길을 걷던 날도 있었지요. 추운 날에 산과 언덕은 초록 옷을 입고, 땡볕 아래 누런 베옷을 입은 나성의 대지는 바싹 마른 속살을 베이는 아픔이었습니다. 미지의 타국에서 타국으로 디아스포라의 이방인이 된 내 생의 절반은 설국(雪國)을 잃어버린 세월이었습니다.

먼 길 돌아와 고향의 눈 내리는 창가에서 아버지가 정성으로 가꾸시던 꽃밭을 바라보고 있었습니다. "아버지, 눈이 와요." 아버지와 마지막 바라보던 눈 내리는 그 겨울이 떠오르면 눈처럼 사르르 녹아내리는 마키아토(macchiato) 한 잔 올리고 싶습니다. 그리 즐기시던 커피 한 잔이 무슨 해가 된다고 금했는지 야속기만 합니다. 거목의 생가지가 뚝뚝 부러지고 온 천지에 하얗게 춘설이 내리던 날에 아버지는 천상으로 길 떠나셨지요. 내 마음에 신열이 오르면 함박눈이 펑펑 내리는 눈길을 걷고 싶습니다. 아무리 기다려도 오지 않는 눈이 서러워 캔버스 가득 눈송이를 그립니다. 인적 없는 눈길을 홀로 걷습니다. 호젓한 산모롱이에서 '누나!' 그가 부릅니다. 나는 그의 누이가 되고 그는 나의 아우가 되었습니다. 비록 강보에 싸여 울음을 터뜨린 나의 겨울보다 먼저 오셨으나 동생이 되고 누나가 되는 신비로운 인연입니다. 이제 나는 천지간에 홀로 유배당한 수인이 아닙니다.

사방 고요한데 이따금 낙수 소리만 들립니다. 흰 봉투에 담긴 눈은 긴 세월 기다림에 녹아내려 빗줄기가 되었나 봅니다. 겨울

아이로 태어나 겨울에 쓴 편지를 남겨 두고 떠난 해환 아우의 처연한 설움을 위로코자 곡배(哭拜)로 분향을 올립니다. 설국에서 한 줌 눈을 넣어 부친 편지는 속진에 찌든 내 영혼을 조찰케 하여 맑디맑은 고드름으로 정화시킵니다. 달빛을 받아 반짝이던 설야, 잃어버렸던 방년의 순수와 기쁨을 다시 만납니다. 적요만이 감도는 깊은 밤에 사락사락 눈이 내리면 온 누리는 평안히 잠을 청합니다. 그를 생각하면 내 마음에도 삼백예순날(눈 오는 지도) 하냥 눈이 내리고, 순백의 설원엔 눈 녹은 발자국 자리마다 설강화(雪降花, snowdrop)가 피어납니다. 순결한 눈꽃이 고개 숙인 눈밭에서 소복의 눈사람이 되어도 좋겠습니다.

오늘밤에는 등잔불을 밝히고 우리의 모국어로 써 내려간 아우님의 편지를 읽습니다. 내 영혼에 하얗게 내리는 사연이 심층에 쌓입니다.

누나!
눈을 한 줌 넣어
편지를 부칠까요?

그리고

백년의 아침에 오시는 님

방안 깊숙이 들어온 달빛에 길게 드리운 거문고 그림자. 그 곁에 밤색 치마저고리 흰 옷고름 살포시 여미고 오늘도 말 없는 말로 지켜보시는 이 계십니다.

아무것도 너를 슬프게 하지 말며
아무것도 너를 혼란케 하지 말지니
모든 것은 다 지나가는 것 다 지나가는 것
오~ 하느님은 불변하시니
인내함이 다 이기느니라
하느님을 소유한 사람은
모든 것을 다 소유한 것이니
하느님만으로 만족하도다.

님 하나시면 족하나이다(Solo Dios Basta!)

예복으로 마련한 밤색 노방 치마 한 폭 찢어 하얀 붓글씨 곱게 적어 주신 사모 예수의 성녀 데레사의 노래가

먼 길 돌아와 주님 전에 무릎 꿇고 정결. 청빈. 순명으로 평생 예수성심 닮아지어 살겠노라 어머니의 성복으로 보호하시라 청하며 눈물 흘리던 어느 봄날. 아버지 정원에 작은 꽃으로 같이 사는 동무 있어 병들까 봐 가지치고 김매시고 물 주시는 어버이 계시기에 하나 되어 울어버린, 설렘과 기쁨으로 아득하기만 한 그런 날이었습니다. 사르르 미풍에 흔들리는 여린 잎, 이따금 포르롱 날아다니는 새들의 지저귐. 옹기종기 모여 사는 어머니의 뜨락에 가물가물 평화가 아지랑이처럼 피어나는 날도, 때때로 바람 불고 비가와도 구름 뒤에 숨어 계시는 우리 님 계시기에 쌉쌀한 믿음의 뿌리 굳게 내려 소망의 열매 조롱조롱 맺으리라. 향기 짙은 사랑의 작은 꽃 한 송이 피어나길 봄. 여름. 가을. 겨울 기다림은 행복이기도.

아무도 모르는 꽃방 하나 만들어 님 오시는 소리에 귀 기울이며 거문고 가락 뚱 두덩 쌀갱… 짧은 손가락 굳은살 박이고 핏줄 맺히면 온몸은 몸살을 하여도 두드등~가슴을 치고 울리는 한소리 있어 신비롭기 그지없습니다. 아~ 이제 님 오시면 산조 한가락 멋지게 청쳐 노래하리라 흐뭇할 제 우르르르… 때 아닌 천둥

번개 번쩍, 꽃방은 회리바람에 날아가고 뚝! 줄 끊어지고 부서진 거문고엔 먼지만이 무거운 이불 되어 쌓여 갑니다.

꽃눈 하나 맺었더니 폭포 되어 쏟아지는 장대비에 떨어지는 아픔 견뎌내며 찢어져 달랑이는 잎새 하나. 가느다란 뿌리조차 처연히 속살 드러내고 누워 있습니다. 홀연히 굴러온 무거운 바윗덩이 가슴을 짓눌러 숨조차 쉴 수 없이 와글와글 온몸을 무수한 자갈이 굴러다닙니다. 이따금 쏘아대는 불덩이 같은 땡볕에 하얗게 하얗게 마른풀 되어 갑니다. 한없는 어둠의 심연 속에 갇혀버린 그곳엔 별도 달도 뜨지 않는 깜깜한 밤입니다. 무거운 정적만이 칠흑 같은 어두운 깊은 밤 지나 쪽빛 가루 뿌린 듯 반짝이는 별 하나 사르르 가슴으로 날아든 날. 사랑의 지렛대로 바윗덩이 들어내시고 기도의 삼태기 엮어 자갈을 골라내실 제, 손잡아 눈물 흘려 굳어진 마음 밭 녹여 주시는 스승과 벗 보내시니. 묵은 뿌리 아궁이에 불 지피고 그 고운 재로 거름 삼아 씨앗 하나 다시 심으라고 다독여 주시는 백년의 아침에 손님이 찾아오신 날.

모든 것은 지나가요
사랑만이 남아요
자기 자신을 잊어야 해요
기쁨도 행복도 슬픔도
오 ~ 모든 것은 사라지고

햇살 가득한 백년의 아침에 어머니 스카플라 앞치마 두르시고, 내 영혼의 이랑 일구어 주시면 가르멜의 꽃씨 주머니 살며시 열어 봅니다. 날마다 이른 아침 정결한 마음으로 꽃씨 하나 심어 놓고, 이 꽃들 화사하게 피어날 때 깊고 깊은 침묵 속에 완덕의 오솔길 거니시는 님 오시는 소리 들으려고

하양, 보라 꽃 피우라고 믿음의 도라지꽃씨를, 성부 성자 성령 함께 계시듯 초롱꽃씨 세 알도, 긴 세월 기다림의 인내를 배우려 오동나무 한 그루도 심습니다.

이제는 아버지 내려 주시는 사랑의 이슬방울 받아 마시고 작디작은 초롱꽃 하얗게 피어, 믿음의 샛별 하나 연둣빛 초롱에 불 밝히어 님 오시는 처마 밑에 걸어 둡니다. 밤마다 가난의 향기 꽃방 가득 흩날리어 지나는 길손도 님 만나시라 초대하렵니다. 좋기도 좋을시고, 기쁨의 노래 함께 부르자고.

기다리고 기다리던 님 오신 날. 제멋대로 자라나는 가지 치시어 곧게 자란 오동나무 베어내는 아픔 받아 안고, 님의 거문고 하나 만드시라 순명으로 맡겨 드립니다. 모든 것 버리고 비워내는 이탈로 텅 빈 공간 깎아 내실 제, 의탁의 굳건한 안족 고이시면

침묵의 굵은 줄로
대현 늘이시어 허리 묶으시고

기쁨의 유현 당기시고
고독의 문현 엮으시어
고통의 무현 지지시면
순결의 쾌상청 더 하시어
평화의 쾌하청 마무리 지으시면

풀어헤친 머리 곱게 빗어 모든 것 잠재우고, 우리 님 좌정하시어 술대 잡으시고 손수 거문고 타시면, 무시로 울어 대던 내 울음 던져 버리고

"어찌 된 일인지 나도 모르노라"

천지사방 고요 속에 이제는 나는 없고 그분만이 가득 한 채, 영혼의 깊은 가락으로 영광 찬미 되어 지상에서 천국을 노래하리니
말 없는 사랑으로 다만 사랑의 찬가를
싸랭 살_ —슬기둥~ 뜰^ 쌀갱-_
싸랭싸랭_ - 슬기둥 ~~~싸알 갱~~~

영혼의 거문고를 백년의 아침에 오신 님과 함께.

달그네

깜깜한 밤에 월광 소나타가 흐른다. 달빛 대신 차창을 타고 내리는 밤비가 마음까지 흠뻑 적신다. 베토벤의 월광은 운명처럼 나에게 왔다. 그날은 신부님의 영명 축일이어 조촐한 축하의 자리가 마련되었다. 사제의 삶으로 살아가는 영상을 보며 진솔한 이야기를 나누는 시간은 웃음꽃이 만발하다가도 눈물이 핑 돌며 숙연해지는 순간도 많았다. 낯선 공동체에서 유학 생활의 어려움 중 위로가 되었던 것이 '무엇이었을까'라는 질문이 있었다. "음악이요!" 짐작으로 답한 행운이 신부님께 큰 위안이 되었다는 음반 '월광'(moonlight)을 선물로 받았다. 가끔 꽃꽂이를 하러 수도원에 가면 강당에서 피아노 소리가 들리곤 했다. 기척을 느낀 신부님은 연습 중이라 시끄러울 텐데 괜찮겠냐고 어려워하신다. 오히려 방해한 것 같아 미안한 마음이 들 정도로 유순하고 겸손하신 심성이 겉으로도 드러난다. 해맑은 청년이었던 첫 만남부터 많은 세월이 흘렀어도 여전히 부끄럼이 많고 순수한 모습이 변함이 없으시다. 평소 꾸준한 연습으로 축일 날엔 기타나 피아노 연주로 즐거움을 선사하시는 신부님의 모습에서 음악에 대한 애정을 느낄 수 있었다.

어둔 밤에 길을 잃어 돌고 돌아 얼마를 헤매었는지 아이들과 약속 시각을 훨씬 지나 집으로 돌아왔다. 기억이 나지 않아 혼돈의 세계를 헤매다가도 곰곰 유추하여 어려운 상황을 벗어나곤 한다. 달빛 없는 밤에 월광은 흐르는데 기억은 온전치 못해도 아직은 사고하는 능력이 남아 있음이 얼마나 다행한 일이냐고 스스로 자신을 달래본다. 피아노의 진동을 느끼려 얼굴에 막대기를 대고 몰입하는 청력을 잃은 베토벤, 절망을 뿌리치고 고뇌의 숲을 지나 환희로 나아가는 그의 발자취를 따라간다. 슈퍼문(super moon)의 영향으로 천재지변이 발생할 수 있다는 괴담보다는 옥토끼가 방아 찧는 보름달을 기다린다. 블루문은 불행의 징조라고 믿는 벽안의 여인네가 아니라 정화수 맑은 물에 소원을 빌고 비는 소복의 여인이고 싶다. 온 천지가 달빛을 받아 반짝이던 은빛 나라를 날아오르던 기쁨을 불러온다. 달그림자를 밟으며 이집 저집 밥 얻으러 다니던 그 아이들은 다 어디 있을까, 마치 엊그제 같은 정월 대보름날이 달빛처럼 포근하다.

에콰도르 바뇨스의 카사 델 아르볼(La Casa del Arbol, '나무의 집')에는 '세상 끝'이라 불리는 그네가 있어, 사람들은 아찔한 묘미를 즐기기 위해 가는 줄에 생명을 건다. 온통 암흑뿐인 세상 끝 벼랑에 서 있는 비통이 엄습하면 나도 그네를 탄다. 구태여 먼 나라까지 가지 않아도 뒷마당에 그네를 맨다. 새들도 쉬어가라고 인동 그늘에 달아 준 그네는 초저녁이면 달빛이 대신 그네를 탄다. 고요한 달빛 아래 별들이 내려오고 피아노 위에 청포도가 영롱히 빛나던 그 밤을 더듬어 찾아간다. 창호에 어리는 댓잎의 그림자는 님 오시는 기척일까, 노랗게 방바닥에 앉은 달빛을 손 모아 담으려 해도 잡히지 않는다. 하루 먼저 뜨는 고향의 달님이 머리맡에 당도하면, 달그네를 타고 날아가는 자작나무 숲에 푸른 달님이 한 개 두 개 자꾸만 늘어난다.

슈퍼문이 뜬다고 호들갑을 떨지만 왠지 내 달은 콩알만큼 작은 한가위 달님이다. 구름을 뚫고 아득 높은 비상으로 속진의 때를 모두 벗어 놓고 창공을 나르며 밤새 달그네를 탄다. 힘드니까 이제 그만 내려오라고 발 구르며 재촉하는 이가 있다. 오돌돌 떨고 있는 춥고 시린 몸을 다사롭게 감싸주는 달빛은 자애로운 이불자락을 덮어준다. 오로라 새벽의 여신이 이마를 짚어주며 들려주는 이야기, 청력을 잃은 후에 오히려 더 많은 훌륭한 작품을 탄생시킨 이가 있단다. 그는 절망하여 죽으려 했으나 예술이 붙잡은 큰 사람, 악성이 되었다고 토닥인다.

그제야 달그네를 허공에 달아놓고 꿈속에서 벗들과 그네를 탄다.

이웃집 벗들과 내기 그네를 뛰었지요
띠를 매고 수건 쓰니 신선놀음 같았어요
바람 차며 오색 그넷줄 하늘로 굴려 오르자
댕그랑 노리개 소리가 나며 버들에 먼지가 일었지요

그네뛰기 마치고는 꽃신을 신었지요
숨 가빠 말도 못하고 층계에 섰어요
매미 날개 같은 적삼에 땀이 촉촉이 배어
떨어진 비녀 주워 달라고 말도 못했어요

– 허난설헌, <그네뛰기>

늦잠에서 깨어보니 아직도 미덥지 못한지 달님은 하얀 얼굴 되어 내려다본다. 그만 쉬시라는 아침 인사에 낮달은 구름 속에 숨어들고 바람은 달그네를 가만 어루만진다.

거울 속의 나

수정궁

거울을 들여다보듯 탁상달력에 메모 된 기억의 일기장을 들여다본다. 사방을 둘러봐도 숨을 곳이 없는 수정궁이 거기 있다. 온통 유리로 지어진 수정교회, 유리벽과 추리에 달린 방울마다 심지어 화장실의 거울에도 내 모습이 아니 보이는 곳이 없었다. 아, 이곳은 숨을 곳이 없구나! 공사 중 휘장이 쳐진 외딴곳에 먼 길을 떠나는 나귀 한 마리가 있다. 성모님 품에 안긴 아기 예수님의 얼굴에 내 얼굴이 들어있다. 마주 보는 얼굴에 따라 얼굴빛이 변하는 아기 예수님의 얼굴은 만인의 모습 그대로 보여주는 진실의 거울이다. 이집트로 피난을 떠나는 성가정은 디아스포라 우리 이민자의 모습이다. 웃음꽃이 만발인 가장, 요셉 성인을 따라 걱정 없이 순례의 길을 나선 어제는 희망이 앞장서는 콤팩트 거울이다.

눈빛

외출을 하려고 거울을 본다. 언젠가 콧구멍에 코딱지가 붙어 있는 이를 본 후론 세수하고 거울을 볼 때면 코를 자세히 본다. 이는 벌렁코가 우리 집 내력인 까닭이다. 이상이 없음을 확인하면 "자, 이제 준비됐으니 가실까요?" 길 떠날 채비가 끝났음을 알린다. 경대에는 작은 사진 한 장이 꽂혀 있다. 수척한 모습의 얼굴과 가슴엔 흰빛이 서려 있다. 형언하기 어려운 신비로움이 감도는 후광과 부드러운 눈빛을 지닌 렘브란트의 '팔짱을 낀 그리스도'를 인쇄한 흑백 사진이다. 이 선하고 연민 가득한 눈빛을 마주하고 있는 나는 누구일까? 무심코 스치는 굳어있는 낯선 얼굴에 깜짝 놀라기도, 큰언니의 모습이 얼핏 보이면 아릿한 그리움에 김이 서린다. 거울이 없으면 볼 수 없는 거울 속의 나는 그분의 눈빛을 바라보며 온유하고 겸손한 성심의 사랑을 닮게 하시라고 청한다. 어제도 내일도 아닌 오늘 이 순간 늘 나와 동행해 주시라고 오늘의 거울, 경대를 마주한다.

자화상

가방 속에 수첩과 펜 그리고 작은 거울을 챙기며 나도 모르게 웃음이 나온다. ≪열하일기 ≫ 〈도강록〉 편에는 연암의 말안장 위에 걸친 주머니엔 벼루(硯)와 지필묵(紙筆墨), 거울이 들어 있었다는 내용이 떠오르기 때문이다. 험난한 여정에 정갈한 모습을 지니려고 거울을 지참했다니 옛 선비의 몸가짐에 나 또한 단정한 마음가짐을 지니게 한다. 나비 날개같이 작은 종이에 파리 대가리만한 글씨로 적은 메모장이 거작 ≪열하일기≫ 를 엮은 대문장의 비밀이 아닌가 싶다. 섬세한 견자(見者)의 모습과 열정에 감탄하며 쓸데없이 사방에 어질러 놓은 내 메모장 생각에 '구슬이 서 말이어도 꿰어야…' 혼잣말을 하며 반성한다. 또한, 이언적의〈서경(書鏡)〉이라는 시가 있다. "책 읽으면서 내 마음 바로 잡고, 거울 보면서 내 모습 바로 잡는다. 책과 거울이 항상 앞에 있으니 잠시도 바른 길에서 멀어질 수 없다네." 나거나 들거나 매사에 나를 바르게 지켜주는 거울은 미래의 내 모습을 보여주는 손거울이다.

그림자

이렇게 내게는 스승님이 주신 세 개의 거울이 있다. 매듭 끝에 나비가 달린 손거울, '새떼 날다' 시가 적힌 콤팩트 거울 그리고 어머님의 유품인 경대를 통해 거울을 주신 의미를 배운다. 하룻길을 나서는 아침을 맞으면 스승님의 거울을 가만히 들여다본다. 거짓이 없는 거울과 달력은 나의 그림자이다. 달력의 여백에 적힌 하루하루의 이야기가 쌓여간다. 거기엔 설렘의 약속도 슬픈 이별의 날도 자꾸만 도망가는 기억의 흔적들이 고스란히 남아있다. 날마다 좋은 날은 근심걱정이 없는 날을 일컫는 것은 아니리라. 어둠 속에서는 거울이 보이지 않는다. 빛이 없으면 볼 수 없는 거울 속의 나를 보기 위해 얼룩진 거울을 닦는다. 내 영혼의 거울도 깨끗이 닦아 맑고 환하게 주위를 밝히고 싶다. 거울을 보며 꽃길을 걸으라 하신 덕담으로 단장을 한다. 거울 속의 나와 손을 맞잡고 그 길을 조심조심 걸으리라. 첫 발짝을 떼는 걸음마의 정성으로 삼백예순다섯 날을 하루같이 걸어가는 향기로운 날을 꿈꾸어 본다.

동인瞳人

눈을 감는다. 어렴풋이 감지되는 빛의 잔상이 남아있다. 무언지 모를 형상이 끊임없이 아른거린다. 여전히 뻑뻑하고도 쓰라린 통증이 눈에서부터 머릿속까지 뻗친다. 요즘 들어 자주 나타나는 증상에 서슴없이 안구건조증이라는 진단을 내리며 인공눈물을 권하는 이들이 있다. 나이가 들어갈수록 눈물이 부족하단다. 더구나 중년의 여성들이 많이 겪는 증상이라니 확실히 남성보다는 여인네들이 우는 일이 많아 눈물이 모자라나 보다. 눈이 아파 책을 못 읽는다던 남의 이야기가 이제는 내 이야기가 되었다. 컴퓨터를 사용하는 시간이 많아서 책을 오래 읽어서 그런가, 눈의 피로가 풀리면 좋아지려니 여겼는데 날이 갈수록 증상이 심해진다. 알고 보니 눈두덩에 찾아온 대상포진이라는 초대받지 않은 손님이 남긴 후유증이다.

시골에 살던 어린 시절엔 등잔불마저 꺼지는 이슥한 밤이 되면 사방이 깜깜했다. 차라리 그런 칠흑 같은 어두움이라면 아픈 눈이 편안해질 것 같다. 어디선가 소쩍새 우는 소리가 들리는 착각에 빠진다. '소쩍 쿵!' 하면 괜스레 어린 내 마음도 쿵! 내려앉았다. 흉년이 들면 어쩌나 싶어 어둠 속에서 귀를 기울이며 '소쩍 따!' 울어주기를 바라곤 했다. 그 마음은 지금도 변함이 없는데 이제는 눈물이 모자라는 나이가 되었다. '눈물'은 평소에 눈을 촉촉하게 적셔주는 눈물과 슬플 때나 눈이 편치 않아서 나오는 자극성 눈물이 있다는 설명이다. '근데요, 슬플 때도 울지만 너무 기뻐서 행복에 겨워 흘리는 감격스러운 눈물도 있잖아요.' 구시렁거리는 마음 한구석에 미안함이 자리한다. 평소에 촉촉이 눈을 적셔주는 눈물이 있다는 사실을 생각조차 못 하고 살았기 때문이다.

아기의 초롱이 빛나는 눈망울, 강보에 싸여 첫 울음을 터트린 갓난아기의 맑은 눈물은 무엇에 비할 수 있을까? 수정과도 같을까, 이슬과도 같을까, 아님 서설(瑞雪)의 흰빛일까? 아, 신이 내리신 감로수인게지! 물기어린 아기의 눈빛은 아기예수님처럼 선재동자처럼 어린왕자처럼 세상을 태초에 지으신 그대로 바라보았으리라. 영롱한 눈빛을 위하여 하느님은 영혼의 깊은 심연 속에 영원히 마르지 않은 눈물샘을 만드셨을 것이다. 하지만, 나의 눈물은 무엇을 위해 허비했을까? 흰자위는 욕(慾)으로 충혈이 되고 미움으로 누렇게 덧씌워졌으며, 갈 길을 몰라 미망(迷妄)속을 헤매는 사이 검은 눈동자는 뿌옇게 흐려져 순수한 눈빛을 잃었나보다. 이제 나는 많이 울고 싶다. 따스함과 다정스런 눈빛, 선함과 자애로운 눈빛, 슬기로운 예지의 눈빛, 꿈을 꾸는 천진스런 눈빛, 희망과 기쁨으로 반짝이는 눈망울을 위하여 날마다 내 영혼을 씻고 싶다. 사랑이 넘치는 티 없이 맑은 눈빛은 요원한 일일지라도 순한 눈빛 하나 갖고 싶은 소망이다.

사람이 저 세상으로 떠나면 눈을 감았다 말한다. 그렇다 눈을 감으면 사망했다는 뜻이다. 육체가 죽으면 주검이 되고 넋만 남아 떠돌면 혼령이 된다. 살아생전에 내게 주신 눈물을 잘 관리하는 사람이 되어야겠다. 자애심으로 흘리는 처량한 눈물이 아닌 맑게 씻어주는 참회의 눈물, 감사의 정을 누르지 못하여 그렁그렁 고이는 눈물, 새벽이슬처럼 생명을 자라게 하는 눈물, 내 눈동자에 새겨진 동인(瞳人)을 위해 울어주는 아름다운 눈물을 간직하고 싶다. 못다 흘린 눈물이 남아서일까 유일하게 임종을 목격한 큰언니의 눈에서는 눈물 한줄기가 주르르 흘러 내렸다. 천상으로 가는 순간에는 소리 없는 눈물이 배웅하고 마중하는 것일까? 살다보면 차라리 눈을 감고 싶은 날도 있다. 울고 싶어도 울 수가 없어 목이 아픈 날도 있다. 울음터를 마련해 주시고 대신 울어주는 벗이 있음은 얼마나 복된 일인가? 함께 울고 웃으며 눈물을 흘려주는 동인(同人)이 있어 행복하다. 인공눈물 대신 그들의 눈물은 내 눈물을 샘솟게 하는 마중물이다.

동인 (瞳人)을 일컬어 눈동자에 비쳐 나타난 사람의 형상이라 했다.

동인의 동(瞳) 자는 눈 목(目) 자에 아이 동(童) 자로 이룬 눈동자 동이다.

어린아이의 눈동자, 그것은 푸른 하늘빛이요 명경지수(明鏡止水)와 같이 맑은 물빛이다. 순수한 동심이 빛을 발하는 눈동자이다. 잃어버린 동심을 되찾아 아이의 눈동자 되어 서로를 들여다보면 거기에 그대와 나 그리고 우리가 새겨져 있을 것이다. 나는 어느 누구의 마음에 각인이 되어 동인(瞳人)으로 남을 것인가? 나의 눈동자에는 눈에 넣어도 아프지 않은 사람뿐 아니라 눈에 넣어 두었기에 아파서 눈물을 흘리는 동인을 마다하지 않으리라. 내 눈동자에 마지막으로 어리는 상은 무엇일까? 서녘에 곱게 물든 노을빛이 작별인사를 할까, 아니면 여명이 밝아오는 새벽녘일까, 깜깜한 어둠 속에 달빛이 창호에 어리는 고요한 밤이라도 좋겠다. 어쩌면 함박눈 소담하게 내리는 하얀 밤, 설국을 담을 수 있으려나.

내가 눈을 감는 날, 처음 내게 주신 눈망울로 영원히 지워지지 않는 눈부처(동인) 하나 담고 싶다. 천상아기로 태어나는 그 날은 눈가에 이슬을 입가엔 미소를 지으리라. 밤은 깊어 가는데 소쩍새 대신 방울새 소리가 자꾸만 들린다. 저 어린 새는 밤새 울 모양이다.

아버지의 붓

아버지가 거처하시던 기와집은 고적하기만 했다. 어두컴컴한 대청을 지나 냉기가 차오르는 발바닥을 오그리고 방안을 둘러보았다. 장지문 가까이 놓여있는 서안에 벼루와 붓 한 자루가 눈에 띄었다. 아버지가 마지막까지 쓰셨던 낡은 붓 한 자루, 가슴 언저리에 둔탁한 통증이 일었다. 붓 한 자루와 옥양목 바지저고리 그리고 두루마기를 아버지의 유품으로 가져왔다. 이따금 반닫이에 넣어둔 그 옷가지를 꺼내보곤 한다. 나도 모르게 장롱 속의 저고리를 꺼내어 다시 개어놓기를 즐기시던 엄마를 닮아가고 있다. 그리고곤 필갑의 붓에 시선이 머문다. 대나무 붓대 끝이 갈라져 가느다란 틈새에 까만 먹물이 들었다. 주인을 잃은 아버지의 붓은 세월이 멈춰있다.

사랑채 마루에서 먹을 갈다 심심하면 방울방울 물방울 놀이를 하던 어린 시절은 연적에 그려진 연분홍 살구꽃마냥 예쁜 봄날이었다. 골동품과 조상들의 초상화가 보관된 장을 뒤지며 혼자 놀기를 좋아하던 아이는, 커다란 가죽신을 꺼내 신고 마룻바닥을 울리는 신발 소리에 제풀에 놀라기도 했다. 바랑에 넣어간다며 놀리시던 일가 어르신의 그림자가 어른거리는 해 질 무렵, 책장 위 붓통엔 아기 얼굴만큼이나 큰 털북숭이 붓이 무섬증을 더하여 울음을 터트리기도 했다. 식구들이 놀라 쫓아오던 사랑방은 아버지 글 읽는 소리에 촛불이 사위어 가고 여전히 철모르는 아이는 어느 사이 가을 길을 걷는다.

나에겐 아버지가 상으로 주신 작은 벼루가 있다. 아버지 날 특집으로 방송에 소개된 아버지께 드리는 편지를 들으시고, 여의주를 물고 있는 용이 조각된 벼루와 '용문(龍門)'이라 새겨진 먹을 주셨다. 아직도 난 그것을 사용하지 않고 가끔 생각이 나면 벼루를 열어보고 먹의 향내를 맡아본다. 아버지께서는 정성을 들여 글씨를 쓰라고 하셨는데 정성은커녕 형편없이 망가지는 솜씨로는 자격이 없는 까닭이다. 세월이 갈수록 점점 심해지는 난필을 휘두르며 게으름 피우는 나는 동네에 앉아 먼 길 떠나는 대붕을 비웃는 작은 새와 무엇이 다를까 싶다. 오랜만에 붓을 든 손이 바르르 떨린다. 자꾸만 글씨가 삐딱해진다. 마음이 삐뚤어져 있나! 흔들리는 여백에 붓의 곡조가 흐른다. '동그라미 그리려다 무심코 그린 얼굴' 그리운 얼굴 대신 동그라미를 그리고 또 그린다.

아버지의 붓을 책상 위에 놓고 수시로 바라본다. 붓털이 말라 힘없이 꼬부라진 붓으로는 획 하나도 그을 수 없는데 아버지는 이런 붓으로 어찌 글을 쓰셨을까, 재주도 참 용하시다. 붓대에 새겨진 글씨를 읽어본다. '붕정만리(鵬程萬里)', 밑에 두 글자는 돋보기를 가까이 대고 보아도 잘 알아볼 수가 없다. 희미한 글씨는 '정진(精進)'인지 '정쇄(精灑)'인지 옥편을 찾아보아도 영 구분이 되질 않는다. 시험 답안을 몰라 쩔쩔매듯 여러 날 속이 답답하던 차에 붕새 이야기를 떠올리며 정진이면 어떻고 정쇄면 어떠랴. 그리 마음을 먹으니 나에게도 구만리 하늘 길을 자유롭게 날아갈 수 있는 날개가 돋아나듯 상쾌한 바람이 인다.

장자의 소요유편에 나오는 붕새, 어둡고 끝이 보이지 않는 북쪽 바다에 곤이라는 물고기가 있는데 아무도 그 길이가 몇 천리나 되는지 모른다. 곤은 여행을 떠나기 위해 새가 되기로 했다. 곤은 비늘이 터져서 날개가 솟고 주둥이가 딱딱한 부리로 바뀌는 변형의 고통을 겪은 뒤에, 붕(鵬)이라는 새로운 이름을 가지게 됐다. 크기를 알 수 없는 붕새의 날갯짓 한 번에 삼천리에 달하는 격랑이 일어나고 회오리바람을 타고 구만리를 올라가서 여섯 달 동안 날고 나서야 비로소 하루 쉬었다 한다. 남쪽 큰

바다로 날아가기 위해 곤은 새가 되는 고통의 시간을 지나 자유로운 여행을 하지 않았는가, 아버지의 붓에 새겨진 알 수 없는 글자는 볼 때마다 그 무엇에도 얽매이지 말고 맑고 깨끗한 마음(精灑)으로 정진하라 이르신다.

아버지 사진 옆에 놓인 물푸레나무 붓걸이에 세필에서부터 채색화에 쓰이는 붓 등 흩어져 있던 붓들을 정리한다. 물푸레나무 달인 물로 먹을 갈아 글씨를 쓰면 천 년을 지나도 색이 바래지 않는다고 한다. 사방에서 보아도 사진 속 아버지의 눈은 나를 바라보시며 사람이 지켜야 할 도리는 천 년이 지나도 바뀌지 않음을 알려주신다. 오늘도 말 없는 말로 지켜보시는 아버지의 붓과 시선은 나의 스승이시다.

물속에 짓는 집

보따리를 몇 번이나 쌌다 풀었는지 모른다. 입지도 않으며 이런저런 이유로 버리지 못하고 자꾸만 늘어나는 옷가지들이다. '버려! 버려!' 혼잣말로 주문을 걸듯 쓸데없는 욕심을 버리라고 마음을 다지며 옷 정리를 하다 보니 차 트렁크와 좌석은 물론 빈 공간까지 꽉 찼다. 서비스 센터로 향하는 마음은 어찌나 상쾌한지 기쁨이 박하사탕처럼 화하게 퍼졌다. 직원에게 짐을 내려주고 혹 화기로 쓸 만한 물건이 있을까 싶어 가게를 둘러보았다. 기부 받은 물건을 정리해서 헐값에 판매하는 비영리단체의 매장은 온갖 종류의 물건들이 진열된 만물상이었다.

'아니, 이게 뭐야!" 구석진 곳에 우리 백자 사발 하나가 궁글어 다니고 있었다. 이방인이 되어버린 내 모습 같아 애처로움과 반가움이 교차되는 순간 가슴이 마구 뛰었다. 구십 센트 주고 사온

백자 사발 하나. 흐르는 물에 깨끗이 닦아 냄비에 넣어 삶았다. 뽀얗게 수증기가 피어오르고 달그락거리는 울림이 흐뭇했다. 양지바른 마당에 앉아 함지박에 맑은 물을 부어 사발을 담가 놓았다. 찰랑찰랑 남실거리는 함지박 물 위로 노란 후리지아 꽃잎 하나 떨어져 유유히 떠다닌다. 하늘도 내려오고 구름도 흘러간다. 작은 새들이 휙~ 줄을 긋고 날아간다. 내 얼굴도 비추어 본다. 물속에 보이지 않는 길을 내어 걸어간다. 끊임없이 휘도는 상념의 조각을 모아 글 집을 짓는다. 하늘과 땅, 제자리를 찾아 천지사방 헤매는 내 영혼이 머무를 초당 한 채 짓는다.

먹구름 몰려와 하늘을 가리고 생나무 둥치가 우지끈 쪼개지는 강풍의 한여름, 장대비가 쏟아지는 두려움도 지나고 나면 모든 것이 찰나임을 깨닫는 자리에 초석을 단단히 놓으라신다. 갈바람에 댓잎 부딪히는 소리, 교교한 달빛에 박꽃이 하얗게 빛나는 서늘한 밤이면 사색의 새 짚으로 이엉을 엮으라신다. 분노와 미움이 있는가, 욕심이 넘쳐 있던가, 섭섭함에 서럽고 서러운가, 버리면 가벼운 것을 아프게 깨우친 붉게 단풍드는 자리마다 벽을 도려내고 창을 내라신다.

문풍지 울음에 때론 제 그림자에도 흠칫 놀라는 동지섣달 긴긴 밤, 새벽을 기다리는 인내의 굵은 기둥을 세우고 고란초에 연륜의 점 하나 새겨 서실의 창호에 바르라신다. 사락사락 눈

내리는 소리에 처마를 달아내어 영혼을 일깨워 누다락에 높이 얹어 놓으라신다. 시리고 아린 정화의 고드름 되어 수정같이 맑고 순수한 가난한 자 되라신다. 잔설마저 녹아 흐르는 개울가에 조팝꽃 흐드러지고 꽃비 내리면, 종다리 노래하는 희망의 봄 길을 걸어가라신다. 내 생김새를 잘 들여다보고 길을 잃지 않기 위해 묵은 물을 버리고 날마다 함지박의 물을 갈아 놓는다. 풍경을 흔들며 지나는 바람이 파문을 그리며 모습을 흩어 놓는다. 그제야 백자 사발을 꺼내어 햇볕에 널어놓고 내 영혼도 바람을 쐬며 해바라기를 한다.

침묵을 배우기 위해 망각의 강을 겸손되이 흘러가라고 나는 수시로 나룻배를 타고 외딴 섬을 찾아 떠난다. 눈을 감고 가는 길, 모래톱을 지나 숲속 외길을 온종일 걸어 당도한 초당 한 채. 거기에 이르면 서성이던 마음도 고요로 잦아든다. 관대한 영혼이 되고파 찾아가는 글 집, 무엇보다 나를 바라보고 사유가 깊어지는 수련을 쌓기 위해 고독을 찾아 나서는 곳, 그 길이 끝나는 곳엔 언제나 싸리문이 열려있다. 어진 사람이 되라고 아버지 써 주신 '사인당'이란 당호를 달았다. 오늘도 정갈한 마음을 모으고 촛불 아래 밤새워 수신인 없는 긴 편지를 쓴다. 삶의 질곡을 벗어나 자유롭게 날기 위해 글을 엮어 오막살이집을 지으며 나를 버린다.

세웠다 허물고 갈수록 집 짓는 일은 어렵기만 하다. 아직도 주춧돌 하나 변변치 못한 누옥(陋屋)이다. 어쩌다 손님 오신 기척이라도 들리면 부끄러울 뿐이다. 지친 나그네의 여정 잠시 멈추고 쉬어 가신다면 반겨 맞으리라. 백자사발에 뜸이 잘든 오곡밥을 담뿍 담아 몇 가지 찬을 곁들어 정성껏 소반을 차려야겠다. 포근한 명주 솜이불을 온돌방에 깔아 도란도란 함께 꿈을 꾸며 인생길 걸어가는 작반(作伴)이 되리라. 먼 길 찾아와 곤히 잠이 든 벗을 위하여 첫새벽에 길어 올린 샘물로 다로에 찻물을 끓이고 댓돌에는 세숫물을 준비하련다.

벽오동 우듬지에 둥지를 틀고

대나무 숲이 우거진 기와집으로 이사 가던 날, 쥐들이 이리저리 내달렸다.

"아비가 있으니 걱정하지 말고 자거라" 머리맡에 앉으신 아버지는 제삿날처럼 촛불을 환히 밝혀 놓으셨다. 천정의 사방연속무늬가 오르내리고 어지럽게 돌아가는 날에도 아비 손이 약손이라 하시던 아버지가 곁에 계셨다. 시제를 마치고 돌아오시는 아버지 두루마기 주머니에는 노르스름한 은행이 가득 들어 있었다. 알알이 꿰어진 은행 알처럼 주름이 늘어가는 아버지의 손에 들려 있던 보따리가 길게 줄을 선다. 병약한 자식을 위해 새벽같이 잉어를 구해오시다 다리를 다치시기도, 먼 길 가시어 냄비에 전복죽을 사 오시기도 하셨다.

마을 앞으로 넓게 펼쳐진 논배미에 이따금 학이 날아오곤 했는데 꼭 한 발로 서 있는 모습이었다. 가까이 다가가면 날아갈까 설레는 마음으로 멀리서 바라보았다. 예부터 학이 많았는지 우리 동네는 학림이라 불리었다. 산모퉁이를 돌아가면 황새울 솔밭에 학이 하얗게 날아다녔지만 냇둑 아래 홀로 서성이는 학이 더 아름다워 마음을 빼앗기곤 했다. 지금도 내 그리움의 끝엔 개울물에 그림자 드리우고 기다리는 한 마리의 학이 있다. 아버지께서는 딸 일곱을 학에 비유하여 말씀하셨다. '학의 무리 중에 봉황이 있기 마련이라'시며….

벽오동나무에만 머물고 예천의 물을 마시며 천년에 한 번 열리는 대나무의 열매를 먹고 산다니 과연 봉황은 어떤 새일까? 오색이 빛나는 몸에 다섯 가지의 아름다운 울음소리를 낸다는 상상 속의 새일 뿐이라고 흘려버리기엔 아버지께서 들려주시던 말씀이 지워지지 않는다. 어린 시절엔 사랑방 벽에 걸려 있던 신비스러운 깃털의 커다란 부채를 볼 때마다 봉황새를 그려보곤 하였는데 철이 나서야 오빠가 인도 여행에서 사 온 공작부채라는 것을 알게 되었다. 지금도 나는 문득문득 내 영혼에 각인이 되어버린 봉황을 찾아 환상의 나래를 끝없이 펼친다. 문헌 자료에 따르면 봉황은 세상을 평안하게 해줄 성천자가 출현하거나 성군이 덕치를 펼쳐 천하가 태평할 때만 그 모습을 보여준다고 한다. 봉황은 모든 새의 군주이므로 이때 뭇 새들이 따라 모인다고 하니 모든 군왕은 자신의 치세 때에 봉황이 나타나기를 고대하였다. 신라의 화랑이나 고구려의 선비들이 쓰던 절풍(折風)의 새꼬리 깃털은 봉황의 깃털을 의미한 것이요 화려한 금빛 왕관은 벽오동 가지에 신비한 봉황이 날아 앉은 상징이란다. 하늘의 아들인 천자, 곧 왕의 권위를 나타낼 뿐 아니라 고상하고 품위 있는 모습을 지니고 있어 왕비를 비유하기도 한다. 대통령 문장과 국새에도 봉황이 새겨져 있듯 봉황새의 찬란한 날개 짓이 온 누리를 화평한 기운으로 덮어주길 오늘도 정성스레 마음을 모은다.

지난 늦겨울, 고향 가는 길에 국립공주박물관과 한옥마을을 지나 부여의 백제문화단지를 둘러보았다. 무령왕릉실 유물의 하나인 왕비의 베개(국보 164호)에는 두 마리의 목각 봉황이 마주보고 있었다. 삼국시대 백제왕궁을 재현한 사비궁 입구엔 웅장한 백제금동대향로(국보 287호)가 마중하고, 회랑으로 둘러싸인 천정전의 어좌 붉은 장막에는 봉황문이 자리하였다. 해 질 녘, 마지막 저녁노을이 금빛 향로에 아낌없이 쏟아지고 새들과 더불어 춤을 추던 봉황은 여의주를 품고 찬연한 날개를 펼쳤다. 간혹 사극의 드라마에서나 문양 또는 창경궁 명정전 천장에 그려진 봉황을 보았을 뿐 실제의 모습을 알지 못한다. 봉황이 날아오르길 염원하시던 아버지의 벽오동 심은 뜻을 헤아리지 못한 것처럼 말이다. 고결하고 상서로운 봉황새처럼 세상의 오욕에 물들지 않고 이웃에게 도움이 되는 사람으로 살길 바라시던 것은 아닐까. 그저 한평생 선비로 살아오신 아버지의 마음을 짐작할 뿐이다. 아버지의 가없는 사랑은 무엇과도 비할 길 없는 소중한 보물이다. 수시로 꺼내어 들여다보는 근심걱정 없던 어린 날은 참으로 아름다운 시간이다. 길 잃지 않도록 앞서가며 발길을 비춰주는 자애의 등불이요 생명을 이어주는 일용할 양식이다. 그 사랑은 창호에 어리던 포근한 불빛처럼 지금도 고향으로 가는 길을 알려 준다.

어둠은 점점 짙어가고 사방은 고요하다. 수선스러움이 물러가고 찾아오는 고독과 외로움은 축복이요 반가운 손님이다. 글을 짓는다고 깨어있는 시간은 작가가 되라 하신 아버지가 촛불 밝히어 지켜 주시는 현존이다. 내 마음의 뜰에 아버지 심어 놓으신 청동 한 그루, 작은 새가 되어 벽오동 우듬지에 둥지를 틀고 젖은 날개를 말리며 자유로운 비상을 꿈꾸는 밤이다. 긴 기다림의 끝인 어느 날, 사색의 나무에 앉아 내가 부를 영가를 준비하는 지금 이 순간이야말로 가장 아름다운 순간이다.

달빛 한 자락이 방안 깊숙이 들어온다. 마치 아버지의 숨결인 양 보이지 않는 바람결에 촛불이 흔들린다. 한 마리 작은 새로 행복한 나는 아직 학의 모습조차 갖추지 못하였지만 아버지껜 언제까지나 사랑스러운 새끼 봉황인 봉추(鳳雛)로 남아 있으리라.

눈꼽재기창

창밖의 잔디밭에 까치 한 마리가 노닌다. 마치 영화의 한 장면처럼 창 너머 까치가 서서히 클로즈업(close up)되어 눈앞으로 다가온다. 까마귀 천지인 이곳에 까치가 날아오다니 환호하던 중 꿈에서 깨어났다. 혹 태몽이 아닐까 큰 아이에게 좋은 소식이 있길 기대하며 길몽의 여운에 잠긴다. 어느 사이 동창(東窓)에 포도나무 잎사귀가 그림자를 아롱아롱 빛 놀이를 하고 있다. 창호지를 통해 여린 빛이 어리는 고즈넉한 아침이다. 고가구점에서 빛받이창을 처음 발견했던 기쁨이 햇살처럼 퍼진다.

창을 통해 어머니와 나 그리고 딸아이에게 연결된 보이지 않는 빛의 신비가 펼쳐진다. 우리가 이민 오던 시간에 멈춰있던 어머니의 의식은 갓난아기 때 덮던 외손녀의 이불을 아랫목에 깔아놓고 날마다 자손들을 기다리고 계셨다. 따뜻이 지내시라고 서울의 아파트로 모셨던 어느 겨울, 잠시 외출을 하려던 언니가 초인종 소리가 들려도 아무 기척을 내지 마시라고 당부를 했단다. 시험 삼아 벨을 누르니 즉각 들려왔다는 "뉘 슈?" 어머니의 천진난만한 에피소드는 오랜 세월이 지난 지금도 웃음과 더불어 그렁그렁 눈물이 고인다. 거울을 볼 때마다 머리가 하얀 노인네가 누구냐고 애를 태우시어 종이로 가려놓았다는 어머니의 경대, 깊어지는 그리움에 병이 되셨는지 어머니는 점점 자신의 세계를 잃어가고 계셨다.

몇 해 만에 아이들과 찾아간 고향 집은 사랑채를 헐고 유리창이 많은 양옥집을 지어 울안에 세 채의 집이 들어서 있었다. 동네 사람이 다 모여도 넓기만 하던 기와집의 방이며 대청이 어찌나 작게 보이는지 참으로 신기했다. 그보다 더 놀라운 일은 해 질 무렵이면 어김없이 어머니는 온 집안을 다니시며 문단속을 하시는 것이었다. 창마다 다른 문고리를 용케도 아시어 꼭꼭 잠그며 하루를 마감하시던 일이 예사롭게 보이지 않았다. 오랫동안 치매를 앓아 오신 어머니가 한 생을 정리하는 인생의 순례자 같았기 때문이다. 늘 집에 가신다고 길을 나서시더니 창호 문이 안온한 기와집 안방에서 고향 집으로 돌아가셨다.

이제 나는 어머니께서 눈꼽재기창*으로 자식이 오기를 기다리시다 먼 길 떠나신 그 자리에 당도했다. 나는 누구인가? 망각의 망령이 우뚝 버티고 선 두꺼운 벽 앞에 모래알이 흘러내리듯 빠져나가는 순간들. '엄마 정신 똑바로 차려' 당부하는 아이들의 염려를 되새기며 자꾸만 도망가는 기억을 간신히 붙잡아 치마폭에 담아 놓는다. 새장에 갇힌 새처럼 창가를 서성이다 나의 넋은 알지 못하는 길을 나선다. 사랑 대청에서 시냇물을 볼 수 있도록 동쪽 담을 뚫어 살창을 만들었다는 독락당, 대청마루에 홀로 서서 개울물 소리를 듣고 싶다. 날이 갈수록 미로를 헤매는 나의 혼을 계곡의 맑은 물에 헹구면 정신이 또렷해질 것만 같다. 살창을 건너온 바람을 온몸으로 맞으면 집 나갔던 정신도 돌아와 명징한 하루를 살 것 같다. 햇살과 바람, 구름과 비, 달과 별이 드나드는 창은 내 영혼의 살창이다.

세월의 흔적이 고스란히 담긴 검박한 빗살창, 낮고 긴 미닫이 창 두 짝을 달 곳이 마땅치 않아 동쪽 유리창에 세워놓았다. 창 위쪽으로 순백의 얇은 커튼을 드리우고 스승님께서 마련해 주신 낮과 밤을 높이 달았다. 세모시에 그려진 해와 달, 산과 나무, 바람과 새, 꽃이 피고 지는 새해 선물처럼 날마다 새로운 아름다운 날을 만난다. 이제는 혼란스러움 대신 십자가의 성 요한** 사부님처럼 어둔 밤을 지나 새날을 맞으면 아무 편견 없이 사랑으로 이웃을 대하고 기쁘고 정성스럽게 순수한 나날을 살아가고 싶다.

영혼의 창이 서서히 닫히는 두려움 앞에 오래된 빛받이창이 나에겐 진정 고마운 눈꼽재기창이다. 이 빗살창을 통하여 누군가의 생애를 비추어 주었을 생명의 빛이 지금 나에게도 무량한 은혜로 전해지고 있다. 생각지 않은 무서리가 일찍 내린 나의 처소 눈꼽재기창 앞에 무릎 꿇고 주신 날들을 겸허히 받는다. 지긋이 열려있는 싸리문을 지나 댓돌 위에 벗어놓은 고무신에 흰 눈이 소복이 쌓이는 겨울밤을 기다릴 것이다. 이른 새벽 아무도 밟지 않은 눈길을 걸어오는 그리운 이를 눈꼽재기창 너머 조용히 마중하고 싶다.

* 눈꼽재기창: 방문을 열지 않고도 밖을 내다볼 수 있도록 문 옆으로 작게 낸 창.

**십자가의 성 요한: 신비신학자. 에스파냐 언어권 시인들의 수호성인.

시 읽는 여인

첫 기억은 마치 환상과도 같다. 방바닥이 따스한 안방 윗목에서 걸음마 연습을 한다. '불무불무' 아버지의 가락에 맞추어 왼발 오른발 뒤뚱거리는 어린 날이다. 무릎에 앉힌 아기의 가슴에 깍짓손을 끼고 흔들흔들 시조를 읊으시던 아버지, 흔들릴 때마다 스치는 수염 자국이 까슬까슬하고 가슴이 답답한 아기는 발장구를 친다. 아기가 처음 한 말은 엄마도 맘마도 아닌 '배'였다고 한다. 엄마 등에 업혀 배나무 밑을 지나가면 "배, 배" 해서 아기가 말을 하는 줄 알았단다. 순백의 이화(梨花), 그녀에게도 하얀 배꽃같이 여린 시절이 있었다.

거북선을 닮은 향나무가 보이는 사랑채 툇마루에 걸터앉아 '한산섬 달 밝은 밤에 수루에 혼자 앉아'를 암송하며 초등학교 어린아이가 말했다. "이순신 장군에 대한 시를 써 오래요." 아버지는 이순신 장군의 백의종군과 원균의 이야기를 들려주셨다. '사람이 죽을 때와 장소를 알아야 한다'고. 이 엄청난 말의 의미도 모르면서 난생처음 무슨 시를 지어 갔을까 기억조차 없다. 하지만 문득문득 그녀를 흠칫 놀라게 하는, 사람은 죽을 때를 알아야 한다던 그 말씀이 둥둥 북소리 되어 울린다. 붉은 여뀌와 갈대가 흔들리는 바닷바람, 명량의 회오리 울돌목의 울음소리가 들린다.

선전포고 없는 침공이 이런 것일까? 술기운을 빌어 새 인생을 찾겠노라고 못난 사내가 말했다. 저녁을 먹던 아이들이 상머리에서 흘리는 소리 없는 눈물을 한가위 달님이 내려다보고 있었다. 무뢰배의 광란에 깔려 죽을 뻔했던 어릴 적 기억이 또렷하게 되살아났다. 엉겨 붙은 싸움패가 울타리를 뚫고 튕겨 나와 천진스럽게 놀고 있던 아이를 덮친 그 날처럼 어디선가 벌떼가 왱왱거렸다. 그녀는 서가에서 손에 잡히는 아무 책이나 꺼내 읽었다. '나 보기가 역겨워 가실 때에는 죽어도 아니 눈물 흘리오리다.' 한국인이 가장 좋아하는 명시 100선 중 소월의 참꽃이 우수수 떨어졌다. 무의식중에 펼쳐 본 책갈피 속엔 신의 명약이 숨어 있었다. 글자 그대로 죽어도 죽어도 아니 눈물 흘리며, 달빛엔 달처럼 별빛엔 별처럼 바람 불면 바람처럼 혼자서 간다.

가라 좋은 벗 있으면 둘이서 함께 가라
가라 좋은 벗 없으면 버리고 홀로 가라
내가 나에게 등불이 되어
그대 홀로 등불이 되어
함께 못 가도 같이 못 가도
무소의 뿔처럼 혼자서 가라

시인도 아닌데 어떤 이들은 그녀를 시인이라 부른다. 당치않은 말에 민망스러워 얼른 도리질한다. 시인이 아니어도 어찌하면 함축된 언어로 영혼의 노래를 부를 수 있을까, 꿈을 꾸는 시간이 행복한 그녀는 거듭거듭 시를 읽는다. '푸시킨은 시를 써서 물오리에게 읽어주었대요.' 췌장에 짙은 그림자가 드리웠다는 진단을 받은 지기(知己)에게 그녀가 말했다. "물오리가 잔잔하게 떠 있는 찬 바다를 지나 우르릉 천둥 치듯 울며불며 부서지고 떨어지는 빙하를 보았지요. 조각난 얼음 배에 갈매기 한 쌍이 얌전히 앉아 있었어요. 가녀린 발, 하나도 안 시리다고 마주 보는 갈매기에게 시를 읽어주고 싶었답니다." 그녀는 위로의 말 대신 북극 바다에서 건져 온 만년설의 울음을 들려준다.

늘 오가던 길이 처음 보는 낯선 길이 되고 이를 닦았던가? 밥을 먹었던가? 치매의 전조인가 싶어 당황스러운 그녀는 윌리엄 브레이크의 〈순수의 전조〉를 천천히 읽는다.

한 알의 모래에서 세상을 보고
한 송이 들꽃에서 천국을 본다.
그대 손바닥 안에 무한을 쥐고
한 순간 속에 영원을 보라

인간은 기쁨과 비탄을 위해 태어났으며
우리가 이것을 올바르게 깨달으면
우리는 세상을 안전하게 지나갈 수 있다.
기쁨과 비탄은 훌륭하게 직조되어
신성한 영혼에는 안성맞춤의 옷
모든 슬픔과 기쁨 밑으로는
비단으로 엮어진 기쁨이 흐른다.

시인이 아닌 그녀는 한 줄의 시도 쓰지 못한다. 더구나 단 한 줄의 시도 제대로 외우지 못하는 요즘은 곡조를 붙여 수시로 노래한다. 그녀는 오늘도 시를 읽는다. 쓸쓸한 날에도 두려운 순간에도 전 생애에 좋은 벗이 되어 주었던 시를 읽는다. 시는 요술쟁이 같아 기쁨이 밀물 되어 철썩이고 슬픔은 썰물처럼 빠져나간다.

하양

무의식과 의식 나의 모든 근원은 하양으로부터 시작된다. 무채색인 하양은 본디의 아름다움이요 영원한 안식이다. 내 영혼 가장 깊숙이 자리한 첫 기억도 하양이다. 옥양목 바지저고리를 입으신 아버지 무릎에 앉혀 시조를 읊으시던 가락에 흔들리던 아기의 모습이다.

때때로 해 질 무렵 창가를 서성이면 어렴풋이 들리는 노랫소리, '해는 져서 어두운데….'

숲 속에 숨어있던 흰옷 입은 무리가 비탈길을 달음질쳐 내려온다. 위험에 처한 주인공을 마적 떼로부터 구해주던 영화의 한 장면이다. 장터 마당에서 보았던 독립군 이야기를 통해 백의민족이란 의미가 선명하게 각인되던 어린 날이었다.

기와지붕 위에서 펄럭이던 하얀 저고리, 할아버지 제사 때쯤이면 어둠 속에서 빛나던 백목련은 슬픔의 흰옷을 입었다. 손녀딸들은 미농지를 접어 소담스런 꽃송이를 만들고 증손들이 길게 늘인 광목 끈을 어깨에 메었다. 상엿소리도 없이 소복 차림의 상제들은 울음을 삼킨 극진한 예로 하얀 꽃상여를 뒤따랐다. 조팝꽃이 흐드러지게 피어있던 개울가를 지나 소라실 고개를 넘어가는 찔레꽃 향기는 처연한 슬픔이었다. 이제 하양은 울음을 뚝 그친 희망이요, 기쁨이다. 칠흑 같은 어둠일지라도 하얀 박꽃이 등불 밝힌 죽음에서 생명으로 건너가는 길목이다. 안개꽃으로 단장한 꽃방석은 큰딸의 혼인예식을 준비하는 선물이요. 은방울꽃으로 신랑의 부토니에와 새색시의 부케를 밤새워 엮으며 마중한 잔칫날은 첫눈처럼 순결한 맑음이요 기쁨이 멀리멀리 퍼져가는 새벽 종소리였다.

하양은 비밀스러운 베일, 그 안에 숨어들면 평화만이 감도는 고요한 삶의 여백이다. 자정미사에 참례하여 세례를 받던 성탄절, 달빛을 받아 온 천지가 하얗게 반짝이던 설야(雪夜)는 내 영혼의 샘물이다. 한 점 티끌도 없이 하늘을 날 것 같던 순수한 기쁨으로 돌아가 지치고 때 묻은 영혼을 씻으며 생기를 얻는다. 바가지가 동동 떠다니고 물이 넘쳐흐르던 우물가에 당도하여 시원한 생수를 긷는다. 바람이 부는 날에는 모시옷을 지어준 큰언니의 정을 입고 흰 고무신을 신고 길을 나선다. 하얀 탱자 꽃이 가시마다 열렸던 사랑채 언덕에 당도하여 꽃그늘에 앉아 절로 자란 가시를 버린다.

맑은 물방울이 뚝뚝 떨어지는 이불 홑청이랑 옷가지를 널어놓은 빨랫줄이 끊어져 순식간에 흙투성이가 된 날이 있었다. 무거운 김치 병을 떨어뜨려 김칫국물이 사방에 튀고 유리조각은 살갗을 파고들어 붉은 선혈로 앞치마를 물들이는 날도 있었다. 출타 중이시던 아버지, 흰 두루마기 자락 날리며 급히 돌아오셨다. 함박눈이 휘몰아치는 산길을 걸어오신 아버지께서 말씀하셨다.
"애야, 비켜 서거라! 다칠라."

상처 난 손엔 붕대를 감고 갈아입은 흰옷엔 하얀 앞치마를 두르고, 아버지 새로 매어주신 튼실한 빨랫줄에 더러워진 빨래를 다시 헹구어 넌다. 뒷동산에서 베어오신 곧은 대나무 바지랑대 높이 세워 놓으시면 바람은 춤을 추고 햇살은 아롱아롱 숨바꼭질한다. 때마침 날아온 하얀 나비 한 마리 향기 가득한 치자꽃잎에 앉아 있다.

하양은 내게 지어주신 배냇저고리다. 얼룩진 저고리를 양잿물에 푹푹 삶아 방망이질을 한다. 해진 옷을 하얗게 빨아 기워 입고 산들바람 벗 삼아 내가 가야 할 길을 걸어간다. 보드랍게 낡은 오래된 흰옷이 참 편하다. 고향으로 돌아가는 날에 입을 나의 예복은 하양, 아버지께서 꿰맨 자국이 없는 하늘의 옷(天衣無縫)을 마련해 주실 것이다.

꽃신

선물을 받았다. 예스러운 문양이 그려진 달력이었다. 달력은 어느 사이 궁중 예복이 들어있는 함으로 변했다. 청치마와 홍치마, 어느 것을 고를까 망설이는 내게 두 벌 모두 주어지는 행운이라니! 황홀한 금박 스란치마였다. 넓은 초원에 조촐한 전각 두 채가 자리하고 연록의 잔디밭 한가운데 서안(書案)이 놓여 있었다. 빈집의 적막함이 오히려 평화로운 별궁, 내가 앉을 궤안(机案)이 놓인 자리가 옆 전각과 경계선이라 했다. 그쪽 뜰엔 어른 아이 뒤섞인 놀이판이 요란법석이어 혼란스럽고 어지러웠다. 울도 담도 없는데 높다란 솟을대문이 있었다. 열쇠 하나를 얻었지만 열쇠구멍이 닿지 않아 깨금발로 애를 쓰다 잠에서 깨었다.

새벽녘에 잠이 들어 꿈을 꾼 것이다. 쉽사리 잊히는 여느 꿈과는 달리 너무나 생생하고 선명한 색감까지 모든 것이 또렷하다.

선물로 받은 예복, 책상, 열쇠는 무슨 의미일까 곰곰이 생각에 잠긴다. 전생에 생각시 시절이라도 있었는지 자꾸만 궁에 가고 싶다. 상서로운 길몽을 꾼 것이라 여기려니 요란한 소음과 함께 지붕 위로 사다리차가 보인다. 대문 밖 뿌리 깊은 향나무를 바람이 불면 화재의 위험과 벽에 금이 간다고 자르러 온 모양이다. 자욱한 먼지에 문을 닫고 조바심친다. 나뭇등걸 조금은 남기라고 달려 나가니 그루터기만 하얗게 남아있다. 아직 다친 발이 시원찮아선지 휘청 넘어지며 신발은 벗겨지고 난분만 깨트렸다.

저만치 내동댕이쳐진 신발을 챙겨 드는 순간 섬광처럼 스치는 한 생각, 바로 꽃신이다. 맞아! 나에게는 비단 가죽으로 만든 당혜 운혜도 아니지만, 이것만은 신고 간다고 떼를 쓰던 꽃신이 있었다. 지난밤 꿈속에 새 옷을 마련해 주셨지만 신발은 아니 보였다. 이는 애지중지 소중하다 여기는 하찮은 욕심을 버리라는 가르침을 깨닫는다. 나는 곧잘 별스럽지 않은 것을 소유하지 못해 안달이다. 꽃신 안에 소복이 담겨있는 욕심이 울타리 넘어 자꾸만 바깥세상으로 발길을 돌리게 한다. 씁쓸한 마음으로 싹둑 잘린 향나무 그루터기를 쓰다듬는다. 희미한 나이테에 남겨진 향기가 짙게 머문다. 썩어 없어질 헛것에 미련을 갖지 말고 그윽한 향기에 취하라신다. 보이지 않는 대문을 꼭꼭 걸어 잠근 후 주신 예복으로 단장하고 영혼의 성 지밀한 궁방에 고요히 안주하라 하신다.

목향이 맴도는 베어진 자리에 꽃신을 얌전히 벗어 놓고 비로소 낮은 책상 앞에 앉는다.

느리게, 말없이,
작은 것들을 향해 따뜻한 눈길로

—박계용의 『무현금의 노래』와 수필 쓰기

장경렬

서울대 영문과 교수

1. 수필 쓰기란 무엇인가

태평양 건너 저 멀리 로스앤젤레스에는 '수향문학회'라는 수필가 모임이 있다. 지난 2010년에 『한국수필』의 신인상을 수상함으로써 등단한 수필가 박계용은 바로 이 수향문학회의 회원으로, 이번에 그는 그 동안의 작업을 모아 수필집 『무현금의 노래』를 발간하게 되었다. 바로 이 수필집에는 〈이슬로 진주를 만드는 일〉이라는 글이 수록되어 있는데, 추측건대 이 글에 등장하는 "선생님"은 수향문학회를 이끄는 원로 수필가 김영중 선생이 아닐지? 글에 의하면, "선생님께서"는 "제자"인 작가에게 "편지"로 "고독의 늪에 가라앉아 내면을 깊이 응시하는 끝없는 탁마의 길"이 "문학의 요체임을 알려" 주시고, "좋은 작품을 탄생시키어 누군가의 삶에 따스한 위로와 빛이 되라"고 하셨다 한다. 그리고 "글을 짓는 작업은 '이슬을 진주로 만드는 일' "이라는 가르침의 말씀도 주셨다 한다. 이 모든 가르침과 격려의 말이 담긴 "편지"는 "머리말에 놓아둔 편지"임에 비춰볼 때, 요즈음 통신 수단으로서 절대적 위세를 떨치는 '전자 편지'가 아니라 '종이 편지'일 것으로 추정된다. 그것도 볼펜으로 편하게 쓴 편지가 아니라, 만년필로 또박또박 정성들여 쓴 고전적인 의미에서의 편지가 아닐지? 그런 편지가 연상되는 이유는 무엇일까. 이는 아마도 "예스러운 그림들과 사방의 책장에 정갈하게 꽂혀있는 많은 책, 안온한 그 문학의 숲에 들어서면 절로 좋은 글이 쓰일 것만 같"은 선생님의 "문향이 그윽한 서재"라는 표현 때문이리라. 그런 서재에서 종이에 편지를 쓴다면, 필기도구로는 붓은 아니더라도 최소한 만년필이 제격이리라.

아무튼, "글을 쓰는 작업이란 '이슬로 진주를 만드는 일' "이라니! 작가가 글에서 주목하고 있듯, 이슬이란 "새벽 한때 영롱하게 빛나는 자연의 보석"이다. 하지만 "햇빛 닿으면 스러지는" 것이 이슬이기도 하다. 바로 이런 이슬을 진주로 만들다니! 산문적인 정신의 소유자라면, 진주란 조개가 자신의 몸에 유입된 이물질을 탄산칼슘으로 감쌈으로써 생기는 유기물질임을 말할 수도 있다. 즉, 조개가 자신의 몸을 보호하기 위해 유입된 이물질을 자신의 분비액으로 감싸 생성된 것이 진주다. 반면에 이슬은 대기의 습기가 온도의 변화에 따라 응결된 것이다. 따라서 이슬과 진주는 모두 영롱한 빛을 발하지만 서로 아무런 관계가 없는 자연의 현상이다. 하지만 시적 상상력을 지닌 사람이라면 누구나 '이슬 같은 진주' 또는 '진주 같은 이슬'을 상상할 수 있을 것이다. 사실 시의 세계란 이처럼 이슬이 진주가 되고 진주가 이슬이 되는 초월적이고도 신비로운 변화가 얼마든지 가능한 영역이기도 하다. 바로 이 같은 시적인 변모가 문학의 세계에서 가능함을 "선생님"께서는 "제자"에게 말씀하셨던 것이리라.

따지고 보면, "이슬을 진주로 만드는 일"이라는 표현은 시의 영역에서뿐만 아니라 수필의 영역에서도 적절한 가르침의 말일 수 있다. 이슬과도 같이 영롱한 삶의 순간에 대한 깊은 이해와 깨달음을 언어화하는 일—즉, '글로 쓰는 일'—이 시인의 본분일 뿐만 아니라 수필가의 본분이기 때문이다. 물론, 인간의 삶에서 일어나는 일을 원인에서 시작하여 과정을 거쳐 결과에 이르기까지 시간적인 구도 안에서 아우르는 '소설적인 수필'도 있을 수 있겠지만, 수필이란 본질적으로 삶에서 일어나는 일—그것도 이슬과도 같이 영롱하지만 곧 사라지고 잊힐 일—에 대한 순간의 통찰과 이해를 진주와도 같이 오래 남고 오래 빛을 발하는 글로 만드는 작업이기 때문이다. 요컨대, 산문이 주된 표현

수단이라는 점에서 수필은 시와 형태상으로 다른 영역의 글이지만, 인식의 측면에서 보면 시와 다름없는 것이 수필이다. 수필 쓰기가 말처럼 쉽지 않음은 바로 이 때문이다.

수필 쓰기가 결코 쉬운 일이 아님에도 불구하고, 이를 얕잡아 보고 일상의 신변잡기든 자신의 마음속 생각이라면 무엇이든 늘어놓기만 하면 그것이 곧 수필이 될 수 있다고 믿는 수필가가 우리 주변에는 적지 않다. 심지어 주변 사람에게 늘어놓을 법한 자기 자랑이나 자식 또는 집안 자랑에서 크게 벗어나지 않는 지루하고 평면적인 잡담 수준의 글도 수필일 수 있다고 생각하는 수필가까지 없지 않은 것이 우리의 현실이라고 해도 지나친 말은 아닐 것이다. 그런 수필가는 수필가로서의 자격을 결여한 수필가가 아닐 수 없다. 거듭 말하지만, 수필이란 "이슬을 진주로 만드는 일"과 다름없는 지극히 어려운 일이다. 어디 그뿐이랴. 설사 영롱한 삶에 대한 순간의 깨달음과 통찰을 얻었다 하자. 그래도 여전히 어려움이 남아 있는데, 깨달음과 통찰을 언어화하는 일은 결코 쉬운 것이 아니기 때문이다. "고독의 늪에 가라앉아 내면을 깊이 응시하는 끝없는 탁마의 길"이 곧 '수필의 요체'임은 이 때문이다. 정녕코 그런 탁마의 길을 거쳐 탄생된 수필은 "누군가의 삶에 따스한 위로와 빛"이 될 수 있을 것이다. 〈이슬로 진주를 만드는 일〉이라는 글 속에서 "선생님께서" 수필가에게 전하는 "[수필]작가로서의 소명"은 이런 맥락에서 이해해야 할 것이다.

이번에 나는 박계용의 글을 읽으면서 기꺼웠다. 나의 기꺼움은 작가에게 소중한 스승이 있고 그런 스승이 있어 작가가 수필의 진수를 제대로 깨닫고 있다는 데서 비롯된 것만이 아니다. 박계용의 글은 그런 스승의 가르침을 이해하고 실천하려 애쓰는 제자의 노력을 성실하게 보여주고 있다는 점에서도 나는 기꺼움을 느끼지 않을 수 없었다. 삶에 대한 이해와 깨달음에 정성을 다하고, 이를 성심(誠心)의 언어로 표현하려 애쓰는 수필가의 글과 만났을 때 기껍지 않을 독자가 어디 있겠는가. 게다가, 오랜 이민 생활에도 녹슬지 않은 수필가의 한국어 감각에도 나는 기꺼웠다. 물론, 박계용의 글을 읽다 보면, 자신의 생각에 갇히거나 상념에 침잠하여 언어 표현이나 글의 흐름을 지극히 사적(私的)인 것으로 만드는 예와 만나게 되는 것도 사실이다. 이로써 독자에게 편안한 접근을 허락하지 않는 경우도 없지 않다. 하지만 어떤 글을 쓰더라도 박계용은 삶과 세계에 대한 이해와 사랑과 경외의 마음을 잃지 않고 있거니와, 그의 글이 나름의 의미를 지님은 이 때문이다. 이미 상식화된 표현이긴 하지만 '글과 문체는 곧 인품'이라는 말이 있는데, 박계용의 글에서 우리는 삶과 세상을 맑고 겸손한 마음의 눈으로 응시하고 느낀 바를 글로 옮기려 애쓰는 '인간 박계용'과 만날 수 있다. 이어지는 나의 작품 읽기는 이러한 '인간 박계용'의 '인품'을 확인하는 과정이 될 것이다.

2. 박계용의 수필 세계를 찾아서

박계용의 이번 수필집 ≪무현금의 노래≫는 모두 59편의 작품으로 이루어져 있으며, 이는 다시 5부로 나뉘어 있다. 각각 "봄"과 "여름"과 "가을"과 "겨울"이라는 부제 아래 제시된 제1부에서 제4부까지에는 사계라는 계절의 변화에 상응하는 11-13편의 글이 수록되어 있고, "그리고"라는 부제의 제5부에는 어떤 계절과도 쉽게 관계 짓기 어려운 11편의 글이 담겨 있다. 박계용의 작품 세계에는 꽃이나 나무 또는 자연의 작은 생명들을 소재로 한 자연친화적인 내용의 글이 적지 않고, 인간사를 이야기하면서도 여전히 자연에 대한 깊은 관심을 드러내는 글이 적지 않기 때문에, 계절의 변화를 말해주는 사계를 작품 분류의 기본적인 기준으로 삼은 것은 더할 수 없이 적절해 보인다.

계절의 변화는 1년을 단위로 하여 느리고 완만하게, 조용히 이어진다. 물론 온갖 소리가 자연의 변화를 알려주는 것도 사실이긴 하나, 변화 자체는 조용히 이어지지 않는가. 이 같은 자연의 변화에 순응하여 살아가는 사람들의 삶 역시 느리고 조용하게 이어지지 않을 수 없으리라. ≪무현금의 노래≫ 곳곳에서 확인할 수 있듯, 꽃씨를 심고 싹이 난 뒤 마침내 꽃이 필 때까지, 묘목을 옮겨 심고 가지에서 잎이 돋을 때까지, 서두르지 않고 조용히 기다리는 작가의 일상이 그러하듯. 서두름 없이 느리게, 말없이, 기다림과 사랑의 마음을 지닌 채 자연친화적인 삶을 살아가는 작가의 모습을 확인케라도 하듯, 박계용의 글 또한 느리게 진행될 뿐만 아니라 글의 분위기도 조용하고 차분하다. 어찌 보면, 작가는 제1부에서 제4부까지의 글을 차례로 계절에 맞춰 서두르지 않고 느리게 완미(玩味)하기를, 이어서 앞선 글에 대한 읽기가 끝난 뒤 제5부의 글에 차례로 눈길을 주기를, 독자에게 당부하고 있는 것처럼 느껴지기도 한다. 이제 박계용의 작품 세계를 검토하되, 이 과정에 제1부에서 제5부까지의 작품 가운데 특히 우리의 눈길을 끄는 작품에 대해 우리 나름의 조명을 시도하기로 한다.

먼저 제1부에 담긴 글들은 독자에게 무엇보다 꽃을 통해 봄의 기운을 느끼게 한다. "창밖의 초록 잎사귀"와 "또렷하고 선명하게 가까워지기도 때로는 운무에 휩싸여 아득하게 먼 산이 되기도" 하는 근처의 산자락을, "어쩌다 [들리는] 빗소리"에 경이로워하기도 하고, "넘치게 피어" 있는 "분홍 낮달맞이와 나팔꽃 비

숫한 이름 모를 보라 꽃"에 감사함을 느끼기도 하고, "고향에서 가져온 꽃씨"에서 피어날 "작은 꽃"을 상상 속에 그려보기도 하는 작가의 마음을 담은 첫 글 〈작은 꽃〉에서 시작하여, 고국에 돌아와 찾은 고궁 숲속의 "진달래와 황매"와 "하얀 명자나무 꽃"에 행복해 하고, "청보라 꽃봉오리 쫑긋 열어 놓은 청노루귀"의 "조용한 귀 기울임의 침묵"을 닮고 싶어 하는 작가의 마음을 담은 마지막 글 〈청노루귀〉에 이르기까지, 제1부는 꽃에서 시작하여 꽃으로 마감한다. 겨울을 보낸 뒤에 맞이하는 봄은 무엇보다 꽃이 새롭게 피는 계절이 아닌가. 제1부에 담긴 글의 대부분은 이 같은 봄을, 그리고 봄날의 안개와 비를, 새롭게 피어나는 초목의 싱그러움을 독자에게 일깨우고 있다.

이 모든 글 가운데 특히 나에게 깊은 인상을 남긴 것은 〈나비야 청산 가자〉다. 작가는 이 글을 "깜장 가루가 닥지닥지 내려앉은 꽃망울을 씻어주고 돌아서는 발길에 하마터면 나비를 밟을 뻔"했다는 이야기로 시작한다. 작가는 날개에 상처를 입어서 날지 못하는 이 나비를 극진히 돌본다. 나비를 돌보기 위해 나비가 먹고 사는 것이 무엇인지를 알아보기까지 한다. 나비에 대한 관심은 가족에게까지 번져, "아이들"은 "이름을 지어 주자는" 제안에 이어 "저마다 다양한 언어의 나비 이름을 불러"볼 정도가 된다. 그러다가 "그냥 나비라 부르기"도 한다. 이처럼 나비의 이름을 짓고자 하는 것에서 나비를 '새로운 가족'으로 맞이하고자 하는 온가족의 따뜻한 마음을 읽을 수 있지 않을까. 하지만 나비를 "그냥 나비로 부르기"로 하다니? 하기야 '나비'만큼 나비에게 더 '예쁜 이름'이 어디 있겠는가. 어쨌거나, 상처를 입어 날지 못하는 "아픈 나비 한 마리"를 보살피는 마음은 "빨리 나아서 청산 가"기를 바라는 염원으로 이어진다. 곱고 아름답지 않은가. 작가의 정성스러운 마음 때문인지는 몰라도 "때때로 치맛자락에 붙어 술래잡기"하기도 하고 "곧잘 풀섶에 숨어있다 돌 틈바구니에 쓰러져 있기도" 하던 나비는 마침내 어디론가 날아가 보이지 않게 된다. 작가는 그때의 심경을 이렇게 밝힌다. "자꾸만 나비야, 날아보라고 우리 청산 가자했더니 혼자서 갔나 봅니다. 날 밝기를 기다려 꽃밭을 샅샅이 찾아보았습니다. 눈부신 햇살 아래 이따금 새들이 날아다닐 뿐 담장 너머 그 어디에도 나비는 그림자도 보이지 않았습니다. 사람이든 곤충이든 갑작스러운 이별은 이렇게 아픈 것일까." 이제 어디론가 날아간 나비를 생각하며 작가는 다음과 같은 상념에, 아니, 깨달음에 이르기도 한다.

상처 난 날개로는 날 수 없으니 기다리는 법을 배우라 합니다. 게으른 나태에서 벗어나 이탈의 날개를 활짝 펴서 청산으로 날아오라고 홀연히 먼저 떠나버린 나비입니다. 청산은 다다를 수 없는 피안의 세계가 아니라 바로 오늘 하루를 잘 살아 내어 조금씩 다가가는 것이라고 일깨워줍니다. 나의 사소한 언행이 생각지도 못한 커다란 결과를 낸다는 나비 효과(butterfly effect), 브라질에 있는 나비의 날갯짓이 미국 텍사스에 토네이도를 발생시킬 수도 있다는 자연의 신비, 인간의 지혜와 과학으로는 예측할 수 없는 창조의 신비를 어렴풋이 깨닫습니다. 신의 영역인 하늘의 섭리를 거스르지 않고 순응하며 살아가는 나비의 지혜를 배우는 사순의 날에 꿈을 꾸어 봅니다. 빛살 고운 부활의 아침이 밝아오면 하얀 나비 한 마리 청산 가는 길 날아오르라고요.

이미 상식이 되어 있는 '나비 효과'라는 말이 이처럼 새로운 맥락에서 새롭고 섬세한 뉘앙스에 감싸인 채 새롭게 살아날 수 있다니, 놀랍지 않은가! 〈나비야 청산 가자〉는 수필이 시보다 삶에 대한 한층 더 섬세한 관찰일 수도 있고, 시보다 더욱 시적일 수도 있음을 보여주는 멋진 사례가 아닐 수 없다.

이제 제2부에 담긴 글을 주목하기로 하자. 제2부의 글에서도 우리는 여전히 자연과 함께하는 작가의 모습을 일별할 수 있다. 작가가 자연의 숨결을 느끼는 곳은 물론 집안의 "꽃밭"(〈친정〉)이나 "뒷마당"(〈뒷마당〉)뿐만이 아니다. 작가는 때로 집 근처의 "글렌데일 공원묘지"(〈추억의 정원〉)를 찾기도 하고, 옛 고향의

"대나무 숲이 우거진 작은 언덕"(〈어머니의 가출〉)을 회상하기도 한다. 그리고 "자유롭게 유유자적"하기 위해 지인을 따라나선 여행길에서는 "글로버데일의 야외음악당 벤치"와 "수풀 사이 해안길" 및 "포도원 피크닉 정원"(〈포도나무와 장미〉)을 찾기도 하고, 산디에고를 찾았을 때는 "태평양 바닷바람 사이"(〈편도 차표로 여행하는 인생의 여정〉)를 거닐기도 한다. 이처럼 작가가 찾는 곳은 어디든 꽃과 나무, 자연의 온갖 생명이 살아 숨 쉬는 장소다. 박계용의 글에서는 인간사를 이야기할 때도 거의 예외 없이 이 같은 자연의 현장이 이야기의 배경이 되고 있다. 즉, 봄의 이야기에서 그랬던 것처럼, 아니, 봄의 이야기에서보다 더 한층 강렬하게 여름의 이야기에서, 작가는 자신이 찾는 곳이 어디든, 만나거나 회상하는 사람이 누구든, 거의 예외 없이 그 배경으로 꽃과 나무와 작은 생명이 살아 숨 쉬는 자연을 일깨우고 있다.

뿐만 아니라, 작가가 글에서 언급하거나 글의 소재로 삼고 있는 사람들은 예외 없이 자연의 온갖 생명처럼 여일하게 평화롭고 아름다운 삶을 사는 착한 이들이다. 하지만 어찌 작가가 삶을 살아가며 만난 이들이 그처럼 착한 사람들뿐이었겠는가. 명백히 착함과 거리가 먼 사람들과 만나기도 했을 것이고 이로 인해 고통을 받기도 했을 것이다. 우리네 인간의 삶이란 그런 것이 아니겠는가. 하지만 그런 이들이 남긴 아픔과 상처가 무엇이든 이를 무의식적으로나마 기억에서 떠올리지 않으려는 마음을 감추고 있는 것이 박계용의 수필 세계가 아닐지? 사실 박계용의 글과 마주하면서 우리가 감지하는 것은 단순히 작가의 평화로운 마음만이 아니다. 아픔과 슬픔을 기억에서 지우려 하거나 종교적으로 승화하려는 의지의 저편에 숨어 있는 고통의 마음을, 그럼에도 언뜻 그 모습을 드러내는 고통의 마음을 우리는 박계용의 글에서 느끼지 않을 수 없다. 하지만 글 바깥의 고통을 추적하거나 읽는 것이 결코 우리에게 주어진 과제일 수는 없다. 우리는 다만 글이 전하는 '인간 박계용'의 모습을 짚어보고자 할 뿐이다.

아무튼, 작가가 찾은 자연의 장소 가운데 어디보다 이색적인 곳은 그의 첫 이민지 생활 도중에 찾았던 "모레나 언덕"(〈12월의 여름〉)이리라. 그곳에서 받은 강렬한 인상에 힘입어, 작가는 "때때로 숨쉬기가 곤란할 때" "사막의 여름을 만나러 길 떠"나기도 한다. 말할 것도 없이, 사막이란 집안의 꽃밭이나 뒷마당 또는 작가가 찾은 온갖 숲이나 공원과 달리, 제1부에 수록된 글인 〈사막〉에서 말했듯, "죽음의 계곡"일 수 있다. 하지만 사막 역시 "파파오 인디언의 신화 속에 나오는 크레오소트 꽃"(〈사막〉)과 같은 식물이 자라는 경이롭고 아름다운 자연의 일부가 아닌가. 게다가, 그곳은 작가에게 "나 스스로 벗지 못하는 칠죄종에 찌든 옷을 벗"을 수 있는 곳, "고요하고 경건하게 알몸으로 새날의 빛살에 잠"길 수 있는 곳(〈사막〉)이 아닌가. 어쩌면, "죽음의 계곡"일 수 있는 사막은 예수 그리스도가 사탄의 시험을 받던 곳인 광야에 상응하는 곳이 아닐지? 그런 의미에서 볼 때, 작가가 뜻했던 것은 예수의 고난에 상응하는 고난의 시간을 불완전하게나마 또한 잠시나마 체험하고자 하는 뜻에서 사막을 찾는 것은 아닐지?

제2부의 글 가운데 우리가 특히 주목하고자 하는 것은 첫 글인 〈나비의 춤〉이다. 공교롭게도 앞서 주목한 글과 마찬가지로 이는 '나비'에 관한 글이다. 작가는 "아침부터 후끈한 열기에 백도를 웃도는 불볕더위" 속에서 "가랑잎같이 타버린 화분을 나무그늘로 옮기"다가, 문득 "석등 처마 밑에 대롱대롱 달린 녹색의 방"에 눈길을 모은다. 이는 "꽃모종을 전하러 들렀던 큰아이 집에서 가져온 금관화"와 함께 따라온 "네 마리"의 "징그러운 애벌레" 가운데 하나가 튼 고치다. 징그럽지만 자연의 생명체이기에 예의 관심과 사랑을 마음으로 확인해 보니, 놀랍게도 이는 "신비롭기 그지없는 모나크나비(제왕나비)"의 고치였다. 날개를 다친 여느 나비에게도 정성을 다하던 작가이니, 어찌 애벌레의 모습으로 찾아와 마침내 나비로 극적인 변신을 거치는 모나크나비를 "우리 집 귀빈"으로 생각하지 않을 수 있겠는가. 작가는 모나크나비의 변신 과정뿐만 아니라 먹이에 신경을 쓰기도 한다. 하지

만 성충이 된 제왕나비는 "한두 번 날갯짓을 하곤 멀리 날아간다." 그런 나비를 바라보며 작가는 "숨이 막힐 것 같은 더운 한낮에 먹지도 못하고 가버린" 것에 안쓰러워하기도 한다.

그뿐이랴. 작가는 작심을 하고 시간에 맞춰 또 하나의 고치가 나비로 우화(羽化)하는 순간을 지켜보기도 한다. 다음의 인용은 그런 작가의 모습과 마음을 더할 수 없이 생생하게 전하고 있거니와, 어느 한 구절도 놓치고 싶지 않다.

나비는 새벽에 태어나나보다. 날 밝기를 기다려 살펴보니 껍질을 꼬옥 붙들고 기다리고 있는 나비, 나도 마당에 앉아 나비가 날기를 기다린다. 미동도 없이 아침나절 내내 제집을 껴안고 있던 나비는 훌쩍 날아 금관화를 타고 오르다 자갈밭에 떨어진다. 꽃을 먹고 자란 나비의 아름다운 날개로 맴을 돈다. 날개를 폈다 접었다 나는 연습을 하며 젖은 날개를 말린 나비는 살랑살랑 춤을 춘다. 하느님께서 이루신 나비의 춤에 내가 장한 일이나 한 듯 기쁨이 찰랑댄다. 고운 날개를 활짝 펼쳐 머리 위를 두 바퀴 선회하던 나비는 담장 너머 나뭇잎 사이에 앉아 길 떠날 채비를 하나 보다. 하루도 안 되는 짧은 만남, 꽃밭에 드리운 나비의 춤사위가 보이지 않는 창공에 그림자를 그린다. 그 여린 날개로 북녘 먼 길 떠나는 나비와 동행하는지 부드러운 바람이 인다. "나비야, 잘 가~" 어제오늘 연이은 이별에 마음이 싸하다.

진실로 "봉숭아, 채송화, 도라지, 제비꽃, 옥잠화"와 같은 "작은 꽃"(〈작은 것들〉)이나 나비 또는 "동박새와 비슷하지만 눈빛이 더 순한 아기 새"(〈야영화〉)와 같은 작은 생명에 대한 작가의 관심과 애정에는 남다른 면이 있다. "기도하며 성찰하는 가을"(〈가을 향기 한 조각〉)의 글로 이루어진 제3부에서도 작은 것들에 대한 작가의 관심과 애정은 여전하다. 다만 작가가 마음의 눈길을 보내는 작은 것들이 계절에 맞춰 바뀌었을 뿐이다. 이제 "마른 국화 잔 꽃송이들"(〈가을 향기 한 조각〉)에, "이국에서 만난" 고향의 "밤"(〈밤〉)에, "절로 나서 절로 자란" "가을 봉숭아"(〈가을 봉숭아〉)에, "길상사 법정 스님의 영정을 모신 진영각 뜰"에서 만난 "바위틈에 다소곳이 숨어 핀 용담"(〈당신이 슬플 때〉)에, "가을 숲"의 "피라칸타의 붉은 열매"와 "도토리" 그리고 "핫립세이지"와 "입맞춤"을 하려는 "주홍 나비"와 "아기 달맞이꽃"(〈돌아가는 길〉)에, "드들강"으로 산책을 나갔다 만난 "구절초와 코스모스"와 "갈대밭에 숨어 핀 들꽃"(〈가을과 겨울 사이〉)에 작가의 눈길이 머문다. 그리고 여느 때와 다름없이 이 모든 작은 것들은 가을을 맞이한 작가를 삶에 대한 잔잔한 회상과 상념으로, 또는 고요한 성찰로 이끈다.

박계용의 수필 세계를 지배하는 두드러진 특징 가운데 하나가 삶에 대한 회상과 상념 및 성찰의 분위기이지만, 가을의 수필에서는 그 어느 때보다 그런 분위기가 강하다. 아마도 그런 예 가운데 하나가 〈돌아가는 길〉이리라. 우리는 먼저 이 글과 관련하여 '돌아가다'가 서로 다른 두 의미로 사용될 수 있음에 유의해야 할 것이다. 인터넷 표준국어대사전에 기대어 말하자면, '돌아가다'라는 표현은 때로 "원래의 있던 곳으로 다시 가[다]"의 의미로, 때로 "먼 쪽으로 둘러서 가다"의 의미로 사용된다. 또한 '먼 쪽으로 둘러서 가는 것'도 무언가 이유가 있어 돌아가는 경우와 함께, 별다른 이유 없이, 예컨대, 경관을 즐기기 위해 돌아가는 경우도 있다. 어찌 보면, '돌아가다'가 갖는 다양한 의미를 섬세하게 의식하고 구분해가며 읽도록 독자의 주의를 환기한다는 점에서 볼 때, 〈돌아가는 길〉은 독자를 작가의 사유 과정에 직접 참여하도록 유도하는 예라고 할 수도 있겠다.

작가에 의하면, 남쪽으로 갈 때도 바로 가는 길을 놔두고 북쪽으로 갔다가 남쪽으로 '돌아가는 길'—즉, '우회하여 가는 길'—을 택할 때가 있다는 것이다. 이는 물론 직접 남쪽으로 가는 길이 막혀 시간이 더 걸리기 때문일 것이다. "춥지도 덥지도 않은 청명한 가을 아침에 떠나는 소풍"의 길을 갈 때도 작가는 이처럼 '돌아간다.' 작가는 "수향 식구들"과 "가을 소풍"을 즐기기로 약속했던 것이다. 이윽고, 작가는 "약속된 시간에 늦지 않을까 조마조마한 마음"으로 약속 장소에 도착한다. 그곳은 바다가 있고, 숲과 호수가 있는 곳이다. 목적지에 도착한 작가는 강의와 식사를 즐길 곳으로 가기 위해 "가을 숲에서 바스락거리는 낙엽을 밟으며 숲길을 걷는다." 그런데 "숲길은 자꾸만 돌아간다." 이때의 숲길 역시 '바로 가지 않고 우회해서 돌아가는 길'인 셈이다. 숲길을 따라 걸으며 작가는 "피라칸타의 붉은 열매"와 "도토리"에, 그리고 "핫립세이지"와 "입맞춤"을 하려는 "주홍 나비"와 "아기 달맞이꽃"에 눈길을 주기도 한다. 이처럼 사람들이 어딘가를 갈 때, 목적지에 신속하게 도착하는 것 자체가 목적이어서 돌아가는 경우도 있지만, 목적지에 도착하는 것보다 길을 따라 걷는 것 자체를 즐기기 위해 돌아가는 경우도 있다. 〈돌아가는 길〉에서 작가가 만남의 장소로 가기 위해 택한 찻길과 만난 뒤에 걷는 숲길은 모두 '우회하여 가는 길'이지만, 두 길이 의미하는 바는 이처럼 서로 다르다.

우리가 걸어가는 인생길은 어느 쪽일까. 만일 우리네 인생길이 어차피 '돌아가는 길'일 수밖에 없다면, 우리는 지금 어떤 길을 가고 있는 것일까. 신속하게 목적을 이루기 위해 '돌아가고 있는 것'일까. 아니면, 목적을 이루는 것보다 길을 걷는 것 자체가 더 중요하다는 생각에 '돌아가고 있는 것'일까. 어느 쪽이 더

바람직한 '돌아가기'일까. 작가는 "행복한 시간"을 보내고 "집으로 돌아오는 길"에 던지는 다음과 같은 자문(自問)에서 그 답을 암시하기도 한다. "숲에서 무엇을 보고 왔을까? 열심히 앞만 보고 걷는 뒷모습, 열심히 점심을 먹고 황급히 돌아온 것은 아닐까?" 말할 것도 없이, "황급히" 목적을 이루는 것 자체가 우리 인생길의 목표일 수는 없다. 사실 어쩔 수 없어 '돌아갈 수밖에 없다' 해도, 또한 "먼 길을 돌아가는 길"에는 "언제나 설렘과 초조가 동행"하더라도, 길을 가는 동안은 "기도를 드리는 시간"이기도 해야 한다. 어디 그뿐이랴. "세상에서 가장 아름다운 길을 알고 그 길을 천천히 걷는 것"도 중요하다.

작가는 "최고의 스승을 만나는 것"이 바로 "세상에서 가장 아름다운 길을 알고 그 길을 천천히 걷는 것과 같[음]"을 깨우쳐준 "제임스 배리"의 말을 떠올리는 동시에, "좀 더 천천히 걸으며 인생의 보물찾기를 하고 싶다"는 소망을 밝히기도 한다. 집으로 '돌아가는 길'에 이어가는 '길을 돌아가는 일'에 대한 이 같은 작가의 상념이 담긴 글인 〈돌아가는 길〉은 드러내놓고 바람직한 인생의 길이 무엇인지를 설득하려 하지 않으면서도 여전히 독자를 자연스러운 깨달음으로 이끄는 예라 하지 않을 수 없다.

겨울의 이야기를 담고 있는 제4부에서도 작은 것들을 향하는 작가의 눈길을 여전하다. 예컨대, "연화도"의 "꽃봉오리"(〈연화도〉), "따스한 겨울 볕에 돋아난 어리연의 여린 잎"과 "서리꽃"(〈서리꽃〉), "옷가지에 붙어 있는 종이 부스러기"(〈고백〉), "은방울꽃이 그려진 길이가 새끼손가락만한 종"(〈선물〉), "어린 로즈메리 한 그루"(〈가시 찔린 날〉), "집 없는 사람"이라 불리는 사람들이 "어둠이 내려오면" 짓고 "날이 밝으면" 허무는 "종이 집"을 떠올리게 하는 "점점 거세지는 밤비"(〈종이 집을 짓는 사람들〉), "벽에 붙어 있던 화선지" 위의 "가녀린 댓잎이 바람결에 흔들리는 풍죽"(〈밤비 오시던 날〉), "매서운 추위에 눈물이 절로 흐르던 날에 언니가 사준 털모자"(〈아름다운 삭발〉), "자분자분 비 오는 소리"(〈내일을 위한 새 노래〉), "이따금 불어오는 바람"과 "처마 끝에 걸린 청동 풍경"(〈바람장미〉), "철 모르는 목화"에 달려 있는 "다래 하나"(〈솜이불〉), "순백의 설원"에 "눈 녹은 발자국 자리마다" 피어나는 "설강화(雪降花)"(〈눈 녹은 자리마다 설강화 피어나고〉)가 작가의 마음속 눈길을 끈다. 흥미로운 것은 이제 작가가 마음의 눈길을 주는 작은 것들의 종류가 다소 바뀌었다는 점이다. 다는 아니더라도, 꽃이나 살아 움직이는 생명에 대한 눈길이 이제 비나 바람과 같은 자연 현상 및 사물이나 기억 저편의 다양한 이미지 쪽으로 옮겨갔음을 감지하지 않을 수 없는데, 계절이 겨울이니만큼 이는 자연스러운 변화라고 할 수 있겠다.

제4부의 글 가운데 각별히 우리가 주목하고자 하는 것은 〈종

이 집을 짓는 사람들〉로, 이 글에서 우리는 "집 없는 사람"(the homess)이라 불리는 사람들—우리네 표현으로는 '노숙자들'—이 짓는 "종이 집"에 마음의 눈길을 주는 작가와 만날 수 있다. "집 없는 사람"이라 불리는 이들을 위한 "쉼터"가 없는 것은 아니다. 이처럼 "몸을 씻을 수 있고 음식을 먹여주고 따스한 잠자리가 준비되어 있어도," 그들은 "그 주위에 서성일 뿐 안으로 들어가길 꺼린다." 왜 그럴까. "정해진 시간에 불을 끄고 잠자리에 들어야 하는 구속이 싫[기]" 때문이다. 그래서 그들은 매일같이 "종이 집"을 짓고 허문다.

그처럼 "종이 집"을 짓고 허무는 사람들 가운데 작가에게 "잊히지 않는 이들"이 있다. 그들 가운데 한 사람은 "사거리 신호등 아래 햇볕이 쨍한 날에도 여전히 검정 우산을 쓰고 앉아 온종일 바느질을 하는 흑인 여인"이고, 다른 한 사람은 "비를 맞으며 카트를 잡고 일어서려다 미끄러지고 그러기를 여러 차례 안간힘을 쓰는 모습이 애처로웠"던 "흑인 할아버지"다. 그리고 작가는 누구보다 "제정신이 아닐 때는 영어로 마구 욕을 해대는 한국 아줌마"도 잊을 수 없다. "남이 먹다 버린 김치 몇 쪼가리에 행복"해할 뿐 "돈을 구걸하지 않는" 그녀, "소유가 거추장스러워 집시처럼 마냥 자유롭게 살고 싶은 거리의 천사가 된 여인"인 그녀와 작가와의 만남은 어느 날 갑작스럽게 마감되었다. 작가가 로스

앤젤리스 시내에 있던 "일터"를 떠나게 되었기 때문이다. 하지만 오랜 세월이 지나서도 작가는 어쩌다 시내를 찾을 때 "[그] 아줌마를 찾아 다운타운 거리를 두리번거린다." 심지어 "비가 오는 이 밤"에도 그녀를 생각하곤 한다. "그녀는 자유를 이불 삼아 어디서 곤한 몸을 쉬고 있을지"를 궁금해 하며.

작가가 "한국 아줌마"를 그처럼 잊지 못하는 이유는 무엇일까. 그것이 단순히 아줌마의 떠돌이 삶에 대한 동정과 연민 때문일까. 바로 이 시점에 우리는 아주 오래전에 작가의 "네 살배기 꼬마"가 했던 말을 '작가와 함께' 떠올리지 않을 수 없다. "엄마, 거지들은 참 좋겠다. 비와도 집에 안 가도 되니. 그치?" 정녕코 순수한 영혼을 지닌 어린아이는 때로 삶에 찌든 어른들을 깨우치는 뜻밖의 말로 우리를 놀라게 할 때가 있다. 아마도 영국의 시인 윌리엄 워즈워스가 〈무지개를 바라보면 내 가슴은 뛰나니〉라는 시에서 "어린이는 어른의 아버지"라고 노래했던 것은 이 때문이리라. "무소유"의 "행복"을 일깨우는 "꼬마"의 말이 작가의 마음속에 남아 있기에, 마음속에 남아 "점점 거세지는 밤비"와 함께 작가에게 "헛된 집착의 종이 집을 어서 거두어 드리라고 재촉"하기에, "거리의 천사가 된 여인"을 기억 속에서 지우지 못하는 것은 아닐지?

제5부에서도 우리는 자기 자신과 자신의 삶에 대해, 자신의

삶을 값지고 풍요롭게 했던 그리운 이들에 대해, 그리고 여전히 작은 것들에 대해 깊이 생각하고 성찰하는 작가와 만날 수 있다. 이 가운데서도 특히 자신의 모습이나 삶을 겸허하게 되돌아보는 작가의 마음이 짚이는 글이 많거니와, 〈거울 속의 나〉, 〈동인(瞳人)〉, 〈시 읽는 여인〉, 〈눈꼽재기창〉, 〈꽃신〉이 그 예로 꼽힐 수 있을 것이다. 이 가운데 〈눈꼽재기창〉에 담긴 다음 구절, "눈꼽재기창으로 자식이 오기를 기다리시다 먼 길 떠나신" 어머니가 계시던 "그 자리에 당도"한 자신의 모습을 새겨보는 다음 구절은 수필가 박계용이 아니고서는 보여줄 수 없는 곡진한 삶의 고백이 아닐 수 없다. 사실 박계용의 수필 세계에는 세상을 떠난 어머니와 아버지 및 언니에 대한 애틋한 정과 아쉬움과 슬픔이 강하게 짚이는 경우가 적지 않다.

이제 나는 어머니께서 눈꼽재기창으로 자식이 오기를 기다리시다 먼 길 떠나신 그 자리에 당도했다. 나는 누구인가? 망각의 망령이 우뚝 버티고 선 두꺼운 벽 앞에 모래알이 흘러내리듯 빠져나가는 순간들. '엄마 정신 똑바로 차려' 당부하는 아이들의 염려를 되새기며 자꾸만 도망가는 기억을 간신히 붙잡아 치마폭에 담아 놓는다. 새장에 갇힌 새처럼 창가를 서성이다 나의 넋은 알지 못하는 길을 나선다. 사랑 대청에서 시냇물을 볼 수 있도록 동쪽 담을 뚫어 살창을 만들었다는 독락당, 대청마루에 홀로 서서 개울물 소리를 듣고 싶다. 날이 갈수록 미로를 헤매는 나의 혼을 계곡의 맑은 물에 헹구면 정신이 또렷해질 것만 같다. 살창을 건너온 바람을 온몸으로 맞으면 집 나갔던 정신도 돌아와 명징한 하루를 살 것 같다. 햇살과 바람, 구름과 비, 달과 별이 드나드는 창은 내 영혼의 살창이다.

박계용 특유의 자기성찰이 일별되는 구절 가운데 하나를 더 주목하자면, 이는 이번 수필집을 마감하는 글인 〈꽃신〉에 담긴 다음 구절이다. "나는 곧잘 별스럽지 않은 것을 소유하지 못해 안달이다. 꽃신 안에 소복이 담겨있는 욕심이 울타리 넘어 자꾸만 바깥세상으로 발길을 돌리게 한다. 씁쓸한 마음으로 싹둑 잘린 향나무 그루터기를 쓰다듬는다. 희미한 나이테에 남겨진 향기가 짙게 머문다. 썩어 없어질 헛것에 미련을 갖지 말고 그윽한 향기에 취하라신다. 보이지 않는 대문을 꼭꼭 걸어 잠근 후 주신 예복으로 단장하고 영혼의 성 지밀한 궁방에 고요히 안주하라 하신다." 사실 여기서 읽히는 것은 자기성찰만이 아니다. 자기성찰에서 한 걸음 더 나아가 자신을 일깨우기 위한 일종의 '마음다짐'이 짚이기도 한다. 바로 여기서 우리는 앞으로 이어질 삶의 여정을 향한 '인간 박계용'의 마음가짐을 감지할 수도 있으리라.

3. 논의를 마무리하여

이제 이번 수필집의 제목에 담긴 "무현금"이 의미하는 바가 무엇인지를 살펴보는 것으로 우리의 논의를 마무리하기로 하자. 사전적인 정의에 따르면, '무현금'이란 "줄 없는 거문고"를 말한다. 박계용의 이번 수필집에는 "무현금"이라는 표현이 제목 이외에 〈벗〉이라는 글에 단 한 번 등장하는데, 다음과 같은 맥락에서다. "아름다운 동행이 되어주는 벗들을 배웅하고 돌아오는 대문 앞에 소리 없이 핀 박꽃이 비를 맞고 있다. 홀로 깨어 사랑이신 벗님과 단둘이 밤비 소리를 듣는다. 밤은 점점 깊어가고 무현금이 들려주는 하늘스런 빗소리만이 고요하게 내린다." 무엇보다 여기서 작가가 말하는 "사랑이신 벗님"은 누구일까. 물론 작가가 가톨릭 신자라는 점을 감안하면, 또한 글의 전체적인 흐름에 비춰보면, 이 의문에 답하는 일은 그리 어렵지 않아 보인다. "사랑이신 벗님"은 "하느님"을 지시하는 것으로 보아야 할 것이다.

하지만 혹시 다른 읽기도 가능할 수 있지 않을까. 〈벗〉에는 여러 층위의 "벗"이 함께 등장하기 때문이다. 작가는 "가르멜 구역 식구들"인 "벗들"이 자신의 집을 방문하기로 약속한 날에 맞춰 음식을 준비하는 것으로 이 글을 시작한다. 글이 이어지는 동안 우리는 "패혈증 직전에 종합병원 응급실 환자"가 되어 "갑작스럽게 수술을 마친" 뒤이지만 벗들을 맞이하기 위해 정성스럽게 음식을 준비하는 작가와 만날 수 있다. 그런 작가에게는 "이제 곧 도착할 벗을 마중 나가는 기쁨"도 있지만, 다른 한편으로는 "자신의 한 몸 주체하기도 힘든" 상태임에도 불구하고 "성당에 가는 길이라며 게이트 밖에서 선 채로 구운 고등어를 전하고" "방금 떠난 벗의 고통에 아릿한 아픔"도 있다. 작가뿐만 아니라 "오직 사랑의 마음만을 담아 수고를 아끼지 않은 [작가의] 벗"도 치료가 어려운 병이 들어 몸이 편치 않은 것이다. 아무튼, 작가는 몸이 편치 않지만 "기쁠 때, 힘들 때 누구나 찾고 싶은 벗이 하나 있[음]"도 잊지 않는다. 이때의 "벗"은 이제까지 이야기한 벗일 수도 있지만 그 이상의 벗일 수도 있다. 아무튼, "잔칫날"이 되어 "[작가]의 누추한 처소"는 "베타니아의 초막"이 된다. 이윽고 잔치가 끝나고 "아름다운 동행이 되어주는 벗들을 배웅하고 돌아"온 작가는 "비를 맞고" 있는 "대문 앞에 소리 없이 핀 박꽃"에 눈길을 주기도 하고, "홀로 깨어" "사랑이신 벗님과 단둘이 밤비 소리"에 귀 기울이기도 한다. 거듭 말하거니와, 이때의 "사랑이신 벗님"은 '하느님'으로 보는 것이 자연스럽다. 그럼에도 여전히 "사랑이신 벗님"의 이미지에는 글에 언급되는 두 성녀—즉, '예수의 성녀 데레사'로 불리는 '아빌라의 데레사'와 '아기 예수의 성녀 데레사'로 불리는 '소화(小花) 데레사'—의 이미지가 겹쳐지기도 하는데, 이 두 성녀는 병상에서도 신앙생활에 성심을 다했던 이들이기 때문이리라. 작가와 작가의 가까운 벗이 병중이라는 점을 감안하면, 하느님을 성심으로 믿고 의지했던 두 성녀도 "사랑이신 벗님"일 수 있지 않을까.

그건 그렇다 하자. 하지만 "사랑이신 벗님과 단둘이" 듣는 "밤비 소리"가, "무현금이 들려주는 하늘스런 빗소리"가 의미하는 바는 무엇일까. 이때의 "무현금"은 물론 자연에 대한 비유일 수 있으리라. 자연이란 하나의 거문고, 그것도 '줄'이 따로 없지만 그 자체로서 완벽한 하느님의 거문고일 수 있지 않겠는가. 그와 같은 무현금으로서의 자연이 우리네 인간들에게 들려주는 음악이야말로 천상의 음악이 아니겠는가. 그 음악에는 빗소리, 바람소리, 새소리, 벌레울음소리, 그 외에 인간이 귀 기울일 수 있는 온갖 자연의 소리가 모두 포함될 수 있으리라. "하늘스런 빗소리"는 곧 이 같은 자연의 음악 또는 신의 음악 가운데 하나이리라.

아무튼, 작가는 〈바람장미〉라는 글에서 이렇게 말하기도 한다. "줄에 바람이 와 닿으면 저절로 소리가 난다는 이올리언 하프처럼 내 영혼의 현을 그리움이라는 바람이 불어와 울립니다." 이른바 '풍명금(風鳴琴)'으로 번역되는 이올리언 하프야말로 바람이 연주하는 자연의 음악 가운데 진수가 아닐 수 없다. 그런데 여기서 작가는 "내 영혼의 현"을 "바람"이 울린다고 말하고 있지 않은가. 자신을 이올리언 하프에 비유하고 있는 것이다. 여기서 우리는 영국의 낭만주의 시인 퍼시 비시 셸리가 〈서풍부(西風賦)〉라는 시에서 "서풍"을 향해 "숲이 그러하듯, 나를 그대의 현금(弦琴)으로 만들어다오"라고 노래했던 것을 떠올릴 수도 있는데, 이때의 "현금"은 바로 풍명금이다. 어찌 보면, 자연의 작은 꽃들과 작은 생명들과 '함께' 삶을 살아가는 작가야말로 자연의 일부로서, 따라서 자연의 음악 또는 하느님의 음악을 전하는 자연의 악기 또는 하느님의 악기일 수도 있으리라. 바로 이런 맥락에서 볼 때, 작가 자신이 또한 자연의 음악을 들려주는 무현금일 수 있다. 제목을 이루는 "무현금의 노래"라는 표현이 줄 없는 거문고—그것도, 겸손한 작가의 심성에 비춰 판단해볼 때, 줄도 제대로 갖춰져 있지 않은 미완의 보잘 것 없는 거문고—와 같은 작가 자신의 노래, 자연의 움직임과 변화에 따라 소리를 내는 작가 자신의 노래를 의미하는 것으로 읽힘은 바로 이 같은 맥락에서다. 바라건대, "무현금"과도 같은 작가의 "노래"에 많은 사람이 귀 기울이고 공감하기를.